須賀敦子の手紙

1975―1997年 友人への55通

須賀敦子

つるとはな

須賀敦子の手紙

1975—1997年
友人への55通

扉の写真は1984年11月、須賀敦子から
コーン夫妻にあてた封書（本文148頁）。

目次

●本書は、スマ・コーン、ジョエル・コーン両氏がながらく保管してきた須賀敦子からの手紙55通を収録しています。コーン夫妻、北村良子氏、北村浩一氏、佐野真理子氏のご理解とご協力に深く感謝いたします。

●「つるとはな」創刊号・第2号掲載「須賀敦子からの手紙」に、未公開のもの40通と新たなインタビューを加えた完全版として、大幅に加筆・修正し、再編集しました。

●筆跡にも本人の人となりがあらわれていると考え、封筒の表書きなども撮影し、掲載しました。写真による掲載のほか、レイアウトの都合上、手紙の文字がやや小さくなるものなどについては、可読性を高めるため、活字でも組んでいます。

●活字に組む際は、旧字、略字については、人名などの固有名詞をのぞいて、原則として新字、常用漢字を使用しています。

●手紙には通し番号を付しました。書かれた日付、消印などを参照しながら、基本的には年代順になっています。写真による公開がされていないものが一部にありますが、関係者と相談のうえ、数行を削除したうえで、活字で組んでいます。

●手紙本体で改行がみられないものであっても、句読点のあとの文字の空き具合や、意味内容から判断して、活字に組む際に改行をほどこしている場合があります。

●今日の観点から見ると、差別的と受け取られかねない語句や表現がありますが、著者の意図はそうした差別を助長するものではないこと、著者が故人であり、私信であること等に鑑み、そのまま掲載しています。

編集部

コーン夫妻のハワイの家には、親族の写真に並んで、
夫妻宅を訪ねた際の須賀敦子の写真が置かれてある。

1975年—1984年

1967年に夫ペッピーノを、70年には父・豊治郎を亡くし、71年にイタリアから帰国した須賀敦子は、慶應義塾大学国際センターに嘱託として勤務するようになる。英語、フランス語の事務のほか、留学生の相談にものっていた須賀は、アメリカからの留学生、ジョエル・コーンと知り合う。このころ、須賀はキリスト教徒として、廃品回収による「エマウス運動」に積極的に参加し、多忙を極めていた。72年には母・万寿が亡くなる。73年、ジョエルのガールフレンドである大橋須磨子に会った須賀は、急速にふたりと親しくなってゆく（コーン夫妻へのインタビューは、236頁を参照のこと）。

1

1975.10.8

POST CARD
By Wood-Block Printer T. Tokuriki

昨日大橋さんが退院しました。大変つらい手術だったらしいけれど、今は元気ですから心配しないで大丈夫です。上智の講義は、紅葉と鏡花です。古いものを丁寧に読むのもまたいいものです。梁塵秘抄のこんなうた、ご存知と思いますが、最近また読む機会があって没頭しています。　お元気で

須賀敦子

遊びをせんとや生れけん
戯れせんとや生れけん
遊ぶ子供の声きけば
我が身さへこそ動《ゆる》がるれ

東京 目黒区中目黒三丁目
6-19-35

Joel Coh
17 A Conant
Harvard University
Cambridge Mass 02138
U.S.A.

AIR MAIL

MEGURO TOKYO -8.X.75.12-18

NIPPON 5 日本郵便

40

郵便はがき

ジョエルは須磨子との結婚とアメリカ永住の手続きのため、ひと足先に帰国。須賀は日本で待機する須磨子の〝後見人〟のような役割を引き受けることになった。

栂尾
高山寺

2

1976.11.11

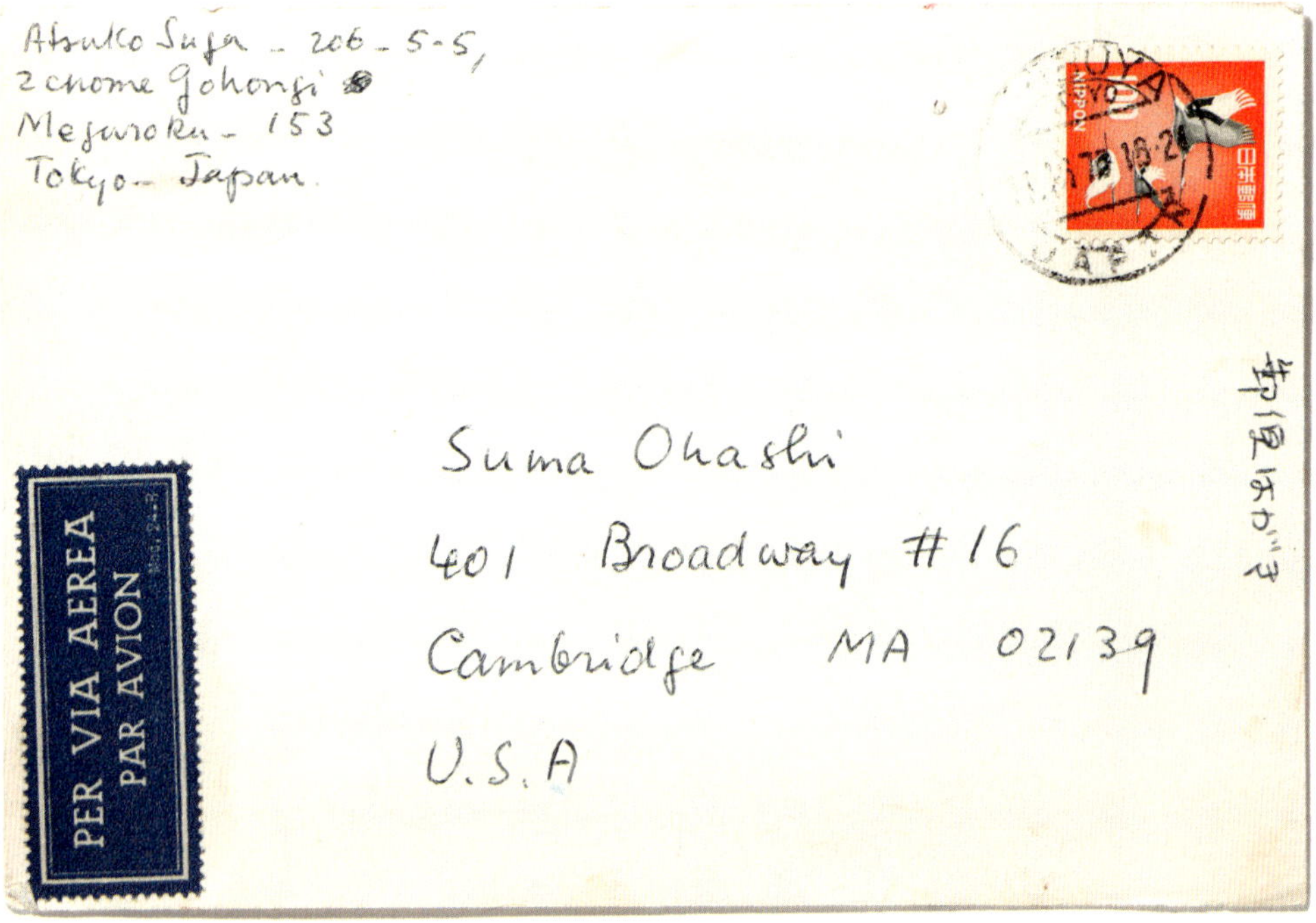

スマが渡米し、ボストンでの夫妻の新生活がはじまった。報告を受けた須賀が、イタリアへの旅に出る直前、祝福を伝えた。J.C. はジョエル・コーンの頭文字。

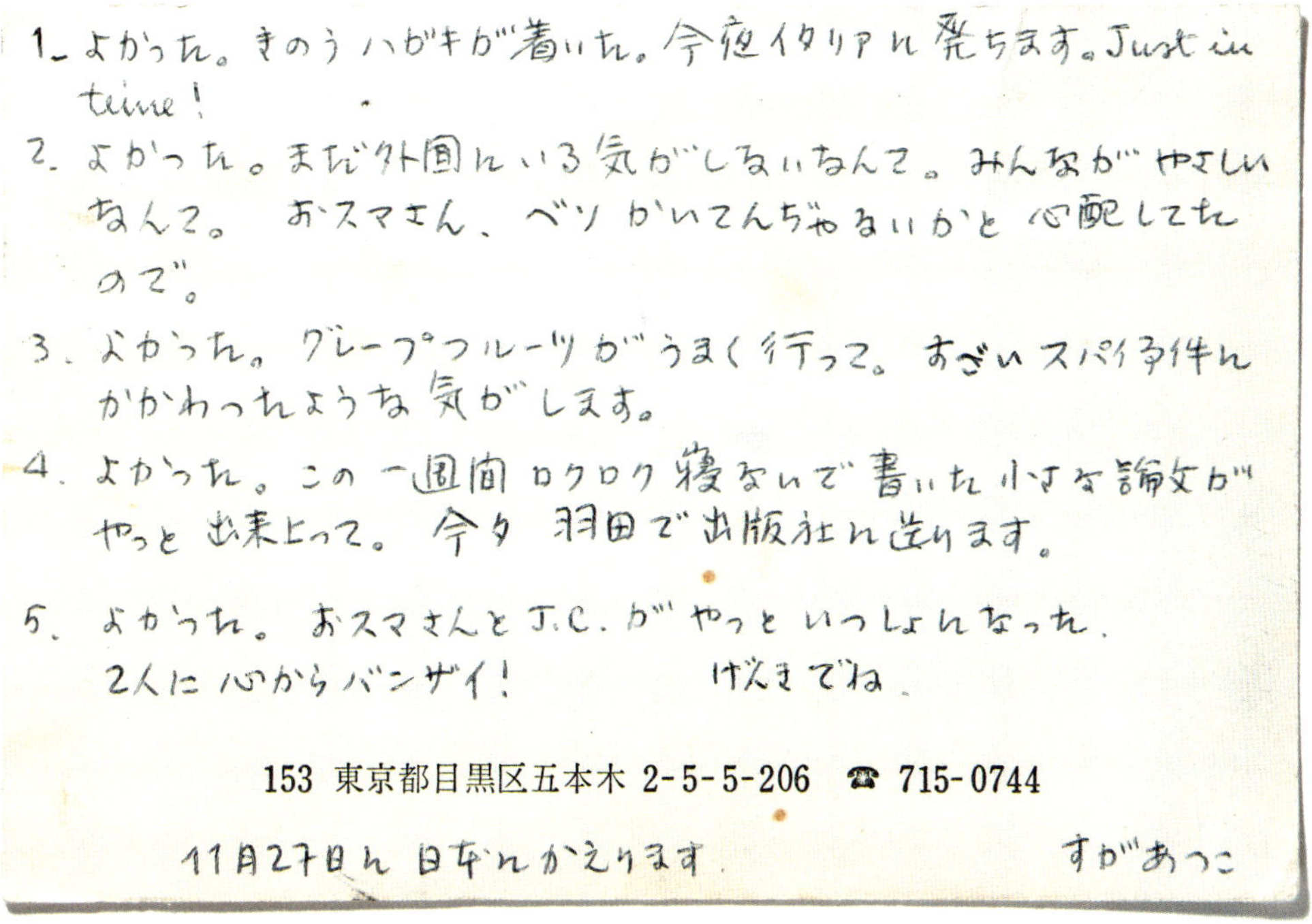

1. よかった。きのうハガキが着いた。今夜イタリアに発ちます。Just in time!

2. よかった。まだ外国にいる気がしないなんて。みんながやさしいなんて。おスマさん、ベソかいてんぢゃないかと心配してたので。

3. よかった。グレープフルーツがうまく行って。すごいスパイ事件にかかわったような気がします。

4. よかった。この一週間ロクロク寝ないで書いた小さな論文がやっと出来上って。今夕羽田で出版社に送ります。

5. よかった。おスマさんとJ.C.がやっといっしょになった。
2人に心からバンザイ!　げんきでね。

153 東京都目黒区五本木 2-5-5-206 ☎ 715-0744

11月27日に日本にかえります　すがあつこ

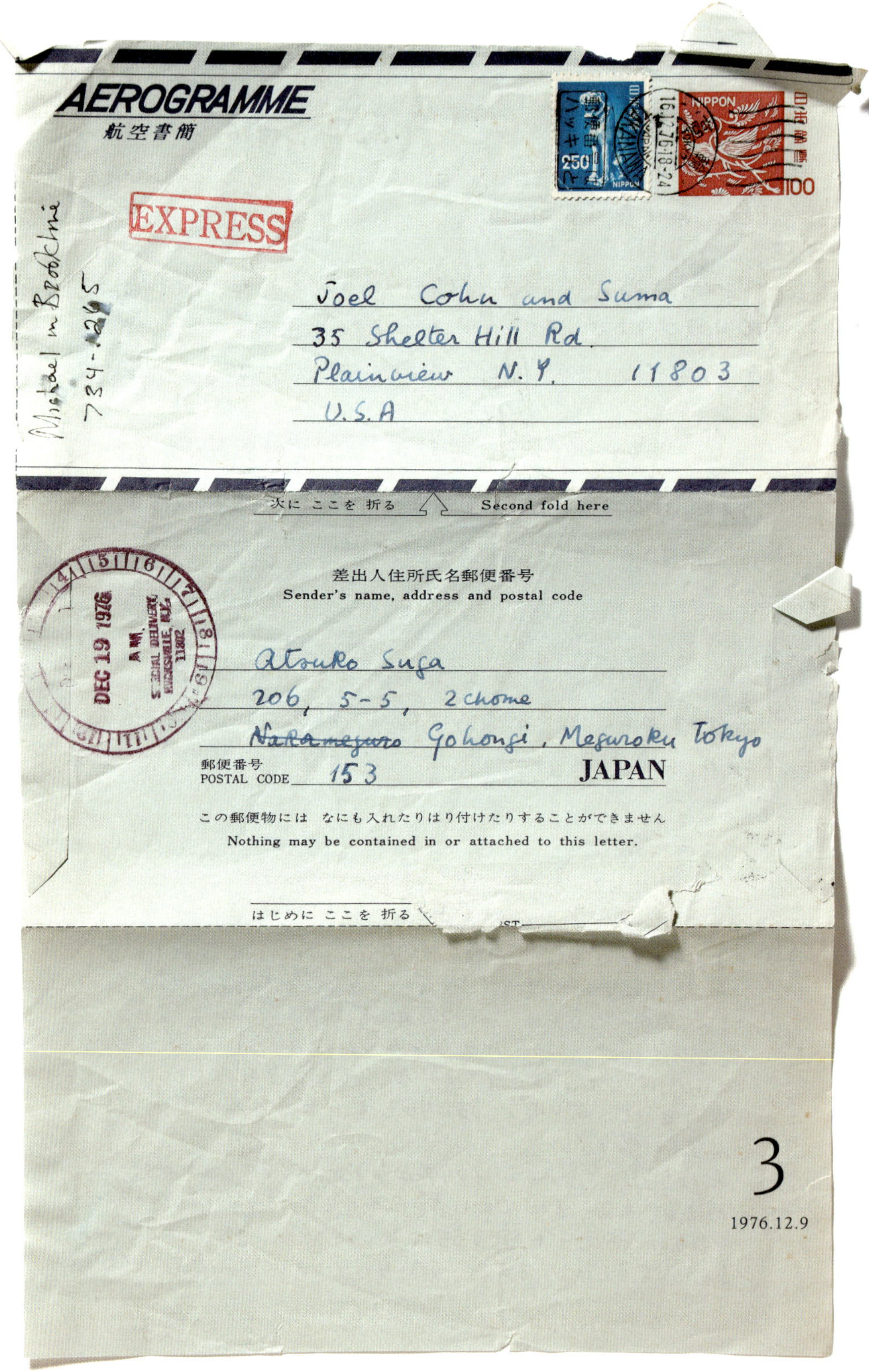
AEROGRAMME
航空書簡
NIPPON 日本郵便 250
NIPPON 日本郵便 100
16.12.76 18-24
EXPRESS
Joel Cohn and Suma
35 Shelter Hill Rd.
Plainview N.Y. 11803
U.S.A
Michael in Brookline
734-1265
次に ここを 折る Second fold here
DEC 19 1976
A.M.
SPECIAL DELIVERY
HICKSVILLE, N.Y.
11802
差出人住所氏名郵便番号
Sender's name, address and postal code
Atsuko Suga
206, 5-5, 2chome
~~Nakameguro~~ Gohongi, Meguroku Tokyo
郵便番号
POSTAL CODE 153 JAPAN
この郵便物には なにも入れたりはり付けたりすることができません
Nothing may be contained in or attached to this letter.
はじめに ここを 折る

3

1976.12.9

Dec. 9, 1976

Dear Joel and Suma,

結婚式への ご招待状 ありがとうございました。
10日ほどまえに ヨーロッパから帰って来たら
お手紙がついていました。お返事 おそくなって
すみません。

出席できないけど、(時間とお金があれば、本当に
行きたいけれど) 東京から あなたたちのことを考えています。

おめでとう！

日本では 暮という 怪物がまた そのへんを
うろつき出して、いやな季節です。あまり寒くないし、お天気は
毎日 はれ。

元気で。
またゆっくり書きます。

すまさんはどうしてるかな。外国にいるみたいな気がしない
なんてすてきだと思う。すまさん らしいと思う。日本の
もので食べたいもの とか あるかしら。言ってくれたら送れる
と思うけれど。ニューヨーク ならなんでもあるのでしょう。
えいごは少し うまくなったかな。でも下手だなんて
思わないで ボンボン 話しちゃえば、だんだん 大丈夫
になると思う。
私は論文と、それから イタリアからまた ホンヤクしないかって
注文が来て、また こわい顔になりそう。ショーバイ ハンジョー
のわりに、お金の もうかる話は ちっともない。こういうのが
私の人生らしい。すまさん がいないと さびしいです。では又。

敦子

Joel、すまさんを紹介してくれたって、お礼を言うのはこちらです。彼女と
友達になれて、私の生活にも いつも やさしい光がありました。

4

1977.1.10

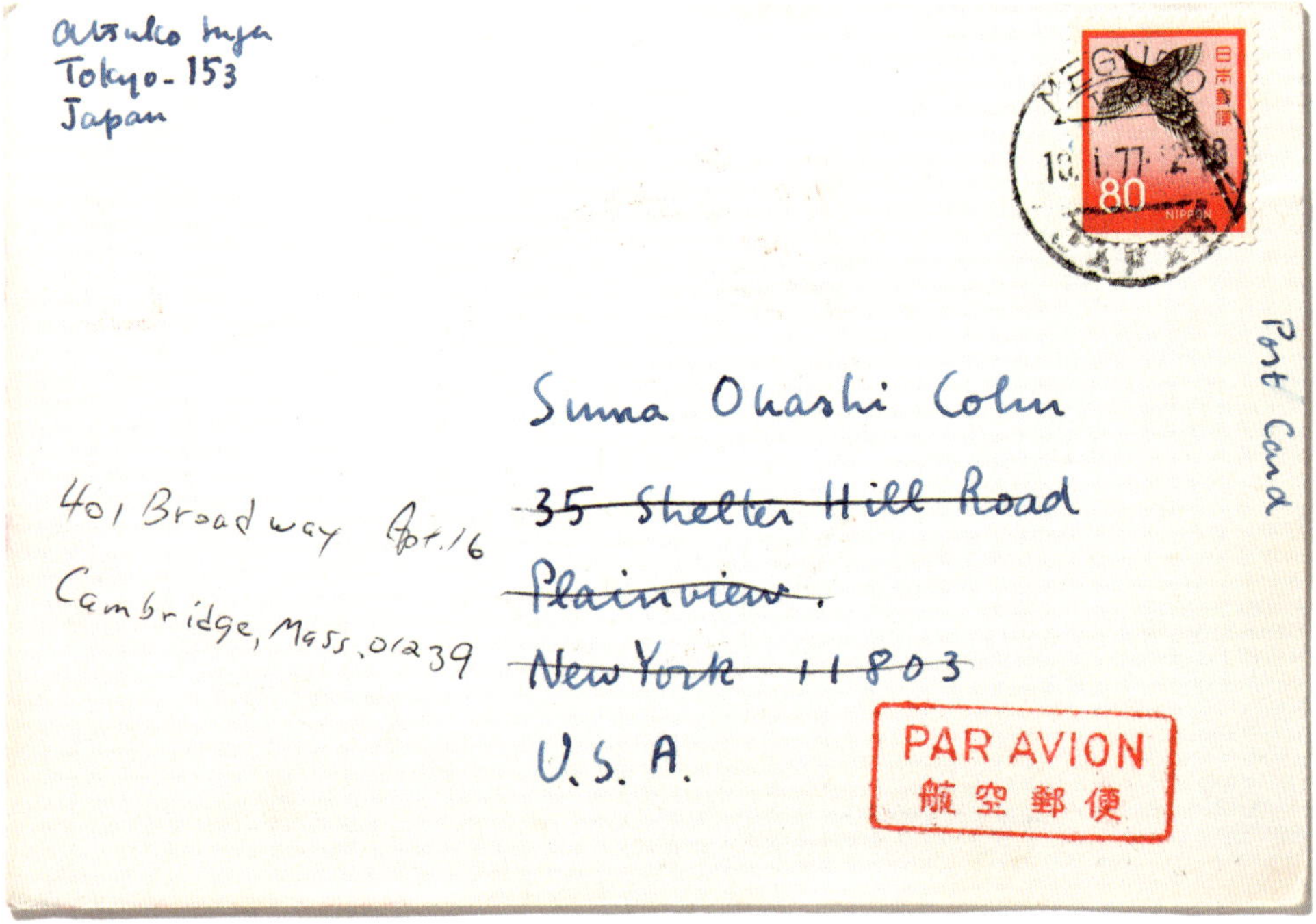

76年、目黒区五本木にあるメゾネットタイプの集合住宅を購入。このころから、オリベッティのPR誌「SPAZIO」でイタリアの詩人について書きはじめる。

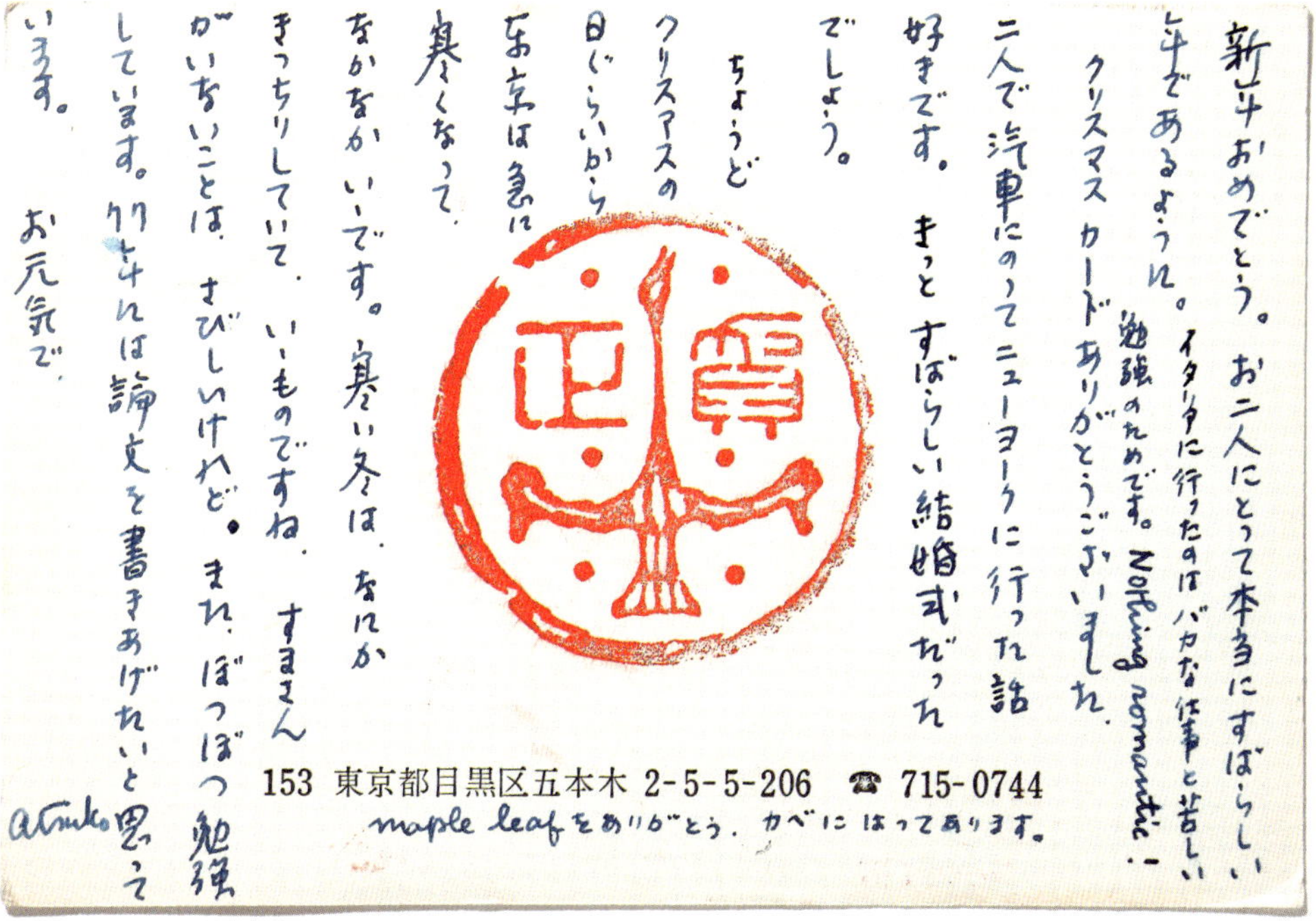

新年おめでとう。お二人にとって本当にすばらしい
年であるように。イタリアに行ったのはバカな仕事と苦しい
勉強のためです。Nothing romantic!
クリスマスカードありがとうございました。
二人で汽車にのってニューヨークに行った話
好きです。きっとすばらしい結婚式だった
でしょう。
ちょうど
クリスマスの
日ぐらいから
東京は急に
寒くなって、
なかなかいいです。寒い冬は、なにか
きっちりしていて、いいものですね。すまさん
がいないことは、さびしいけれど。また、ぼつぼつ勉強
しています。できれば論文を書きあげたいと思って
います。
お元気で。
atsuko

153 東京都目黒区五本木 2-5-5-206 ☎ 715-0744

maple leafをありがとう。かべにはってあります。

Tokyo, ~~Jan~~ Feb. 6, 1977

すまさん、マイアミからの楽しいお便りありがとう。Zeppelinの話はとても面白かった。あんなヤツが住んでる島なんてこっけいですね。もっと早く手紙を出したかったけど、ひどくくだらないことが忙しくて忙しくて、そのあげくに風邪をひいてしまって、3日ほど寝て、今日は日曜日でやっと少し元気が出て、明日は学校へ行こうかナと考え、そのまえにラテン語でも勉強しようと考え、そのまえにチョットスマサンに手紙を書こうと思い立ったわけです。

アメリカはとても寒いと毎日新聞にのっていて、北海道も旭川なんて−39°なんて、全くウソのような寒さになって東北や北陸ではスベッテ屋根から落ちたりいろんなことで人が死んだりケガしたり信じられないようなことばかり。

あ、そうそう。とても大事なこと。この前Harvardの何とかmuseumに行ったとき、魔法の豆を送ってくれたでしょう。あれがそもそも私の病気になる前のこと。ある晩、おそく帰って来たらPostにあなたからの手紙が入ってた。ワクワクして、だけど急いで電話をかける用事があったので片手で電話をかけながら片手でpaper knifeであなたの手紙の封を切ったの。そしたら手紙と一しょに、何やらタイプした紙キレ―それにホッチキスかなにかで小さなビニール袋がとめてあった。まず手紙を読んだ―それでその袋にはマホーの豆が、豆の中にはゾーが入っているとわかったので、もう一度袋を見たが、全くカラッポ。豆はインドのものだから、ケシ粒(poppy seed)くらいの小さいものかとおもったけれど、その中にhand curvedのelephantなんて入ってるわけないし。そう言えば封筒にも一寸キズがついてるし、そしてビニール袋は小さく破けていた。私は、封筒から出すときに、それではどこかに飛んでしまったかと、まずテーブルの上を全部みわたし、それから四つん這いになって部屋中を歩いたと言うのか這ってまわり、ソファの下からみんな見たけれどカゲも形もなかった。すまさんよJCよ、これをどう解釈すればよいのでしょう。ゾウと豆は、今でも私の部屋の人知れぬcornerに住んでいるのか。それも悪くないけれど、私はやはり一こと挨拶したかった。CIAがどこかで手紙を開封してゾウを分解してるのかナ。でもとにかく豆とゾウを買ってくれて送ってくれてありがとう。ゾウとその後対話はないのでそれについての報告はできないけれど.....

5

1977.2.6

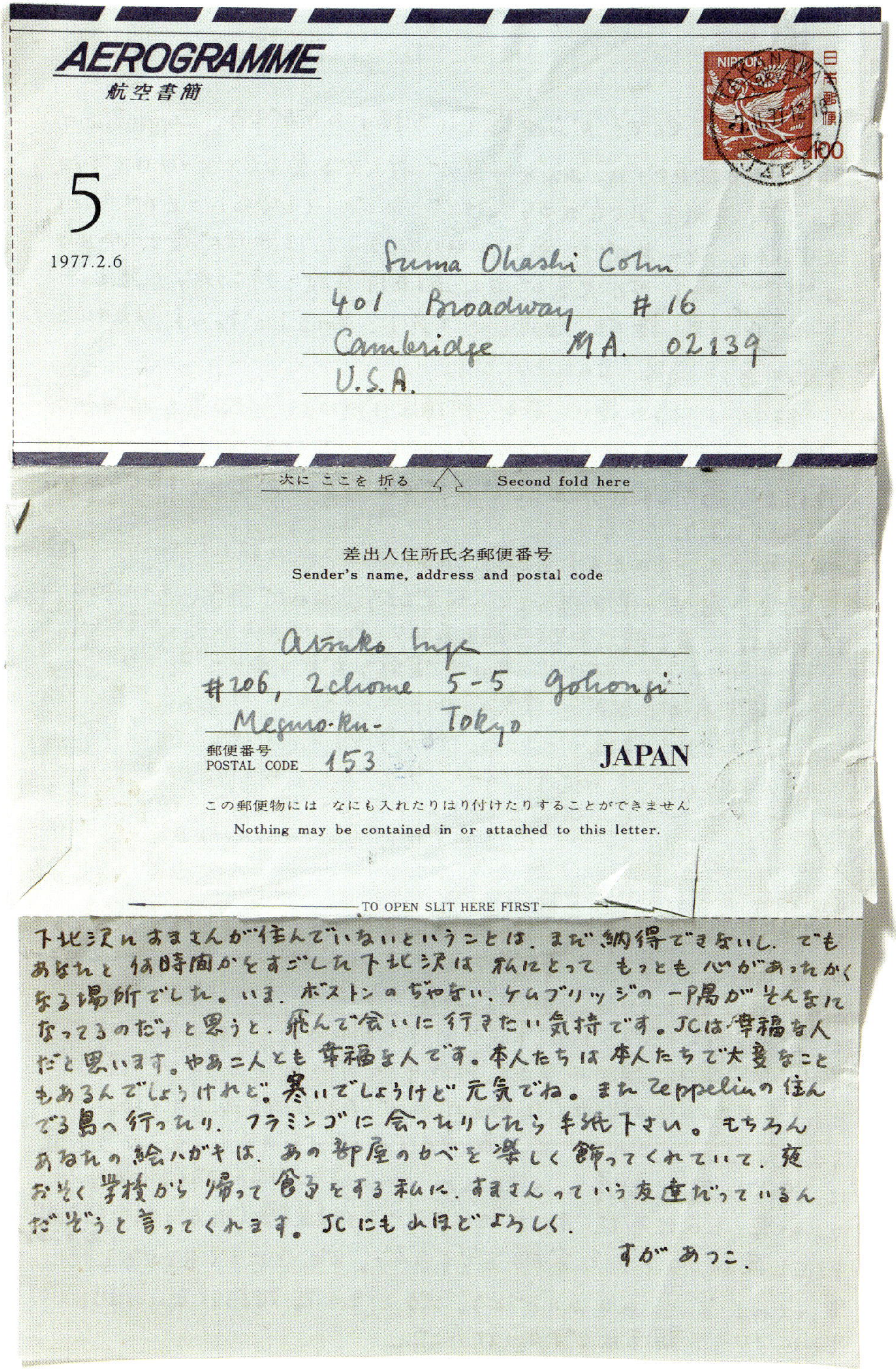

AEROGRAMME
航空書簡

NIPPON
日本郵便
100

Suma Ohashi Cohn
401 Broadway #16
Cambridge MA. 02139
U.S.A.

次に ここを 折る　Second fold here

差出人住所氏名郵便番号
Sender's name, address and postal code

Atsuko Suga
#206, 2chome 5-5 Gohongi
Meguro-ku- Tokyo
郵便番号
POSTAL CODE 153　JAPAN

この郵便物には なにも入れたりはり付けたりすることができません
Nothing may be contained in or attached to this letter.

TO OPEN SLIT HERE FIRST

下北沢にすまさんが住んでいないということは、まだ納得できないし、でもあなたと何時間かをすごした下北沢は私にとってもっとも心があったかくなる場所でした。いま、ボストンのぢゃない、ケムブリッジの一隅がそんなになってるのだナと思うと、飛んで会いに行きたい気持です。JCは幸福な人だと思います。やあ二人とも幸福な人です。本人たちは本人たちで大変なこともあるんでしょうけれど。寒いでしょうけど元気でね。また Zeppelinの住んでる島へ行ったり、フラミンゴに会ったりしたら手紙下さい。もちろんあなたの絵ハガキは、あの部屋のかべを楽しく飾ってくれていて、夜おそく学校から帰って食事をする私に、すまさんっていう友達だっているんだぞうと言ってくれます。JCにも山ほどよろしく、

すがあつこ.

5

すまさん。マイアミからの楽しいお便りありがとぅ。Zeppelin の話はとても面白かった。あんなヤツが住んでる島なんてこっけいですね。もっと早く手紙を出したかったけど、ひどくくだらないことが忙しくて忙しくて、そのあげくに風邪をひいてしまって、3日ほど寝て、今日は日曜日でやっと少し元気が出て、明日は学校へ行こぅかナと考え、そのまえにラテン語でも勉強しようと考え、そのまえにチョットスマサンに手紙を書こぅと思い立ったわけです。

アメリカはとても寒いと毎日新聞にのっていて、北海道も旭川なんてマイナス39℃なんて、全くウソのような寒さになって東北や北陸ではスベッテ屋根から落ちたりいろんなことで人が死んだりケガしたり信じられないようなことばかり。

ああそぅそぅ。とても大事なこと。この前 Harvard の何とか museum に行ったとき、魔法の豆を送ってくれたでしょぅ。あれがそもそも私の病気になる前のこと。ある晩、おそく帰って来たら Post にあなたからの手紙が入ってた。ワクワクして、だけど急いで電話をかける用事があったので片手で電話をかけながら片手で paper knife であなたの手紙の封を切ったの。そしたら手紙と一しょに、何やらタイプした紙キレ――それにホッチキスかなにかで小さなビニール袋がとめてあった。まず手紙を読んだ――それでその袋にはマホーの豆が、豆の中にはゾーが入っているとわかったので、もう一度袋を見たが、全くカラッポ。豆はインドのものだから、ケシ粒(poppy seed) くらいの小さいものかとおもったけれど、その中に hand curved の elephant なんて入ってるわけないし。そう言えば封筒にも一寸キズがついてるし、そしてビニール袋は小さく破けていた。私は、封筒から出すときに、それではどこかに飛んでしまったかと、まずテーブルの上を全部みわたし、それから四つん這いになって部屋中を歩いたと言ぅのか這ってまわり、ソファの下からみんな見たけれどカゲも形もなかった。すまさんよＪＣよ、これをどう解釈すればよいのでしょう。ゾウと豆は、今でも私の部屋の人知れぬ corner に住んでいるのか。それも悪くないけれど、私はやはり、一こと挨拶したかった。CIA がどこかで手紙を開封してゾウを分解してるのかナ。でもとにかく豆とゾウを買ってくれて送ってくれてありがとう。ゾウとその後対話はないのでそれについての報告はできないけれど……

　下北沢にすまさんが住んでいないということは、まだ納得できないし、でもあなたと何時間かをすごした下北沢は私にとってもっとも心があったかくなる場所でした。いま、ボストンのじゃない、ケムブリッジの一隅がそんなになってるのだナと思うと、飛んで会いに行きたい気持です。ＪＣは幸福な人だと思います。やあ二人とも幸福な人です。本人たちは本人たちで大変なこともあるんでしょうけれど。寒いでしょうけど元気でね。また Zeppelin の住んでる島へ行ったり、フラミンゴに会ったりしたら手紙下さい。もちろんあなたの絵ハガキは、あの部屋のカベを楽しく飾ってくれていて、夜おそく学校から帰って食事をする私に、すまさんっていう友達だっているんだぞうと言ってくれます。ＪＣにも山ほどよろしく。

すがあつこ

6

1977.3.10

この封筒には、絵はがき、銀座の大阪寿司の店の包み紙の表裏に書かれた手紙、新幹線の事故を伝える新聞記事（28 頁）の切り抜きが同封されていた。

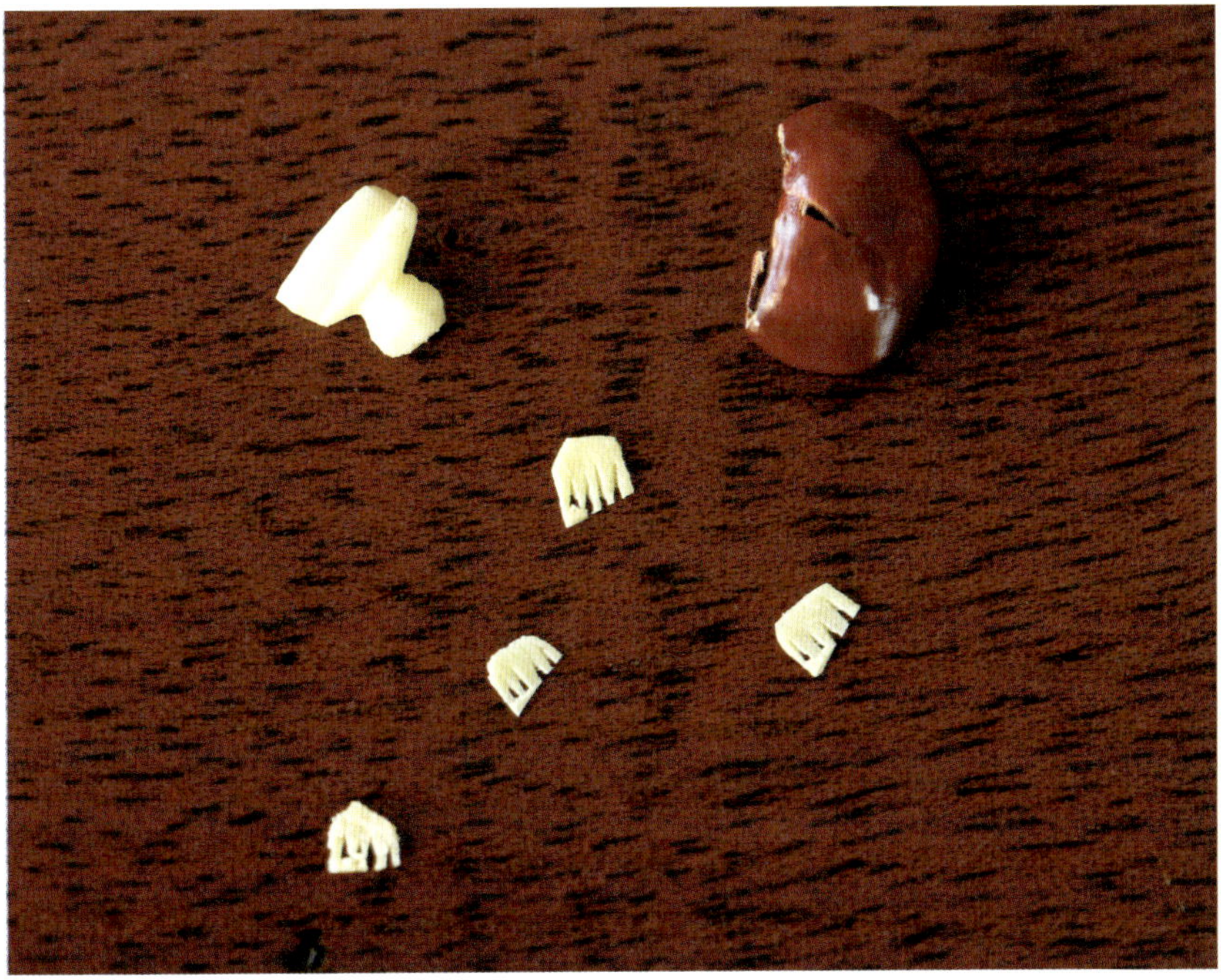

スマからの手紙には、樹木の葉や植物の種など、かわいいオマケが同封されることが多かった。これはインドの「魔法の豆」と呼ばれるもの。小さな赤い豆に象牙でつくられた象のミニチュアが何個も入っている。スマが同封し一度送ったものの、あまりに小さすぎて須賀の手もとで行方不明になり、もう一度、送り直すことになった。

6

①すまさん、こんどはマホーの豆が着きました。シラミのようにやさしい象が３匹出てきました。どうして第一のマメが消えたのか、これは昭和の歴史のナゾの一つとして残るのではないかナ。その後どのスミからも出てこないし、私も四ツん這いになることをあきらめました。スマさんのクレープを早くたべたいです。

このカードは今日ある本屋さんに行ったらタダでくれたので、私はいつもすまさんの美しい絵ハガキをもらうのに、なにも絵のついたものを送れないから、このへんなクジラ——じゃないイルカの肖像?を送ります。

私の生活は相変らず。今日は朝から立川の火葬場なんてところに行ってとても気が滅入《めい》ってしまったのでケイオーをさぼって↓

つづく

つづき。

②友達といっしょに神田へ本を買いに行きました。ああうれしかった。この二、三日急に春みたいになって、ハーフコートなんて着て歩いて、今日も立川の田舎では梅の花がいっぱい咲いていました。桃ももうそろそろ咲くかも知れない。今日の冬はうんと寒かったけど、もう春みたいで、日本の冬はみじかい。東京N子北海道

神田で本をうんと買ってごきげんで大阪寿司まで買って帰って今たべたところ。この紙もきれいなのですまんに送ることにしました。

あのVALENTINEのおかしくて楽しいなモモヒキはその後どんな運命をたどったか。まさかJCが毎日おれをはいてHARVARDに出かけるなんてことはないのでしょうね。

元祖
大阪寿司

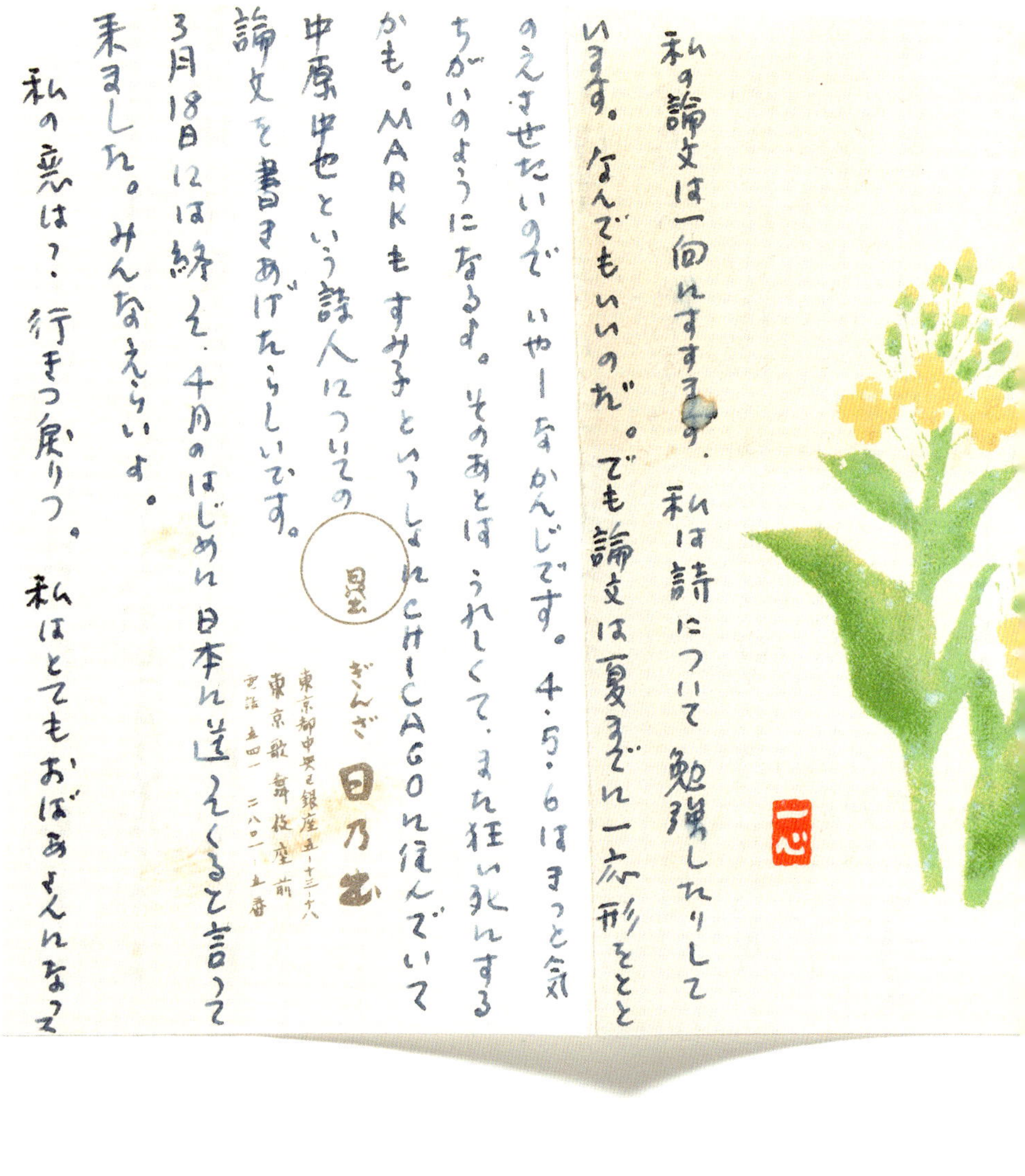

私の論文は一向にすすまず。私は詩について勉強したりして
います。なんでもいいのだ。でも論文は夏までに一応形をとと
のえさせたいので いやーなかんじです。4・5・6はずっと気
ちがいのようになるよ。そのあとは うれしくて、また狂い死にする
かも。MARKもすみ子といっしょにCHICAGOに住んでいて
中原中也という詩人についての
論文を書きあげたらしいです。
3月18日には終え、4月のはじめに日本に送ってくると言って
来ました。みんなえらいよ。
私の恋は？ 行きつ戻りつ。
私はとてもおばあさんになって

ぎんざ 日乃出
東京都中央区銀座五ノ十三ノ十八
東京歌舞伎座前
電話 五四一 二八〇一・五番

しまってもうダメと思う日と いやアまだまだと思う日とが
あります。 燥ウツと言うんでしょう。でも二月の半ばからじゃ
ない、終り頃から大分元気になって また時々友人を呼ん
だりお料理をつくったりするようになりました。生活にリズムを
つけないとベッタリコとなってしまって誰かに踏まれたおモチのよう
になってしまうから。
もっと書いて すまさんと遊んでいたいのだけれど これから
明日の授業（JOCHI）の準備をしたりしなければならない
ので今日はこれでやめます。
私のイロイロな植物たちも春を迎えて楽しそうです。
あなたからうけついだ ゼラニウムも元気でありますヨ
GRAPE FRUITの木はその後どうしていますか。 しゃしんは相変
らず食卓のヨコの壁にピンでとめてある。 これはいったい

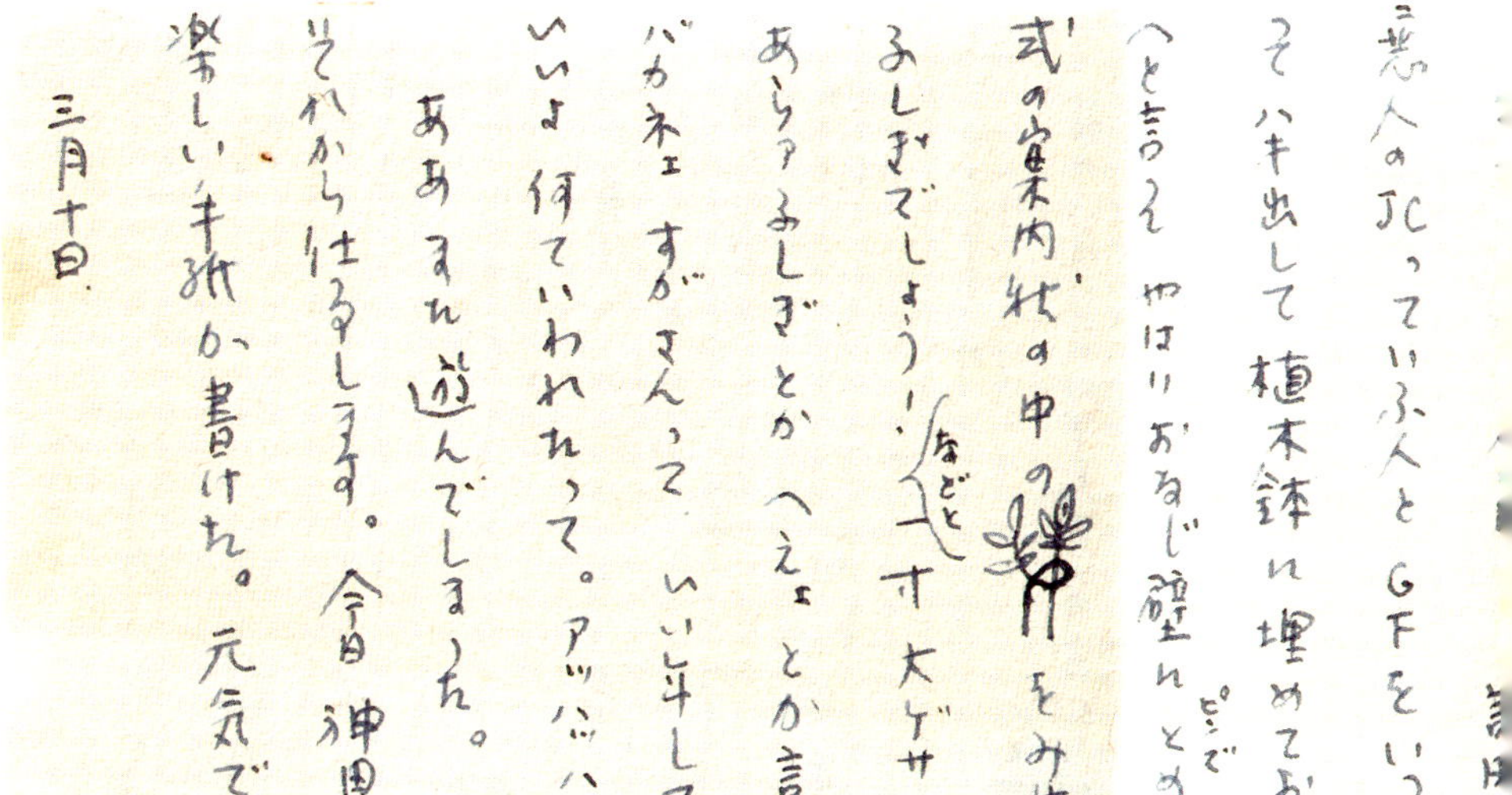

恋人のJCっていふ人とGFをいっしょにたべて その種をプッ
プッてハキ出して植木鉢に埋めておいたら、 こんななって
（と言うえ やはりおなじ壁にピンでとめてある あなた達の けっこん
式の案内状の中の（drawing）をみせて） 生えてきちゃったの、
ふしぎでしょう！ などと 一寸大ゲサに言うと みんな つりこまれて
あらァふしぎとか へェとか言う。 でも うちへ帰えから
バカネェ すがさんって いい年して なんて言えるかも知れないネ
いいよ 何ていわれたって。アッハハ、
ああ また遊んでしまった。 これから イチゴを一寸たべて
それから仕事します。今日 神田へ半日行ったけど こんな
楽しい手紙が書けた。 元気でネ
LOVE + EVERYTHING!

三月十日

あつこ

③

トイレットペーパー 新幹線を止める

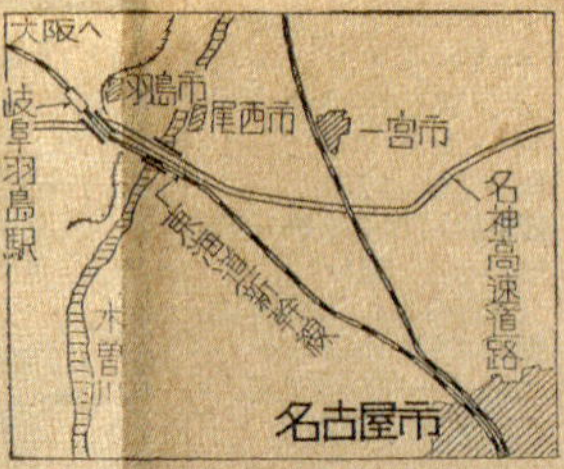

長かった寒波も去って日本列島に春めいた陽気がやってきた十日、岐阜県下の名神高速道路を走っていたトラックの荷台から落ちたトイレットペーパーが国鉄新幹線の架線にひっかかり、列車を一時間以上もとめる事故があった。洋ダコや、農業用ビニールによる事故は年間、二百数十件あるが、トイレットペーパーによる被害は初めて、と国鉄新幹線総局でも驚いている。

十日午前十時四十一分ごろ、名古屋—岐阜羽島間の木曽川鉄橋を走っていた東京発広島行き「ひかり125号」の運転士が、上下線の両方の架線にトイレットペーパーがからまって、ヒラヒラしているのを見つけ、停車した。この列車の前を走っていた東京発博多行き「ひかり65号」の車掌が、そばを通っている名神高速道路の上でトラックがとまり、道路上に落ちたトイレットペーパーを拾っているのを目撃している。トイレットペーパーは新幹線の線路内にも七十㍍にわたり散乱している。国鉄新幹線総局はトイレットペーパーを満載したトラックが走行中に荷崩れを起こしたものとみている。

架線にからまったトイレットペーパーをとるため、名古屋電気所から係員が現地に向かい、約一時間十分後の十一時五十分にようやく運転を再開した。

この影響で三島—新大阪間で「ひかり」「こだま」計四十本が一時ストップしたほか、後続の列車も最高一時間二十分遅れ、四本が運休した。

新幹線総局の調べによると、洋ダコや農業用ビニールが風にあおられ、架線にひっかかる事故は最近、年間三百件近くあり、そのうち列車を遅らせた事故は昨年四月から洋ダコ三十件、ビニール五件にのぼるが、トイレットペーパーによるものは初めてという。

こんなバカでくだらない記事は日本の新聞だけでしょうか。
三月十日 朝日新聞。でもヒラヒラしてるなんて一すcけーc

7

1977.5.17

Suma-

すばらしいナベツカミをありがとう、ちょうどこの一週間ほどまえ、うちの
まわりはネコの恋に満ちて、私は夢の中でおとなりの赤ん坊が泣きわめいて
いるのかとおもってユーウツなきもちになっていたら、それは近所の目にはみえない
猫たちが呼びあい叫びあっていたのでした。恋の中でもネコの恋はとても悲しみ
に満ちていて執念ぶかそうで魅力的で。それであなたのナベツカミでナベを
つかむのはやめて、例のテーブルの横の壁にピンでとめました。ここの家に来る人
がみんな楽しい楽しいと言って見る（ほんとうはお世辞なのか？それを私は哀れ
にも信じたのか？）あの壁に。そして、すまさんに手紙を書かなければ—川のよこ
でわらってる二人の絵ハガキ（これもかべに）が着いてからず—っとそう思い
つづけていて、今日こそと思って学校から8.30に帰って来たら、ああ、ライラックの
花だとかカエデの花だとか、雪が降ってるニュースだとかをいっぱい入れた
そして遂にWeddingのしゃれたしゃしんまで入れた手紙が、なんとMark
Kretzmannの結婚式のしゃしんの入った手紙といっしょにPostに入っていました。
今朝は
ずいぶん疲れているけど、今日は書かなければと思って書いている。
Suma sanは本当に私の なんというのか、matter of factな生活の詩ですから
とても大切であなたと知りあいになれたことはJ.C.にお礼を言っても言っても言い
たりない。そうそう、いつかのアザラシのAndreもあの壁に貼られています。その下
にはどこかの雑誌からきりぬいた、実にダラシのないかっこうで寝そべっている
白熊のしゃしん。それからこのあいだ死んだEugeneのしゃしんだとか、
Mark Kretzmannの結婚式—そしてyouたちのしゃしんだとか。
昨日でひっこしてから一週間じゃない一年経ちました。今年も日曜だったよ。
あなたが白い花をどっさりもってきてくれて、楽しい夜だった。今年はあなたも
いないし、Markもいないし、そのうえ、Andyもお姉さんの子供が脳に腫瘍が
できてそのお姉さんのご主人もそれで亡くなったばかりなので二月に大いそぎ
でスイスに帰ってしまった。おもしろい友達はだんだんいなくなって、matter of
fact な人ばっかりふえて、わりあいとまわりはつまらなくなった感じ。
そちらで雪が降った話はこちらのラジオでも言っていた。スマたちはどうしてるかナー
と思っていたのですけれど。ライラックなんて雪が降ったらどうなるのか。私の
ところでは、去年のあなたにもらったアサガオの芽が又出た。それから
Basilicだとか。それから松葉ボタンの芽もいっぱい出ている。ゼラニウムも
今年はいっぱい蕾をつけました。それから、パセリとかセロリとかそんなものの
種も播いたら少しずつ出て来た。ああそれから、去年の秋に友人の11才の
娘からメダカを3匹もらったのですが、その中の一匹がタマゴをうんで、その
タマゴが一昨日くらいにかえって、今、一つの（ちょうど去年Sumaにもらった白い
花を活けたデンマーク製のカットグラスの）花ビンには、針の先のような、身長二ミリ
くらいのコメダカたちがチチッ チチッと泳いでいます。昨日の日曜は

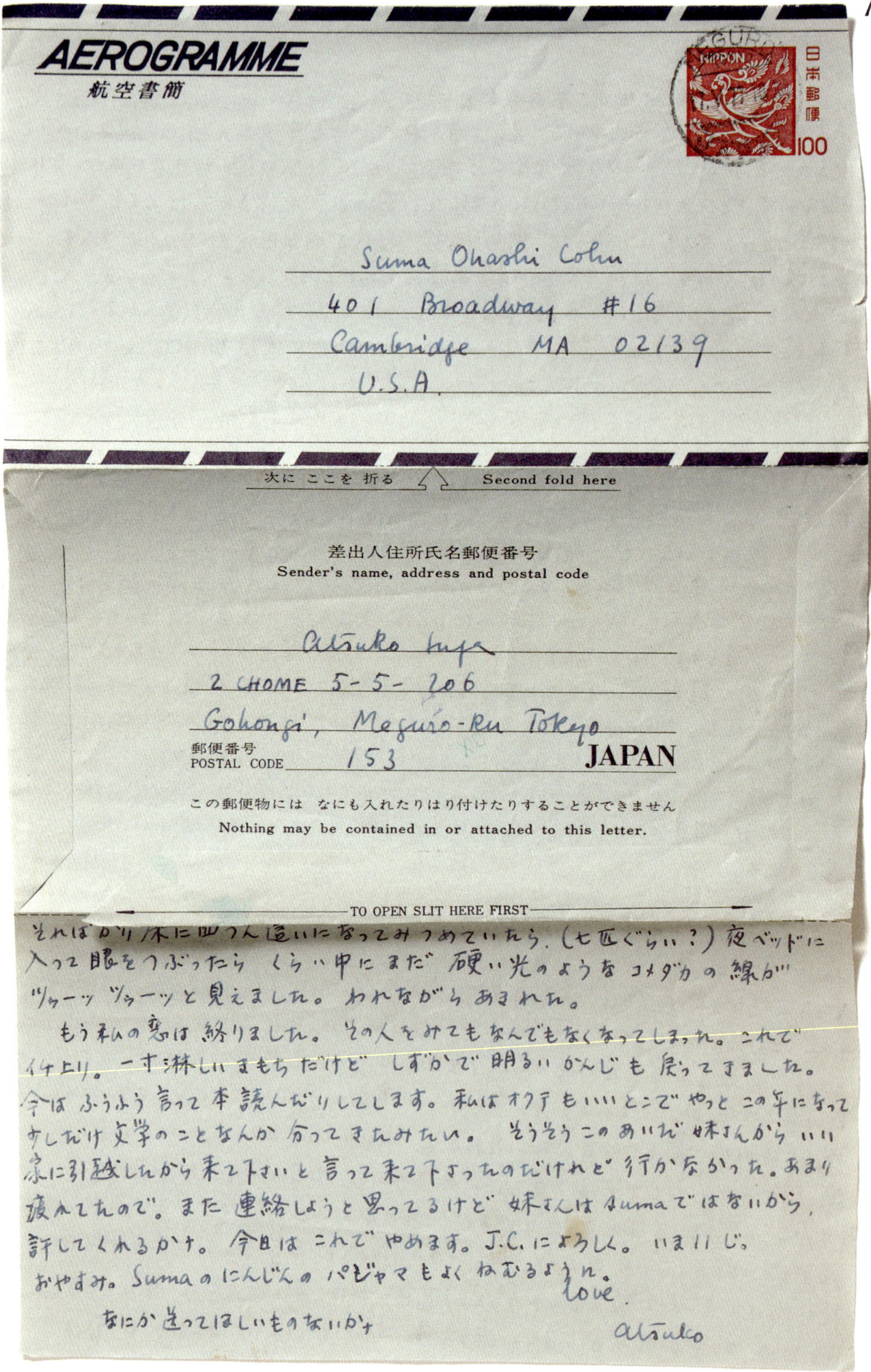

AEROGRAMME
航空書簡

NIPPON 日本郵便 100

Suma Ohashi Cohn
401 Broadway #16
Cambridge MA 02139
U.S.A.

次に ここを 折る　Second fold here

差出人住所氏名郵便番号
Sender's name, address and postal code

atsuko suga
2 CHOME 5-5-206
Gohongi, Meguro-ku Tokyo
郵便番号
POSTAL CODE 153　JAPAN

この郵便物には なにも入れたりはり付けたりすることができません
Nothing may be contained in or attached to this letter.

TO OPEN SLIT HERE FIRST

そればかり床に四つん這いになってみつめていたら。(七匹ぐらい?) 夜ベッドに入って眼をつぶったら くらい中にまだ硬い光のようなコメダカの線がツゥーッ ツゥーッと見えました。われながらあきれた。

もう私の恋は終りました。その人をみてもなんでもなくなってしまった。これで仕上り。一寸淋しいきもちだけど しずかで明るいかんじも戻ってきました。今はふうふう言って本読んだりしてします。私はオクテもいいとこでやっとこの年になって少しだけ文学のことなんか分ってきたみたい。そうそうこのあいだ妹さんからいい家に引越したから来て下さいと言って来て下さったのだけれど行かなかった。あまり疲れてたので。また連絡しようと思ってるけど妹さんはsumaではないから、許してくれるかナ。今日はこれでやめます。J.C.によろしく。いま11じ。おやすみ。sumaのにんじんのパジャマもよくねむるようね。

love.

なにか送ってほしいものないかナ

atsuko

Suma.

すばらしいナベツカミをありがとう。ちょうどこの一週間ほどまえ、うちのまわりはネコの恋に満ちて、私は夢の中でおとなりの赤ん坊が泣きわめいているのかとおもってユーウツなきもちになっていたら、それは近所の目にはみえない猫たちが呼びあい叫びあっていたのでした。恋の中でもネコの恋はとても悲しみに満ちていて執念ぶかそうで魅力的で。それであなたのナベツカミでナベをつかむのはやめて、例のテーブルの横の壁にピンでとめました。ここの家に来る人がみんな楽しい楽しいと言って見る（ほんとうはお世辞なのか？　それを私は哀れにも信じたのか？）あの壁に。そして、すまさんに手紙を書かなければ——川のよこでわらってる二人の絵ハガキ（これもカベに）が着いてからずーっとそう思いつづけていて、今日こそと思って学校から8：30に帰って来たら、ああ、ライラックの花だとかカエデの花だとか、雪が降ってるニュースだとかをいっぱい入れた、そして遂に wedding のしゃれたしゃしんまで入れた手紙が、なんと Mark Kretzmann の結婚式のしゃしんの入った手紙といっしょに Post に入っていました。今晩はずいぶん疲れているけど、今日は書かなければと思って書いている。

Suma san は本当に私のなんというのか、matter of fact な生活の詩ですからとても大切であなたと知りあいになれたことは J.C. にお礼を言っても言っても言いたりない。そうそう、いつかのアザラシの Andre もあの壁に貼られています。その下にはどこかの雑誌からきりぬいた、実にダラシのないかっこうで寝そべっている白熊のしゃしん。それからこのあいだ死んだ Eugene のしゃしんだとか、Mark Kretzmann の結婚式——そして you たちのしゃしんだとか。

昨日でひっこしてから一週間じゃない一年経ちました。今年も日曜だったョ。あなたが白い花をどっさりもってきてくれて、楽しい夜だった。今年はあなたもいないし、Mark もいないし、そのうえ、Andy もお姉さんの子供が脳に腫瘍ができてそのお姉さんのご主人もそれで歿くなったばかりなので三月に大いそぎでスイスに帰ってしまった。おもしろい友達はだんだんいなくなって、matter of fact な人ばっかりふえて、わりあいとまわりはつまらなくなった感じ。

　そちらで雪が降った話はこちらのラジオでも言っていた。スマたちはどうしてるかナーと思っていたのですけれど。ライラックなんて雪が降ったらどうなるのか。私のところでは、去年のあなたにもらったアサガオの芽が又出た。それから Basilic だとか。それから松葉ボタンの芽もいっぱい出ている。ゼラニウムも今年はいっぱい蕾をつけました。それから、パセリとかセロリとかそんなものの種も播いたら少しずつ出て来た。ああそれから、去年の秋に友人の11歳の娘からメダカを3匹もらったのですが、その中の一匹がタマゴをうんで、そのタマゴが一昨日くらいにかえって、今、一つの（ちょうど去年 Suma にもらった白い花を活けたデンマーク製のカットグラスの）花ビンには、針の先のような、身長二ミリくらいのコメダカたちがチチッチチッと泳いでいます。昨日の日曜はそればかり床に四つん這いになってみつめていたら、（七匹ぐらい?）夜ベッドに入って眼をつぶったらくらい中にまだ硬い光のようなコメダカの線がツゥーッツゥーッと見えました。われながらあきれた。

　もう私の恋は終りました。その人をみてもなんでもなくなってしまった。これでイチ上り。一寸淋しいきもちだけどしずかで明るいかんじも戻ってきました。今はふうふう言って本読んだりしています。私はオクテもいいとこでやっとこの年になって少しだけ文学のことなんか分ってきたみたい。そうそうこのあいだ妹さんからいい家に引越したから来て下さいと言って来て下さったのだけれど行かなかった。あまり疲れてたので。また連絡しようと思ってるけど妹さんは Suma ではないから、許してくれるかナ。今日はこれでやめます。J.C. によろしく。いま11じ。

おやすみ。Sumaのにんじんのパジャマもよくねむるように。
なにか送ってほしいものないかナ

love, Atsuko

おすまさんのこと

須賀敦子

おすまさんは画家である。日本文学を研究しているニューヨーク生まれのご主人のジョエルと、ハーバード大学のある、ケンブリッジの町に住んでいる。私が彼女と知りあったのは、四年ほど前、東京に留学していたジョエルを通してであった。ジョエルが日本を離れることになったとき、私の家で、ある夜、何人かの友人が集まった。そのとき、婚約者ですといって、ジョエルが、おすまさんを連れてあらわれた。じつをいうと、婚約者だと、そのときはっきり聞いたかどうかは、おぼえていない。みなでワインを飲んでいたら、おすまさんは、すぐにねてしまった。べつに言いわけをするのでもなく、それでいて、すこしはずかしそうにねむってしまったおすまさんは、なにかさわやかだった。その日は、それだけだった。

翌日、ジョエルから電話があって、自分はまもなく日本をはなれるけれども、おすまさんは、婚約者のビザというものがもらえるまで、東京に残らねばならない、だから、どうぞよろしくというのだった。

ジョエルが帰国してまもなく、私は下北沢にあったおすまさんの部屋によばれた。ちょっとシャガールをおもわせる、透明な感じの作品が、何枚か壁にたてかけられていた。さほど広くない部屋のまん中に、古びた籐の椅子が、どっしりと置かれていた。ジョエルとある夜散歩していたら捨ててあったので、持ってきたということだった。ジョエルにおしえてもらったという、南米ふうのおいしい食事をごちそうになった。

おすまさんは北海道生まれである。北見の近くの農場で育った。たくさんのきょうだいの末から三番目くらいで、学校を卒業してから東京に来た。東京で絵の塾に通って、そこを卒業してから、下北沢の小さな事務所で働いて、その合間に絵を描いていた。ときどき、絵の仲間たちと個展をひらく。思ったより売れることもあるし、売れないこともある。また、どうしても売りたくない作品もあって、そういうのは、自分の部屋の壁にかけておく。私の娘といってもよいほど年のちがうそんなおすまさんは、すこしの間に、私にとって、かけがえのない友人になった。

　二度目におすまさんのところに行ったのは、夏も近いある午後だった。朝から忙しい日で、夕方、町で人に会う約束があったのだが、その間の何時間かが、ふいにぽっかりと空いた。たぶん休日かなにかだったのだろう。おすまさんは家にいた。なにか話していて、こんどは私が籐の椅子の中でねむってしまった。そのころ、身辺に厄介なことがたくさんあって、私は疲れはてていた。ふと目をさますと、もう約束の時間に近かった。おすまさんの入れてくれたお茶を飲むひまもなく、あわててとびだした。でも、家でひとりでねむったのとはちがう、やすらかさが心にみなぎって、ほんとうに、おすまさんがありがたかった。

　おくれにおくれたビザがやっともらえて、おすまさんは、アメリカへ出発した。小柄な彼女が、ひとり、飛行機にのって、遠いところに行ってしまうことが、私にはひどく心細いことに思えた。自分は、もっと若いときに、ひとりでヨーロッパに旅立ってしまったのに、そして自分のときは、なにもかも当然のことのようにふるまっていたのに、おすまさんがアメリカに行くのは、メアリ・ポピンズの旅行かなんぞのように、とてつもないことに思えた。赤い花の咲くゼラニウムと、自分で播いた朝顔と、あちこち葉

スマ・コーンは絵ばかりでなく、さまざまな素材と技法による作品を制作している。これは、須賀が手紙のなかでも触れている人形。ニューヨーク、フォークアートミュージアムのミュージアムショップでも販売されていた。写真は、夫妻がモデルの非売品。

先のちぎれたアロエの鉢を私にのこして、おすまさんは発っていった。

　ジョエルがニューヨークの飛行場まで迎えにきてくれました、と彼女からまもなく葉書がとどいた。その葉書には、のっぽでちぢれ毛のジョエルの首ったまに、おすまさんがとびついている絵が描いてあった。おすまさんのほっぺたには、涙のしずくがとんでいた。

　ニューヨークのジョエルの両親の家で、まもなく二人は結婚式をあげた。年とった先方の両親とも、ジョエルのただひとりの妹さんとも、それから、手紙ではもうひとつ関係のはっきりしない何人かの「おばさん」たちとも、おすまさんは、なかなかうまくいっているようだった。おすまさんなら、だれにでも気にいられるのがあたりまえだという気持ちと、ひょっとしたらおすまさんは、つらいことは自分の心にしまいこんで、私をたのしませることだけを手紙に書いてくるのではないかというおもいが、私の内部でいつも堂どうめぐりをしていた。

　まもなく、おすまさんは、人形つくりをはじめた。最初、ジョエルのためにつくってあげた人形が、おかあさんだかの目にとまって、もっとつくって売るとよいといわれたのだった。七つ八つの人形を持って、ジョエルの妹さんといっしょに、おすまさんは、ニューヨークのハイカラな通りの、めぼしい店を一軒一軒たずねて歩いた。いくつかの店が買いあげてくれた。あまり寒い日だったので、この次は、もうすこし暖かくなってから行くことにしましたと、その便りは結ばれていた。その一行が、おすまさんの異国でのたよりない気持ちを如実にあらわしているように、私には思えた。それと同時に、世界経済の中心地のようなニューヨークの街で、自分の手でこしらえた人形を売って歩くというような原始的な方法で、自分たちの運命をひらいてみようとする人たちの、あっけらかんとした強さに、ただ、目を瞠《みは》るおもいがした。

　また夏が来て、三年目のある日、おすまさんはジョエルと日本に帰ってきた。ひと月の予定で、北海道の両親を訪ねる、お里帰りの旅行だった。ふたりとも、以前よりすこし太って、満足そうだった。話のなかで、おすまさんが、私ニューヨークはきらい、建物が高すぎて、といった。凍えるような冬の日に、人形を持って歩いた彼女の姿と、目のまえのたのしそうな彼女の姿が、ふと重なった。

（「ひろば秋季号83」一九七九年、こどものせかい・至光社発行）

①

すまさん、ながいながいあいだごぶさたして、本当にもう許してくれないかも知れないと思いながら、この手紙を書きます。ほんとうにごめんなさい。

ネコたちのいる、かわいらしい壁掛け（ナベつかみが五本木2丁目5-5-206では壁の装飾になったのです）のお礼もまだではないか?! それでも、Farmに行ったときの、動物入りの絵葉書なぞを送ってくれる有難いすまさんです。

あなたの手造りの人形はどのような経過をへて、New York 5番街に出たのでしょうか。それは日本ふうの人形なのでしょうか。あなたはこれから人形つくりのひとになるのでしょうか。J.C.は、論文が書けましたか。私はまだです。まだというのは、全く私がなまけものだからです。というのが、この三ヶ月、全くその仕事をする気がなくて、イタリアの現代詩に関するエッセイのようなものをずっと書いていて、その仕事が面白くて〳〵とうとう中世の詩にはしばらくお別れしていたのです。私の書くものを気に入ってくれた小さな雑誌の編集者がいて、そのひとががんばれ〳〵と云ってくれたので、私は常にガンバレと言う人を必要とする ②
ので、そのひとに会ってから大分仕事をしたようです。夜ねる時間をけずってまで六月いっぱいは、夢中で、モンターレという、一昨年ノーベル賞をもらった詩人の作品について書きました。楽しかった。なんども途中で、これはとてもまとまらないから止めようかと思いましたが、とうとう先週完成して、気絶しそうに嬉しかった。それにしても、私は、他の人が30そこそこぐらいで（おそくとも）経験することを50近くなってやっているのでつくづく「おく手」だなァと思いますが、これも私は私の歩き方しかできないのだから、仕方がないのだなァとあきらめの一手。いつか書くようになったほうが、全然書かないよりは、ましでしょう。

その他の最近のニュースというと、去年、11才の女の子にもらったメダカの中の一匹は死にましたが、あとの二匹がタマゴを生んで、（もちろん二匹のうちの一匹が）そのタマゴがかえって、今私の家には40匹ぐらいのメダカが、去年、引越した日にあなたがもって来てくれた白い花を活けた花びんに、びっしり泳いでいます。いちばん大きいのが、いま、かえってからひと月半くらいで体長一センチ。いちばん小さいのは、2ミリくらいで、尻尾は、このペンでは書けないくらい細い。私はいまにメダカ屋さんになるのだろうかと、心配しながら、毎朝エサをやっています。そのうちメダカ用の水槽を買ってやらないといけないのかナと考えているところ。

今日は参議院の選挙ですが、今度はもうあまりにもよい加減な候補が出て、これくらいならうちのメダカでも当選するのではないかという感じで、全く、げっそりしています。棄权しようかなァと考えたくなるくらいです。

ああ、それから、あなたに去年もらった朝顔は今年も芽を出して、まだ蕾はないけれど大分しげっています。メダカさわぎで今年は花たちは不遇で、あまり世話を

8

1977.7.11

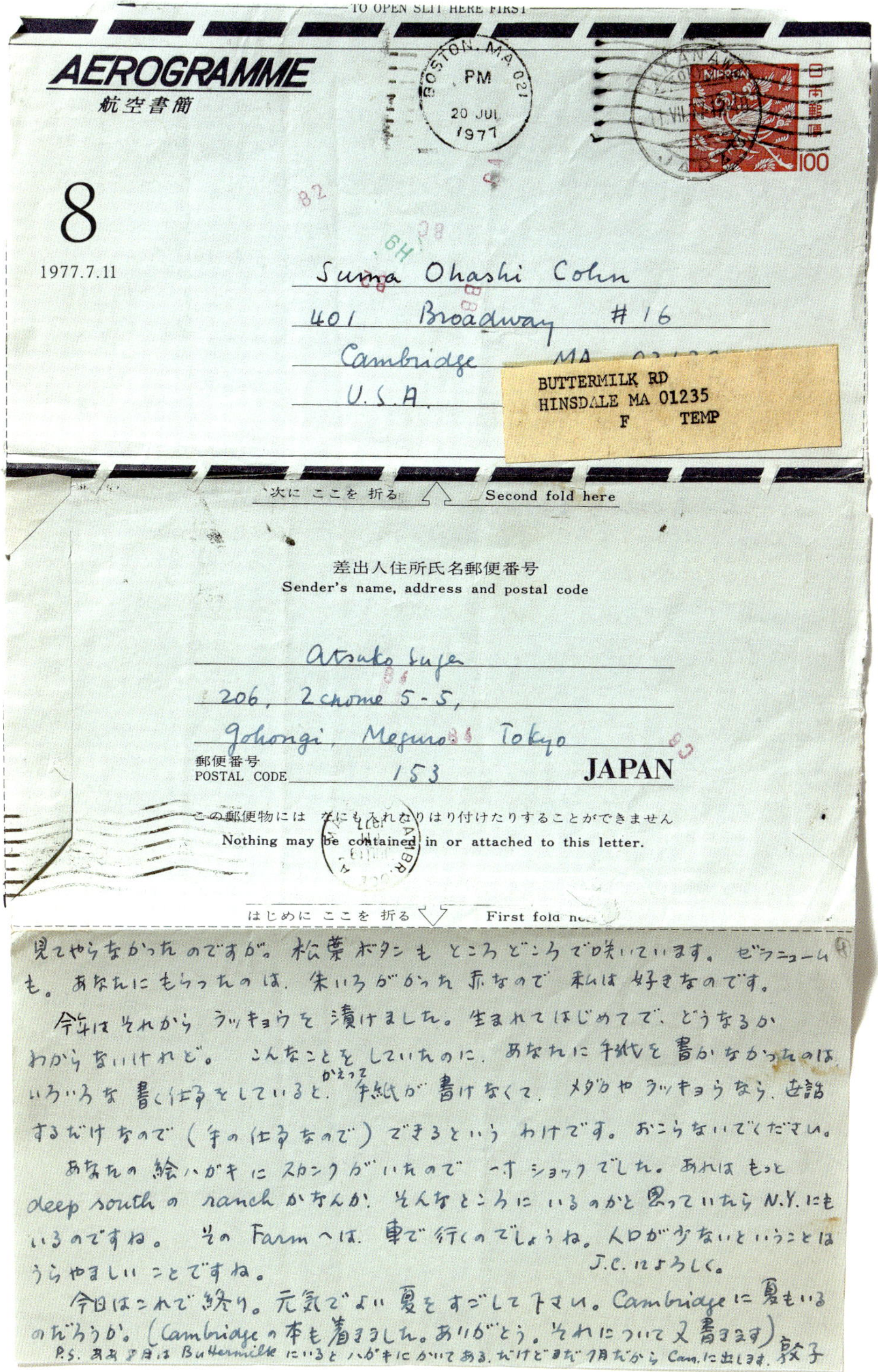

TO OPEN SLIT HERE FIRST

AEROGRAMME
航空書簡

BOSTON, MA 021 PM 20 JUL 1977

日本郵便 NIPPON 100

Suma Ohashi Cohn
401 Broadway #16
Cambridge MA
U.S.A.

BUTTERMILK RD
HINSDALE MA 01235
F TEMP

次に ここを 折る　Second fold here

差出人住所氏名郵便番号
Sender's name, address and postal code

Atsuko Suga
206, 2chome 5-5,
Gohongi, Meguro Tokyo
郵便番号
POSTAL CODE 153　JAPAN

この郵便物には なにも入れたりはり付けたりすることができません
Nothing may be contained in or attached to this letter.

はじめに ここを 折る　First fold here

見てやらなかったのですが。松葉ボタンもところどころで咲いています。ゼラニュームも。あなたにもらったのは、朱いろがかった赤なので私は好きなのです。

今年はそれからラッキョウを漬けました。生まれてはじめてで、どうなるかわからないけれど。こんなことをしていたのに、あなたに手紙を書かなかったのは、いろいろな書く仕事をしていると、かえって手紙が書けなくて、メダカやラッキョウなら、世話するだけなので（手の仕事なので）できるというわけです。おこらないでください。

あなたの絵ハガキにスカンクがいたので一寸ショックでした。あれはもっとdeep southのranchかなんか、そんなところにいるのかと思っていたらN.Y.にもいるのですね。そのFarmへは、車で行くのでしょうね。人口が少ないということはうらやましいことですね。
J.C.によろしく。
今日はこれで終り。元気でよい夏をすごして下さい。Cambridgeに夏もいるのだろうか。（Cambridgeの本も着きました。ありがとう。それについて又書きます）
敦子
P.S. ああ 8月は Buttermilk にいるとハガキにかいてある。だけどまだ7月だからCam.に出します。

すまさん。ながいながいあいだごぶさたして、本当にもう許してくれないかも知れないと思いながら、この手紙を書きます。ほんとうにごめんなさい。

ネコたちのいる、かわいらしい壁掛け（ナベつかみが五本木2丁目5-5-206では壁の装飾になったのです）のお礼もまだではないか?! それでも、Farm に行ったときの、動物入りの絵葉書なぞを送ってくれる有難いすまさんです。

あなたの手造りの人形はどのような経過をへて、New York 5番街に出たのでしょうか。それは日本ふうの人形なのでしょうか。あなたはこれから人形つくりのひとになるのでしょうか。J.C.は、論文が書けましたか。私はまだです。まだというのは、全く私がなまけものだからです。というのか、この三ヶ月、全くその仕事をする気がなくて、イタリアの現代詩に関するエッセイのようなものをずっと書いていて、その仕事が面白くて面白くてとうとう中世の詩にはしばらくお別れしていたのです。私の書くものを気に入ってくれた小さな雑誌の編集者がいて、そのひとががんばれがんばれと言ってくれたので、私は常にガンバレと言う人を必要とするので、そのひとに会ってから大分仕事をしたようです。夜ねる時間をけずってまで六月いっぱいは、夢中で、モンターレという、一昨年ノーベル賞をもらった詩人の作品について書きました。楽しかった。なんども途中で、これはとてもまとまらないから止めようかと思いましたが、とうとう先週完成して、気絶しそうに嬉しかった。それにしても、私は、他の人が30そこそこぐらいで（おそくとも）経験することを50近くなってやっているのでつくづく「おく手」だなァと思いますが、これも私は私の歩き方しかできないのだから、仕方がないのだなァとあきらめの一手。いつか書くようになったほうが、全然書かないよりは、ましでしょう。

その他の最近のニュースというと、去年、11歳の女の子にもらったメダカの中の一匹は死にましたが、あとの二匹がタマゴを生んで、（もちろん二匹のうちの一匹が）そのタマゴがかえって、今私の家には40匹ぐらいのメダカが、去年、引越した日にあなたがもって来てくれた白い花を活けた花びんに、びっしり泳いでいます。いちばん大きいのが、いま、かえってからひと月半くらいで体長一センチ。いちばん小さいのは、2ミリくらいで、尻尾は、このペンでは書けないくらい細い。私はいまにメダカ屋さんになるのだろうかと、心配しながら、毎朝エサをやっています。そのうちメダカ用の水槽を買ってやらないといけないのかナと考えているところ。

今日は参議院の選挙ですが、今度はもうあまりにもよい加減な候補が出て、これくらいならうちのメダカでも当選するのではないかという感じで、全く、げっそりしています。棄権しようかなァと考えたくなるくらいです。

ああ、それから、あなたに去年もらった朝顔は今年も芽を出して、まだ蕾はないけれど大分しげっています。メダカさわぎで今年は花たちは不遇で、あまり世話を見てやらなかったのですが。松葉ボタンもところどころで咲いています。ゼラニュームも。あなたにもらったのは、朱いろがかった赤なので私は好きなのです。

今年はそれからラッキョウを漬けました。生まれてはじめてで、どうなるかわからないけれど。こんなことをしていたのに、あなたに手紙を書かなかったのは、いろいろな書く仕事をしていると、かえって手紙が書けなくて、メダカやラッキョウなら、世話するだけなので（手の仕事なので）できるというわけです。おこらないでください。

あなたの絵ハガキにスカンクがいたので一寸ショックでした。あれはもっと deep south の ranch かなんか、そんなところにいるのかと思っていたら N.Y. にもいるのですね。その Farm へは、車で行くのでしょうね。人口が少ないということはうらやましいことですね。J.C. によ

8

ろしく。

今日はこれで終り。元気でよい夏をすごして下さい。Cambridge に夏もいるのだろうか。
(Cambridge の本も着きました。ありがとう。それについて又書きます)
P.S. ああ8月は Buttermilk にいるとハガキにかいてある。だけどまだ7月だから Cam. に出します。

敦子

9

1977.8.12

120
Suma Onashi Cohn
Buttermilk Rd.
Hinsdale.
MA. 01235
U.S.A.

Atsuko Suga. 2 chome 5-5-206
Gohongi, Meguroku-
Tokyo 153 - Japan

9

よく遊びよく働き、よく食べて少しムチムチ気味のおすまさんへ。

長い長い、うらとおもてとうらとうらとおもてに書いた手紙とそれから、sexy な海賊のＪＣたちが壁をぬっている絵ハガキとをどうもありがとう。（この紙はずっとまえに上智の学生だったおじょうさんからもらったものです）書きにくいのでこのページだけにしてあとはふつうの紙に書くとして。暑い暑い目玉がとび出しそうな毎日がつづいて、全く、完ペキに白痴化してしまうのではないかと非常に心細くなっていたときに、雨が降りまして、急に涼しくなりました。もっとも一時的なことらしいのですが。夏休みだからあれもしたいこれもしたいと計画だらけだったのに、ヒルネをしたりてんらん会を見に行ったりしているうちに、パッと日が経ち、子供のときのように宿題の山をみて、うらめしい気持の毎日です。それに昨日は六ヶ月前に書きあげた、Saba というイタリア詩人の作品の訳と短かいエッセーが、印刷になってとどいてきたのですが（例のモンターレのエッセイと同じく、Olivetti のＰＲ雑誌です）サンタンたる出来で非常に心がかなしくなっている今日。（それでもすまさんにはＪＣにも読んでもらいたいから送ります。これは、こういう文を書くのは、あまり経験がなかったので、私の言いたいことが少ししか言えていないという、私の年齢としては絶望的な欠点を持っているのですが）

お宅の山の家はずい分楽しそうですね。ほんとうにあなた達は私のいま知っている人たちの中でいちばん happy like な人たちみたいです。ひょっとしたら、つらいことやなんかはみんな言わないでポケットにしまって、みんなが寝しずまってから、すまさんは、そのポケットの中がこぼれないように、そーっと窓のところまで持って行って、マドから、パンパンッて中味をハタイて、また知らん顔してねむったりしているのかもしれませんけれど。

この笹の葉があまりきれいだから、ここまででこのページはやめます。

お人形のこと、寒い日に New York の町をずっと歩いたり、それは大変だったろうけれど、すばらしい経験というのか、だったとおもいます。なにか若くて、JCと二人でそんな生活を積み立てて行くあなたをうらやましいともおもいました。うらやましいというのは、へんなことばですが。私のなかには、やっぱりなにか放浪したいものが住んでいて、まだ自由になりたいと思いつづけています。それがどういうことか自分にもわからないので、とにかくふつうの人のふりをして毎日をすごしているのですが。詩を訳したり essay を書いたりすることも最高に幸福なのですが、それがすぐに、世間という場の中で rank されてクギヅケ、ハリツケになる。そういうことだったら〝えらく〟ならなくたっていいじゃあないか。

そんなことしてるとあなたがだめになる、とよく人がいうのですが、それではダメになるってなにか、ダメでない人間になるってどういうことか。暑すぎたのでしょうか。

めだかはお元気です。はじめふえてふえて困った仲好し couple については、ある朝、私の水の変えかたがあまりらんぼうだったのでおくさんのほうが死んでしまいました。3分かんぐらいで。いやでいやでどうしていいかわからないくらいいやで三日ぐらいたってから、ひとりになった夫メダカのために、また2匹のメダカを買ってきました。去年からいる（11歳の女の子にもらった）夫メダカにくらべると2匹の新米メダカは小さくてヒョロヒョロしてたのですが——ああ、かれらもまた couple だったのです。何日か経つと、新米《シンマイ》かの女がまたタマゴを生みはじめました。今度のは、あまり劇的だったので、またタマゴを別のコップに入れておいたら、ムチムチぎみのすまさんよ、今朝、針の先っぽのような子メダカが生まれていました。一匹。おとうさんは誰だか、これは世のなかすべての子どもについて言えるようですけれども、これはまったくわかよく遊びよく働き、よく食べて少しムチムチ気味のおすまさんへ。

長い長い、うらとおもてとうらとうらとおもてに書いた手紙とそれから、sexyな海賊のJCたちが壁をぬっている絵ハガキとを どうもありがとう。(この紙はずっとまえに上智の学生だったおじょうさんからもらったものです)書きにくいのでこのページだけにしてあとはふつうの紙に書くとして。暑い暑い 目玉がとび出しそうな毎日がつづいて、全く、完ぺきに白痴化してしまうのではないかと非常に心細くなっていたときに、雨が降りまして、急に涼しくなりました。もっとも一時的なことらしいのですが。夏休みだから あれもしたい これもしないと計画だらけだったのに、ひるねをしたりてんらん会を見に行ったりしているうちに、パッと日が経ち、子供のときのように宿題の山をみて、うらめしい気持の毎日です。それに昨日は六ヶ月前に書きあげたSabaというイタリア詩人の作品の訳と短かいエッセーが、印刷になってとどいてきたのですが(例のモンターレのエッセイと同じくOlivettiのPR雑誌です)サンタンたる出来で 非常に心がかなしくなっている今日。(それでもすまさんにはJCにも読んでもらいたいから送ります。これは、こういう文を書くのは、あまり経験がなかったので、私の言いたいことが少ししか言えていないという、私の年令としては絶望的な欠点を持っているのですが)

お宅の山の家はずい分楽しそうですね。ほんとうにあなた達は私のいま知っている人たちの中でいちばんhappy likeな人たちみたいです。ひょっとしたら、つらいことやなんかはみんな言わないでポケットにしまって、みんなが寝しずまってから、すまさんは、そのポケットの中がこぼれないように そーっと窓のところまで持って行って、マドから、パンパンッて中味をハタイて、また知らん顔してねむったりしているのかもしれませんけれど。

この笹の葉があまりきれいだから、ここまでで このページはやめます。

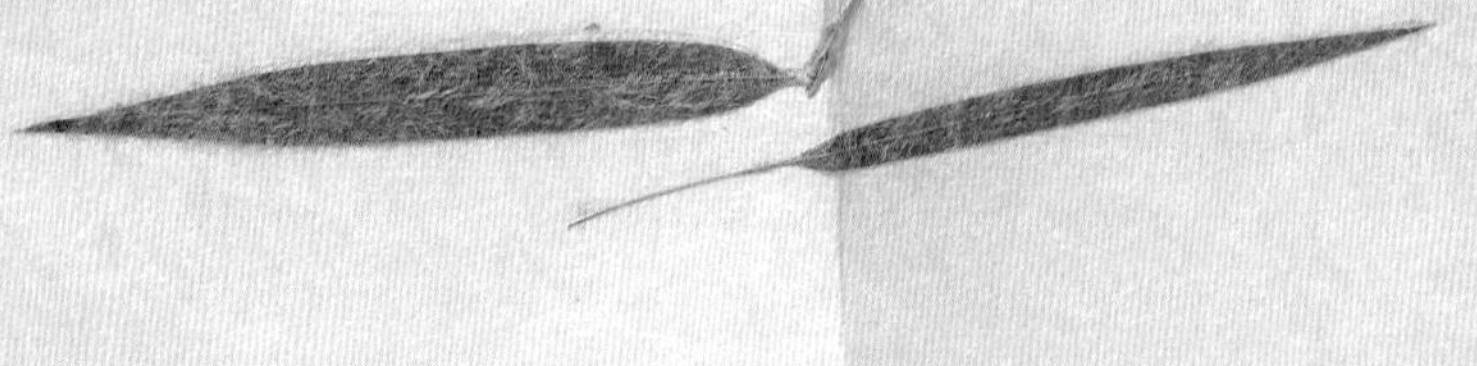

お人形のこと。寒い日にNew Yorkの町をずっと歩いたり、それは大変
だったろうけれど、すばらしい経験というのが、だったとおもい
ます。なにか若くて、JCと二人でそんな生活を積み立てて行く
あなたをうらやましいともおもいました。うらやましいというのは、
へんなことばですが。私のなかには、やっぱりなにか放浪したい
ものが住んでいて、まだ自由になりたいと思いつづけています。それが
どういうことか自分にもわからないので、とにかくふつうの人のふりを
して毎日をすごしているのですが。詩を訳したりessayを書いたりする
ことも最高に幸福なのですが、それがすぐに、世間という場の中
でrankされてクギヅケ、ハリツケになる。そういうことだったら
"えらく"ならなくたっていいじゃあないか。
そんなことしてるとあなたがだめになる、とよく人がいうのですが、それでは
ダメになるってなにか、ダメでない人間になるってどういうことか。暑すぎた
のでしょうか。
めだかはお元気です。はじめふえてふえて困った仲好しcoupleに
ついては。ある朝、私の水の変えかたがあまりらんぼうだったので
おくさんのほうが死んでしまいました。3分かんぐらいで。いやでいやで
どうしていいかわからないくらいいやで三日ぐらいたってから、ひとりに
なった夫メダカのために、また2匹のメダカを買ってきました。去年から
いる(11才の女の子にもらった)夫メダカにくらべると2匹の新米メダカは
小さくてヒョロヒョロしてたのですが——ああ、かれらもまたcoupleだった
のです。何日か経つと、新米《シンマイ》かっ女がまたタマゴを生みはじめ
ました。今度のは、あまり劇的だったので、またタマゴを別のコップ
に入れておいたら、ムチムチぎみのおまさんよ、今朝、針の先っぽの
ような子メダカが生まれていました。一匹。おとうさんは誰だか、これは
世のなかすべての子どもに~~[illegible]~~ついて言えるようですけれども、これはまったくわかり
ません。とにかく新しいcoupleから針メダカが一匹生まれたこと
に感激しています。でも私はメダカ屋になる気もないし、メダカ学校
の先生になるつもりもないので、この新しいcoupleのタマゴを守ること *see p.3.
はやめて いまいる50匹の子メダカと1匹あるいは、今日~~[illegible]~~明日に
生まれる何匹かのハリメダカの世話をして行って、いろんな人に
メダカが好きかどうかきいてみて(いろんな友人に話していて、急に
あなたメダカ好き?ってきくと、とても変な顔をされますよ)好きだと
言ったら少しづつあげてget rid ofを試みることにしましょう。
↓

9

りません。とにかく新しい couple から針メダカが一匹生まれたことに感激しています。でも私はメダカ屋になる気もないし、メダカ学校の先生になるつもりもないので、この新しい couple のタマゴを守ること*はやめて、いまいる50匹の子メダカと1匹あるいは、今日明日に生まれる何匹かのハリメダカの世話をして行って、いろんな人にメダカが好きかどうかきいてみて（いろんな友人に話していて、急にあなたメダカ好き？ってきくと、とても変な顔をされますよ）好きだと言ったら少しづつあげて get rid of を試みることにしましょう。

*［たまごは、うんでしばらくしてから別の容器に入れてやらないと親たちが、もう忘れてしまって、すてきなごちそう、キャビアかナ、イクラかななんて言ってたべてしまうのです。よく考えれば変な人たちです。］

それから妹の主人の知人の建築雑誌の編集長をしているひとにたのまれて Richard Meiyer とかいう建築家についてイタリアの評論家が書いたものを訳しました。これはいわゆる構造主義の理論をふまえて書いたものでバカげてむづかしく、何を訳しているのか自分にもよくわからなくて、こんなものをする気はないけれどたのまれたので仕方なくやってしまった。

ずいぶんあたりまえのことを言うのに難かしい言い方をする人がいるのだなァ、これは、やっぱりデカダンスではないかと言う気がしました。古典の簡潔さを求めること、簡潔な文章を書くことの勇気を持ちつづけたいと思いました。

今年はどうしたわけか東京にセミが鳴かなくて、しんとしています。新聞でももんだいになってるくらい鳴かないのです。ところが慶応の国際センターの窓の外には、ひょっとしたら東京中のセミが集って meeting をしているのではないかと思われるくらい、ワイワイワイワイ、少し、大分少しうるさすぎるくらい油ミンミンなんとかかとかが大合唱なのです。これは新聞社にも秘密。へんなことがあるものです。Buttermilk のほたるはきれいでしょうね。わたしもはじめてイタリア語をならいにペルウジァというローマとフィレンツェのあいだにある山の町で夏をすごしたとき、うそかと思うほどほたるが大きくて星がざぁっと降って来てしまったようだと思ったことがあります。その中には、じっと動かないのがときどきいて、それは英語では light worm という、芋虫みたいな奴で、それが光っているのだと土地の男の子が教えてくれました。ひるまその虫をみたことがありますが、よくもこんなみにくいくせに、夜だけずいぶんごまかすんだなァというかんじでした。

9月から上智の授業は森鷗外をします。鷗外は尊敬するけれど、あまり私のしゅみではないようです。あまり倫理的なのでこまるのです。ほんとうはもう少しずっこけていないと私は叱られているようで楽しくない、けれど文章のすばらしさには敬服。しかし、あれは男書きなのである意味で私とはかんけーないです。だけど鷗外をやります。

今日はこれまで。ＪＣによろしく。それからおうちのみなさんにも。ＪＣは仕事のこと考えているのでしょうか。なにをする人になるのかたのしみです。

同封のクマは、もうあつくてとノビてしまったドイツの北極グマです。このあいだから私は一寸こう言う具合だったので絵のかけないなさけなさで、この大切なしゃしんを送ります。イタリアの古い雑誌のキリヌキですよ。では又。love Atsuko

P.S. すまさんのアサガオが小さな花を咲かせています。ゼラニウムも。ツメキリ草も。

9

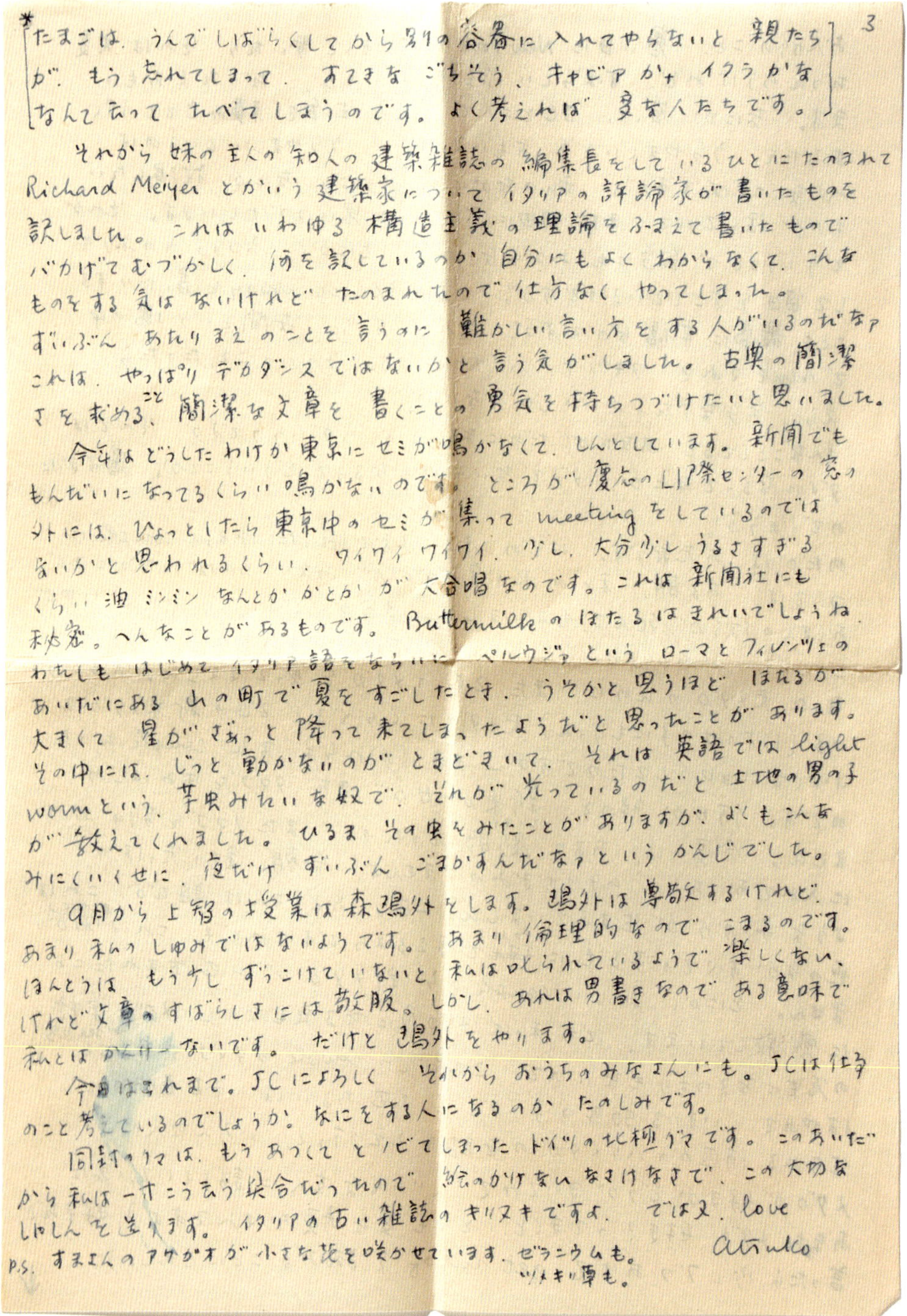

3

*[たまごは うんでしばらくしてから別の容器に入れてやらないと 親たちが もう忘れてしまって すてきなごちそう、キャビアかァ イクラかななんて云って たべてしまうのです。よく考えれば変な人たちです。]

それから妹の主人の知人の建築雑誌の編集長をしているひとにたのまれて Richard Meiyer とかいう建築家についてイタリアの評論家が書いたものを訳しました。これはいわゆる構造主義の理論をふまえて書いたもので バカげてむづかしく 何を訳しているのか自分にもよくわからなくて こんなものをする気はないけれど たのまれたので仕方なくやってしまった。ずいぶんあたりまえのことを言うのに 難かしい言い方をする人がいるのだなァ これは やっぱりデカダンスではないかと言う気がしました。古典の簡潔さを求めること、簡潔な文章を書くことの勇気を持ちつづけたいと思いました。

今年はどうしたわけか東京にセミが鳴かなくて しんとしています。新聞でももんだいになってるくらい鳴かないのです。ところが慶応の国際センターの窓の外には ひょっとしたら東京中のセミが集って meeting をしているのではないかと思われるくらい ワイワイ ワイワイ 少し 大分少しうるさすぎるくらい 油 ミンミン なんとかかとかが大合唱なのです。これは新聞社にも秘密。へんなことがあるものです。Buttermilk のほたるはきれいでしょうね。わたしもはじめてイタリア語をならいに ペルウジァという ローマとフィレンツェのあいだにある山の町で夏をすごしたとき、うそかと思うほど ほたるが大きくて 星がざあっと降って来てしまったようだと思ったことがあります。その中には じっと動かないのがときどきいて。それは英語では light worm という 芋虫みたいな奴で それが光っているのだと土地の男の子が教えてくれました。ひるま その虫をみたことがありますが よくもこんなみにくいくせに 夜だけ ずいぶん ごまかすんだなァ という かんじでした。

9月から上智の授業は森鷗外をします。鷗外は尊敬するけれど あまり私のしゅみではないようです。あまり論理的なので こまるのです。ほんとうは もう少し ずっこけていないと 私は叱られているようで 楽しくない。けれど文章のすばらしさには敬服。しかし あれは男書きなので ある意味で私とはかんけーないです。だけど鷗外をやります。

今日はこれまで。JC によろしく それから おうちのみなさんにも。JC は仕事のこと考えているのでしょうか。なにをする人になるのか たのしみです。

同封のクマは もうあつくて と ノビてしまった ドイツの北極グマです。このあいだから私は一寸こう云う具合だったので 絵のかけないなさけなさで、この大切なしゃしんを送ります。イタリアの古い雑誌のキリヌキですよ。では又 love

atsuko

p.s. すまさんのアサガオが小さな花を咲かせています。ゼラニウムも。ツメキリ草も。

10

1977.10.29

Shiba Park HOTEL
TOKYO 105, JAPAN
TELEPHONES (433) 4131~9
CABLE ADDRESS
"HOTOSHIBA TOKYO"
ORIENT CHAIN HOTELS
VIA AIR MAIL
Suma O. Cohn
401 Broadway #16
Cambridge MA 02139
U.S.A.

Atsuko Suga - #206, 2 chome 5-5,
Gohongi, Meguroku
Tokyo 153. Japan

10

これは今日いとこが持って来てくれた京都のお菓子の箱の紙です。おすまさん、J.C.君、大へんごぶさたしてごめんなさい。夏にすばらしいFIRST PRIZEのサヤインゲンの手紙をもらってどうしてもこれにふさわしい返事を書かなくてはと、壁にあれをとめて毎日眺めているうちに、夏が終り秋が来て、となりの家の柿の実がすっかり色づいてしまいました。その夏の手紙には例のナマケモノの熊が厚顔しくもまた日本に帰って来たりしてまたまた私の家の壁に貼りついて、冬を待っています。すると今度は、全く人相のわるいKILLER CATが、あなたの手紙に乗ってやって来た。PANAMだかNORTHWESTだかJALだか知らないが、こんなにいろんなウサンくさい奴が、タダノリをして自由に日↕米の空をとんでいるのに、ある日フト気がついたら、ずいぶんくやしがることでしょう。

今度の上智のクラスには、三年間東大の大学院で中世文学を勉強したという、やっぱり日本人のおくさんのある、イスラエルの青年がいて、クラスが大分活気づいて来ました。上智そのものは程度がわるくなる一方で（国際学部の話ですが）新しい部長は文学などは一日も早く地球のおもてから追放しなくては、と考えているらしいので、私のクビもまさに風前の灯になったのですが。

J.C.がイタリア語をやっているという話は非常に心暖まるニュースです。本当に一度、また会いたいものですね。例のオリベッティの雑誌にはその後も書かせてもらっていて、来月位には、UNGARETTIという詩人についてのESSAYが出る筈。その次がMONTALEで現在は、DINO CAMPANAという詩人について書いています。やっと少しずつ現代詩の系譜というようなものがわかって来た感じで、このことは、上智で今学期やっている森鷗外の勉強にも、よい影響というのか、よい緊張をもたらしてくれて、私の世界が少しずつ開けて行くような感じです。この年になって、自分というものの形が、おぼろげながら出来てきたのかなと思っています。

スマさん製作のお人形が少しずつ売れるのも大変すばらしいことなのかも知れないと思います。その中にあなたの全部が投入されるのかどうかはわからないけれど、そして、あなたがむしろ絵を画いていたい気持もすごくわかるけれど、でも自分の作ったものが売れるということは、その部分のあなたが社会に参加していることなので、面白いです。そのうえ、まだアメリカ人になって一年くらいのスマさんの作品をFOLK ART MUSEUMが買ってくれるというのも面白いと思います。私はアメリカという国を全く知らないけれど、ああいろんな人が入って行っては、毎日々々これが自分たちの国だと思ってそれぞれのイメージにしたがってつくりあげて行く、ずい分ダイナミックな国なのだなと、このことを通して考えました。

その他日本の様子は、相変らず若い女の人たちがファッションにだまされつづけていたり、マンションが建ちつづけ、不況だ不況だと言いながら、「中流意識」とやらいうのが「人民」に定着したそうで、なんともお粗末。そのうえここ数日の「円」の急騰というようなことで、それにドイツがハイジャックのことで大成功を治めたと信じこんだり、なにか、気味のわるいことがおこりすぎていて、私としてはあまり楽しくないかんじです。と言って悲しんでばかりいるわけにも行かないから、細々と勉強を続けます。論文はSTOPの状態でそれは、どうしても中世に私が戻れなく、中世という時代が完結してしまっているように感じられて、前に進めなくなったからです。困ったことです。……と書いているうちに、紙が終りになりました。ずいぶんきれいな紙だったのが私の手紙でダメになったけど、まあいいと思って出します。風邪などひかぬよう、二人共お元気で。

十月二十九日　敦子

J.C.とおすまさんへ

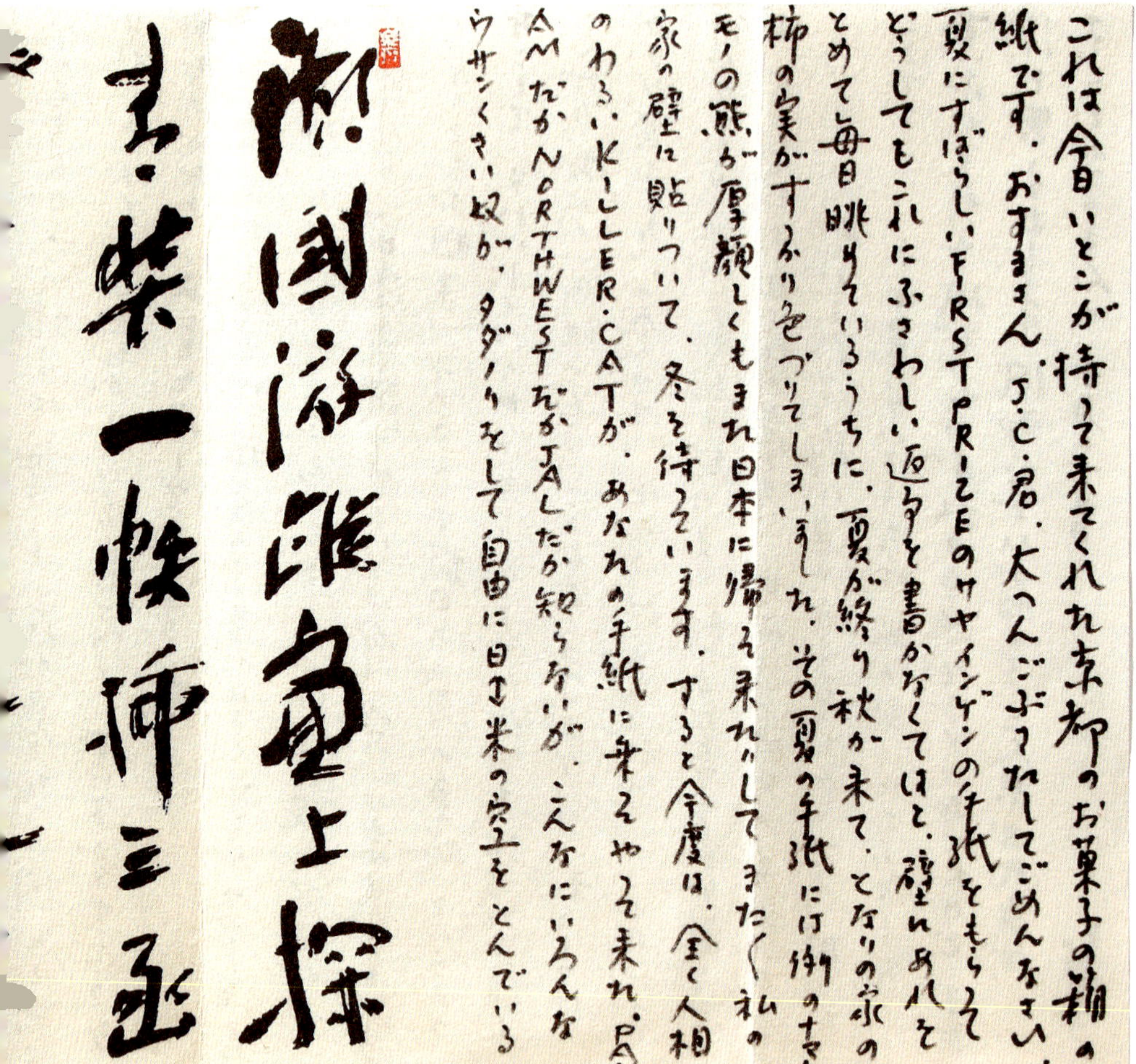

これは今いとこが持って来てくれれ京都のお菓子の箱の紙です。おすまさん、J.C.君、大へんごぶさたしてごめんなさい。夏にすばらしいFIRST PRIZEのサヤインゲンの手紙をもらってどうしてもこれにふさわしい返事を書かなくてはと、壁にあれをとめて毎日眺めているうちに、夏が終り秋が来て、となりの家の柿の実がすっかり色づいてしまいました。その夏の手紙には例のすさモノの熊が厚顔しくもまれ日本に帰って来れかしてまたく私の家の壁に貼りついて、冬を待っています。すると今度は、全く人相のわるいKILLER・CATが、あなたの手紙に乗ってやって来れ。PANAMだかNORTHWESTだかJALだか知らないが、こんなにいろんなウサンくさい奴が、タダノリをして自由に日米の空をとんでいる

のに、ある日フト気がついたら、ずいぶんくやしがることでしょう。
今度の上智のクラスには、三年間東大の大学院で中世文学を
勉強したという、やっぱり日本人のおくさんのある、イスラエルの青年
がいて、クラスが大分活気づいて来ました。上智そのものは程度が
わるくなる一方で（国際学部の
話ですが）新しい部長は文学
などは一日も早く地球のおもて
から追放しなくては、と考えて
いるらしいので、私のクビもまさに
風前の灯になったのですが。

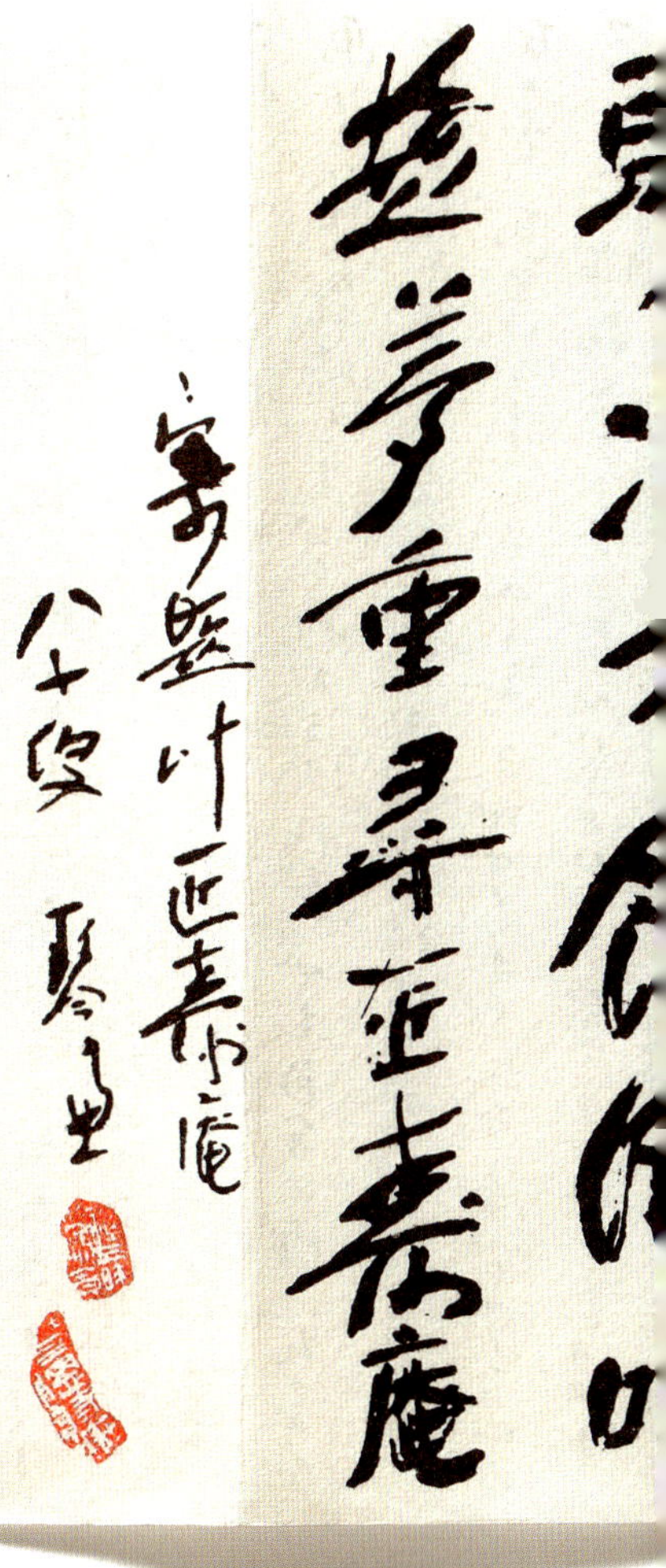

解説

● 美しい水國、江州へ遊んだ想い出を、今、この菓子箱に畫かれた圖面で端なくも思ひ出した、

● 珍らしい！　青い表紙の包みの中には、何んと箱が三つも挿してあるではないか、

● 何と云ふ妙な文人だらう！その一つ一つの箱に入れられた異った珍味に舌鼓を打って喜ばれるであらう

● 今夜の静かに夢は、フラリ、フラリと匠壽庵を尋ねて行くであらう、

11

1977.12.24

おすまさんとＪＣがすばらしいクリスマスと新年を迎えるようにと祈りながらこれを書いています。その後一寸おたよりがないので自分のことはタナにあげて心配しています。お人形つくりが大変いそがしくなったのでしょうか。

こちらは元気です。今年は秋から冬にかけてばかみたいに暖かく、やっとこの二三日冬らしい寒さになったばかりです。

冬休みはニューヨークへ行きますか。Cambridge は雪が降りましたか。毎日なにをしていますか。車の免許はとれましたか。Cohn 家の方たちはみなさん元気ですか。北海道のおたよりはO.K. ですか。ＪＣはどんな計画をたてていますか。

私の論文は結局宙に迷ったかたちです。mentor の先生がとてもいやがって（自分の専門でないことと――彼は中世フランス語の先生なのです――自分がまだ Ph.D. をとっていないのにどうして私が書かねばならないか彼には納得が行かない）事が全く進まなくなり最近文学部長から間接的に、〝もう少し待ったほうがよいらしい〟と伝えられたのです。すべて日本的１００％で私は全く苦々しい気持ですが、とにかく自分の仕事だけは続けて行こうと考えています。こんなわけで１９７７年は私にとって、一寸いやなこともあった年でしたが、その反対何人かの大切な友人も出来たとおもいます。

もう一度いうと１９７７年は社会的というか、私の立場というような面ではひどく行き詰ったような年だったけれど、その反面、私の友人たちが私にとても多く与えてくれ私の精神的な支えとなってくれて、今までになく私が精神的に豊かなよろこびを持った年でもあったと思います。

恋人はいまのところ?の状態。あるような、ないような、私にとって非常に大切な男性の友人がいて……という感じで、小康状態。

自分のことばかりのクリスマスのあいさつになってしまいました。どうぞいい年を迎えてください。

Atsuko

1977年12月24日

11

考えています。こんなわけで1977年は私に　3.
とって、一寸いやなこともあった年でしたが、その反対
何人かの大切な友人も出来たとおもいます。
もう一度いうと1977年は社会的というか、私の
立場というような面ではひどく行き詰ったような
年だったけれど、その反面、私の友人たちが私
にとても多く与えてくれ私の精神的な支えと
なってくれて、今までになく私が精神的に豊か
なよろこびを持った年でもあったと思います。
恋人はいまのところ？の状態。あるような，ない
ような。私にとって非常に大切な男性の友人が
いて…という感じで、小康状態。

自分のことばかりのクリスマスのあいさつになってしま
いました。どうぞいい年を迎えてください。

1977年12月24日

★ Joy • by Cecy, Peru. Design contributed to benefit UNICEF, the United Nations Children's Fund. ★ Joie • par Cecy, Pérou. Composition offerte à l'UNICEF, le Fonds des Nations Unies pour l'enfance. ★ Júbilo • por Cecy, Perú. Contribución al UNICEF, el Fondo de las Naciones Unidas para la Infancia. ★ Радость. Сеси, Перу. Работа передана ЮНИСЕФ, Детскому фонду Организации Объединенных Наций, в благотворительных целях. ★ 欣赏。塞西（秘鲁）作。图案赠联合国儿童基金会。

atsuko

Printed in U.S.A.

12

1978.2.1

おすまさん。もういくらいそがしくても書かずにゃいられない気持。年があらたまって仕事が相変らず山積みですがまだ風邪もひかずにがんばっています。バカはカゼヒカナイなど、けいおうの office でも言われながら。まず第一の手紙への返事。車の免許おめでとう。これですまさんも運転人間になったのですね。運転することはありますか。東京はいよいよ道が混んでるけれど私は相変らず例のＶＷで方々に動いています。Public School に行ってるとのこと大変ですね。私も年のわりに勉強がいろいろおくれていて基本的なことを今やったり毎日仕事と重なって一寸 heavy ですがでもやっぱり勉強できることは嬉しいです。Joel も勉強したり、job を持ったり楽しくやってるようですね。まったく学校というところはケチな人間が重箱のすみをつつきあっているようなところがあって、時々外の社会に出てケガレを洗いおとさないことには、息がつまって死んでしまいます。去年の暮は久しぶりに、あのもといたクズ屋さんの Community に五日ほど泊って手伝ったら、とても楽しかった。だけどあの生活を一生は続けられないのでやっぱり私はものを書いたり読んだりそのことを人に話したりするように生まれて来た人間なのだと思いました。あなたのお人形も売れつづけていてうれしいです。私の妹の娘は（18歳ですが）あなたの fan でここにやって来るとあなたの手紙を読ませてと言い、お人形が売れたと言ったらとても喜んでいました。あなたがだんだんアメリカの生活に慣れてゆくのがわかって、えらいなァとかそんな気持でそれにしても一度会いたいなァと考えます。今年の夏は、7月の終り頃に Ireland の Dublin に同窓会の役員会があるので行くのですがそのあとは勉強のために一月《ひと》イタリアに行きます。そうそう good news ですが、今度京都大学で集中講義といって九月のはじめに30時間だけやとってもらいました。イタリアの現代詩の lecture をしに行くのですがとても喜んで（且怖れて）います。30時間を一週間ぐらいでやるので、学位はないけれどとても有難いことなのだと友人たちもよろこんでくれています。それに慶応のほうもなにか情況はあやしいけれどやっぱり論文は書くことにしたのでその勉強のためにもイタリアに行くことにしたのです。Milano に行くと友人やら親るいがいて、遊んでしまうので、Firenze に行くことにしました。いまリラは安いのでひと月いてもわりあいにゆうゆうと暮せると考えています。7月から9月のはじめまで休みをとることになるのですが（けいおうの office の）もう私もそろそろあの office はやめたいので、次のことを考えなくてはと思っています。毎月心配しないでまとまったお金が入るのはありがたいのですがやはり自分の専門と全くちがったことに時間をとられるのは惜しいので。それでこれからはできるだけ自由に働らいて、それでやめろといわれたら残念だけど、というかんじでやめるようになるのではないかと思います。上智も Dean がかわってからはまったく面白くなくて困っていますが、そんなになにも理想どおりに行くはずもないので、これは文学の勉強にもなるようにとがんばるつもりです。

　さて第二の雪だよりへの返事。今年はお正月の三日に朝おきてみたら一面まっしろで20センチくらいつもっていたのですが、それからはチラチラというかんじが2、3度あっただけですが、アメリカでは大雪（新聞では豪雪といっています）らしいですね。ずいぶん被害も出ているようですね。でも高いところに自転車がひっかかっていたり夜中に散歩して友人のところに寄ったり、ことにこの二番目のことは日本の社会ではなかなかないことなのでほんとうにうらやましいですね。東京というところは全く閉鎖的というのか友だちづきあいが少ないので淋しいです。みんなが忙しすぎるのがいけないのと男の人と女の人が家庭でも外でも友人の関係を持てないようですね。先日ハワイから小学校の校庭の二宮金次郎の銅像みたいな（正直そうな）顔をした2世の学生が慶応にやって来て、いつ雪が降るかと首を長くして待っています。その人につられて私たち

おすまさん、もういくらいそがしくても書かずにゃいられない気持。年があらたまって
仕事が相変らず山積みですがまだ風邪もひかずにがんばっています、バカはカゼ
ヒカナイなど、けいおうのofficeでも云われながら。まず第一の手紙への返事。車の免許
おめでとう。これですまさんも運転人間になったのですね、運転することはありますか
東京はいよいよ道が混んでるけれど私は相変らず例のVWで方々に動いています、
Public Schoolに行ってるとのこと大変ですね、私も年のわりに勉強がいろいろ
おくれていて基本的なことを今やったり、毎日仕事と重なって一寸heavyですが…
でもやっぱり勉強できることは嬉しいです、Joelも勉強したり、jobを持ったり
楽しくやってるようですね、まったく学校というところはケチな人間が重箱のすみを
つつきあっているようなところがあって、時々外の社会に出てケガレを洗いおとさない
ことには、息がつまって死んでしまいます　去年の暮は久しぶりに、あのもといたクズ屋さん
のCommunityに五日ほど泊って手伝ったら、とても楽しかった、だけどあの生活を
一生は続けられないのでやっぱり私はものを書いたり読んだりそのことを人に話し
たりするように生まれて来た人間なのだと思いました、あなたのお人形も売れつづけて
いてうれしいです、私の妹の娘は(18才ですが)あなたのfanでここにやって
来るとあなたの手紙を読ませてと言い、お人形が売れたと言ったらとても喜んでいました。
あなたがだんだんアメリカの生活に慣れてゆくのがわかって、えらいなァとか、そんな気持で
それにしても一度会いたいなァと考えます、今年の夏は、7月の終り頃にIrelandの
Dublinに同窓会の役員会があるので行くのですがそのあとは勉強のために一ヶ月
イタリアに行きます、そうそうgood newsですが　今度京都大学で集中講義と
いって九月のはじめに30時間だけやとってもらいました。イタリアの現代詩のlecture
をしに行くのですがとても喜んで(且怖れて)います。30時間を一週間ぐらいで
やるので、学位はないけれどとても有難いことなのだと友人たちもよろこんでくれています。
それに慶応のほうもなにか情況はあやしいけれどやっぱり論文は書くことにしたので
その勉強のためにもイタリアに行くことにしたのです、Milanoに行くと友人や親るい
がいて、遊んでしまうので、Firenzeに行くことにしました、いまリラは安いのでひと月
いてもわりあいにゆうゆうと暮せると考えています。7月から9月のはじめまで休みを
とることになるのですが(けいおうのofficeの)もう私もそろそろあのofficeはやめたい
ので、次のことを考えなくてはと思っています、毎月心配しないでまとまったお金が入る
のはありがたいのですがやはり自分の専門と全くちがったことに時間をとられるの
は惜しいので。それでこれからはできるだけ自由に働らいて、それでやめろといわ
れたら残念だけど、というかんじでやめるようになるのではないかと思います、上智も
Deanがかわってからはまったく面白くなくて困っていますが、そんなになにも理想どおり
に行くはずもないので、これは文学の勉強にもなるようにとがんばるつもりです。
さて第二の雪だよりへの返事。今年はお正月の三日に朝おきてみたら一面まっしろで20
センチくらいつもっていたのですが、それからはチラチラというかんじが2・3度あっただけ
ですが、アメリカでは大雪(新聞では豪雪といっています)らしいですね、ずいぶん被害
もでているようですね。でも高いところに自転車がひっかかっていたり夜中に散歩して
友人のところに寄ったり、ことにこの二番目のことは日本の社会ではなかなかないこと
なのでほんとうにうらやましいですね、東京というところは全く閉鎖的というのか
友だちづきあいが少ないので淋しいです　みんなが忙しすぎるのがいけないのと男の人
と女の人が家庭でも外でも友人の関係を持てないようですね、先日ハワイから

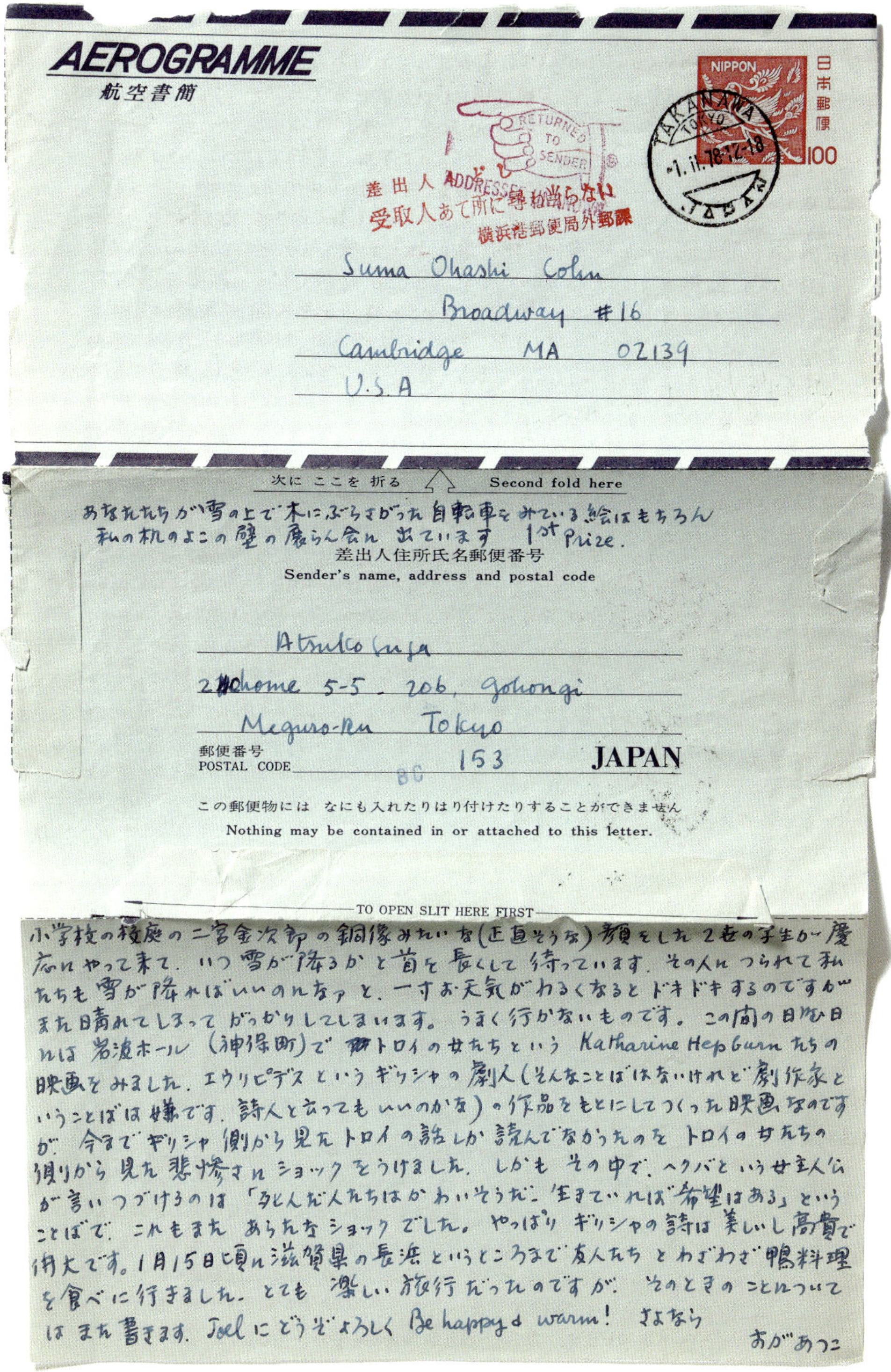
AEROGRAMME
航空書簡

NIPPON
日本郵便
100

TAKANAWA TOKYO
1. II. 78 12-18
JAPAN

RETURNED TO SENDER
差出人 ADDRESSEE
受取人あて所に尋ね当らない
横浜港郵便局外郵課

Suma Ohashi Cohn
Broadway #16
Cambridge MA 02139
U.S.A

次に ここを 折る　Second fold here

あなたたちが雪の上で木にぶらさがった自転車をみている絵はもちろん
私の机のよこの壁の展らん会に出ています 1st Prize.

差出人住所氏名郵便番号
Sender's name, address and postal code

Atsuko Suga
2 chome 5-5 . 206, Gohongi
Meguro-ku Tokyo
郵便番号
POSTAL CODE 153 JAPAN

BC

この郵便物には なにも入れたりはり付けたりすることができません
Nothing may be contained in or attached to this letter.

TO OPEN SLIT HERE FIRST

小学校の校庭の二宮金次郎の銅像みたいな(正直そうな)顔をした2世の学生が慶応にやって来て、いつ雪が降るかと首を長くして待っています。その人につられて私たちも雪が降ればいいのになァと、一寸お天気がわるくなるとドキドキするのですがまた晴れてしまってがっかりしてしまいます。うまく行かないものです。この間の日曜日には岩波ホール(神保町)でトロイの女たちというKatharine Hepburnたちの映画をみました。エウリピデスというギリシャの劇人(そんなことばはないけれど劇作家ということばは嫌です。詩人と云ってもいいのかな)の作品をもとにしてつくった映画なのですが、今までギリシャ側から見たトロイの話しか読んでなかったのをトロイの女たちの側から見た悲惨さにショックをうけました。しかもその中で、ヘクバという女主人公が言いつづけるのは「死んだ人たちはかわいそうだ、生きていれば希望はある」ということばで、これもまたあらたなショックでした。やっぱりギリシャの詩は美しいし高貴で偉大です。1月15日頃に滋賀県の長浜というところまで友人たちとわざわざ鴨料理を食べに行きました。とても楽しい旅行だったのですが、そのときのことについてはまた書きます。Joelにどうぞよろしく Be happy & warm! さよなら

おがあつこ

も雪が降ればいいのになァと、一寸お天気がわるくなるとドキドキするのですがまた晴れてしまってがっかりしてしまいます。うまく行かないものです。この間の日曜日には岩波ホール（神保町）でトロイの女たちという Katharine Hepburn たちの映画をみました。エウリピデスというギリシャの劇人（そんなことばはないけれど劇作家ということばは嫌です。詩人と言ってもいいのかな）の作品をもとにしてつくった映画なのですが、今までギリシャ側から見たトロイの話しか読んでなかったのをトロイの女たちの側から見た悲惨さにショックをうけました。しかもその中で、ヘクバという女主人公が言いつづけるのは「死んだ人たちはかわいそうだ。生きていれば希望はある」ということばで、これもまたあらたなショックでした。やっぱりギリシャの詩は美しいし高貴で偉大です。1月15日頃に滋賀県の長浜というところまで友人たちとわざわざ鴨料理を食べに行きました。とても楽しい旅行だったのですが、そのときのことについてはまた書きます。Joel にどうぞよろしく　Be happy & warm!　さよなら

すがあつこ

あなたたちが雪の上で木にぶらさがった自転車をみている絵はもちろん私の机のよこの壁の展らん会に出ています　1st Prize.

13

1978.2.10

雪が降って降ってすまさんとJoelはもぐらのように雪の下になってしまったのではないかと、漠然と心配しながら「雪みまい」の手紙を書くことにしました。この前もらった手紙では雪で no school の日が続いて exciting のようでしたけれど、今でもよろこんでいるかナ。だといいと思います。

こちらは雪も降らないし、平凡な雨くらいで（カゴシマでは今日竜巻があったそうですが）平凡な春が訪れようとしています。平凡ということもあまりそこいら中が平凡だと、竜巻に巻かれてみたくなったり危険なものだなァと、これは、一週間の授業が終ってバカなラジオを聞きながら手紙を書いている平凡な職業婦人（！）のつれづれ草です。このごろ英語で授業するのがとてもいやァなので困っています。英語にかんする自閉症とでも言うのでしょうか。そして3じ間の上智の授業でさいごの20分くらいになるとやっと英語らしいことがしゃべれるようになって、本当は学生たちを9じまででもとめておいて（8じに終るのです）10じでもよいくらい――しゃべりたいくらいなのですが、みんな8じ5分すぎぐらいに帰りたそうな顔を一寸しはじめるので8じ7分くらいには、じゃこれでおしまいさようならと言ってしまいます。だからそのあとはいつも欲求不満でああ教師はやめたいなァと考えながら帰って来ます。

今年のクラスがあまり面白くない理由の一つは、まじめ人間しかクラスにいないことと、第二の理由は、香港うまれの中国人の人が一人いて、この人がしゃべり出すとみんな殆んど彼がなにを言っているのかわからないので、推察するにとどめるということ。今日は不幸にも oral report のばんが彼にあたっていたので私は覚悟を決めて学校に行ったのですが、ああいう種るいの人が一人クラスにいるということは、いないときよりもずっと大変で（ああ私はなんという馬鹿げたことを言ってるのか。全く見当がつかないくらいです）、彼の oral report らしいものは、私は、雪が降って降ってすまさんとJoelはもぐらのように雪の下になってしまったのではないかと、莫然と心配しながら「雪みまい」の手紙を書くことにしました。この前もらった手紙では雪でno schoolの日が続いてexcitingのようでしたけれど、今でもよろこんでいるかナ。だといいと思います。

こちらは雪も降らないし、平凡な雨くらいで（カゴシマでは今日竜巻があったそうですが）平凡な春が訪れようとしています。平凡ということもあまりそこいら中が平凡だと、竜巻に巻かれてみたくなったり危険なものだなァと。これは、一週間の授業が終ってバカなラジオを聞きながら手紙を書いている平凡な職業婦人（!）のつれづれ草です。このごろ英語で授業するのがとてもいやァなので困っています。英語にかんする自閉症とでも云うのでしょうか。そして3じ間の上智の授業でさいごの20分くらいになるとやっと英語らしいことがしゃべれるようになって、本当は学生たちを9じまででもとめておいて（8じに終るのです）10じでもよいくらい—しゃべりたいくらいなのですが、みんな8じ5分すぎぐらいに帰りたそうな顔を一寸しはじめるので8じ7分くらいには、じゃこれでおしまい　さようならと言ってしまいます。だから　そのあとは　いつも欲求不満で、ああ教師はやめたいなァと考えながら帰って来ます。　今年のクラスがあまり面白くない理由の一つは、まじめ人間しかクラスにいないことと、第二の理由は、香港うまれの中国人の人が一人いて、この人がしゃべり出すとみんな殆んど彼がなにを言っているのかわからないので、推察するにとどめるということ。今日は不幸にもoral reportのばんが彼にあたっていたので私は覚悟を決めて学校に行ったのですが、ああいう種るいの人が一人クラスにいるということは、いないときよりもずっと大変で（ああ私はなんという馬鹿げたことを言ってるのか！全く見当がつかないくらいです）、彼のoral reportらしいものは、私は、2/3は音声学的にわからなくて、他の学生もそうらしくて、遂に私はごまかしてよい加減に終らさせてしまいました。なにかすっかりずっこけた感じでそのショックから立ちなおるのに私はクラスの後半分を用いたのではないかと思うくらい、さえない谷崎潤一郎についてのクラスでした。去年の春から新しいinternational Division Deanになった Jesuitについてはもう書いたと思いますが、Japanese literatureのmajorに日本語は読めなくていいなどという暴論をはくスペイン人なので全くこんな学生が入って来て私の上智での教師生活も灰色です。　灰いろでないのはやっぱり勉強を自分でしているときで　thesisまではまだ時間かかるだろうと思うけれども、ひょっとしたら自分は勉強するのが好きなのではないかと突然一種の恐怖に

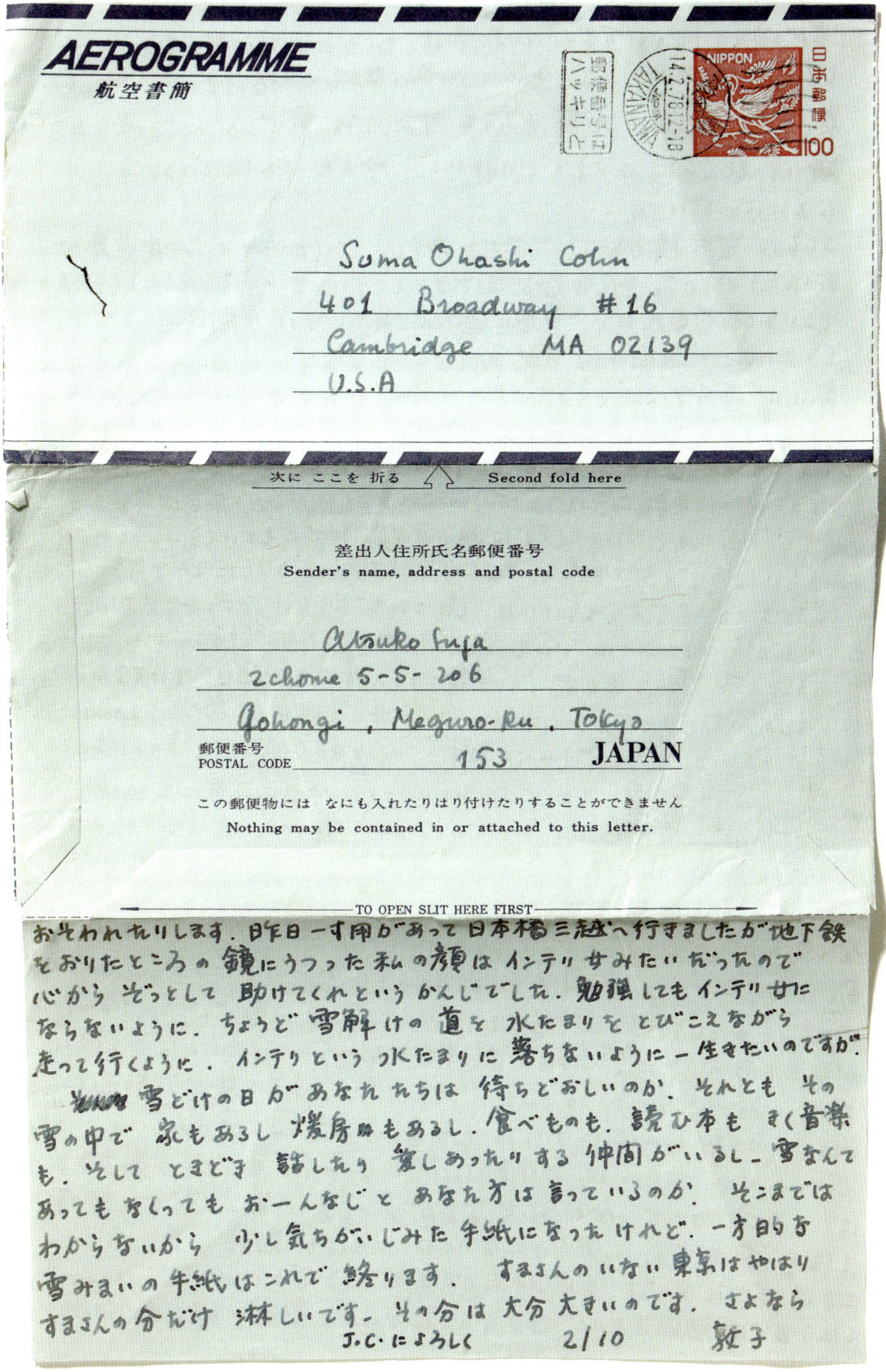

AEROGRAMME
航空書簡

郵便番号はハッキリと

日本郵便 NIPPON 100

14.2.78 12-18 TAKANAWA

Suma Ohashi Cohn
401 Broadway #16
Cambridge MA 02139
U.S.A

次に ここを 折る　Second fold here

差出人住所氏名郵便番号
Sender's name, address and postal code

Atsuko Suga
2chome 5-5-206
Gohongi, Meguro-ku, Tokyo
郵便番号
POSTAL CODE 153 JAPAN

この郵便物には なにも入れたりはり付けたりすることができません
Nothing may be contained in or attached to this letter.

TO OPEN SLIT HERE FIRST

おそわれたりします。昨日一寸用があって日本橋三越へ行きましたが地下鉄をおりたところの鏡にうつった私の顔はインテリ女みたいだったので心からぞっとして助けてくれというかんじでした。勉強してもインテリ女にならないように。ちょうど雪解けの道を水たまりをとびこえながら走って行くように、インテリという水たまりに落ちないように一生きたいのですが。

雪どけの日があなたたちは待ちどおしいのか。それともその雪の中で家もあるし暖房もあるし。食べものも。読む本もきく音楽も。そしてときどき話したり愛しあったりする仲間がいるし。雪なんてあってもなくってもおーんなじとあなた方は言っているのか。そこまではわからないから少し気ちがいじみた手紙になったけれど。一方的な雪みまいの手紙はこれで終ります。すまさんのいない東京はやはりすまさんの分だけ淋しいです。その分は大分大きいのです。さよなら

J.C.によろしく　2/10　敦子

2/3は音声学的にわからなくて、他の学生もそうらしくて、遂に私はごまかしてよい加減に終らさせてしまいました。なにかすっかりずっこけた感じでそのショックから立ちなおるのに私はクラスの後半分を用いたのではないかと思うくらい、さえない谷崎潤一郎についてのクラスでした。去年の春から International Division の新しい Dean になった Jesuit についてはもう書いたと思いますが Japanese literature の major に日本語は読めなくていいなどという暴論をはくスペイン人なので全くこんな学生が入って来て私の上智での教師生活も灰色です。

　灰いろでないのはやっぱり勉強を自分でしているときで thesis まではまだ時間がかかるだろうと思うけれども、ひょっとしたら自分は勉強するのが好きなのではないかと突然一種の恐怖におそわれたりします。昨日一寸用があって日本橋三越へ行きましたが地下鉄をおりたところの鏡にうつった私の顔はインテリ女みたいだったので心からぞっとして助けてくれというかんじでした。勉強してもインテリ女にならないように、ちょうど雪解けの道を水たまりをとびこえながら走って行くように、インテリという水たまりに落ちないように——生きたいのですが。

　雪どけの日があなたたちは待ちどおしいのか、それともその雪の中で家もあるし煖房もあるし、食べものも、読む本もきく音楽も、そしてときどき話したり愛しあったりする仲間がいるし——雪なんてあってもなくってもおーんなじとあなた方は言っているのか。そこまではわからないから少し気ちがいじみた手紙になったけれど、一方的な雪みまいの手紙はこれで終ります。

　すまさんのいない東京はやはりすまさんの分だけ淋しいです。その分は大分大きいのです。さよなら

J.C. によろしく　2/10　敦子

14

1978.5.10

おすまさん、J.C.さん

また長いこと日が経ってしまいました。あなた達が山の家に行ってしまったら大変なので、あわてて手紙を書きます。ずっとあなた達のことを忘れていたわけでは勿論ありません。仕事で忙がしかったのです。今日は本当は京都に行くはずだったのですが、急に予定が変更になったので、それを利用してたまっていた手紙の返事に一日をついやすことにしました。私も7月23日にはDublin にむけて出発するのでもうこの次はヨーロッパからの便りになると思います。

さて、何から書くか。まずお宅の Blizzard は全く変り猫です。Jogging をして足にマメをつくった猫なんて詩的だけど全く現実的ではなく、どんな顔をしてるか、ヒマとお金――とくにこのお金！――があれば明日にでもアメリカへ飛んで行って、お目にかかりたいくらいです。尻尾が太いことやその他その他克明にノートしておくべきかも知れません。ひょっとしたら世界の珍猫の中に入るかも知れませんね。お金といえば私はヨーロッパに行くだけでも（飛行キ代は仕事なので向うから出るのですが、）やっとと言うところで、とても今はアメリカには行けそうにありません。しかし招待して下さったことはうんと有難く心からお礼申します。ほんとうに夏だけでもゆっくりそういう風に生活できたらすばらしいと思うのですが、今の仕事はどれも夏休みのお給料が出ないのでアルバイトを入れてもわりと青息吐息なのですよ。学校のそれもインチキ学校でよいから先生になれば、夏休みのお給料がでるからと、私のためにいろいろとがんばってくれている友人もいるのですが、今のところはあまりバラいろの話はなく、私は相変らずいろいろな仕事に追われてよるひるとびまわっています。といって悲しい顔をしているわけではなく、それでもこの世界では比較的めぐまれた人間だと思って心の底では満足しています。そう言えば先ほど一寸変ったことがあったのですよ。イタリアの政府から、文化交流（日本・イタリアの）に貢

Suma Ohashi Cohn
401 Broadway #16
Cambridge MA 02139
U.S.A

Atsuko Suga . 206 . 2chome 5-5 . Gohongi
Meguroku Tokyo 153
Japan

おすまさん、J.C.さん

また長いこと日が経ってしまいました。あなた達が山の家に行ってしまったら大変なので、あわてて手紙を書きます。ずっとあなた達のことを忘れていたわけでは勿論ありません。仕事で忙がしかったのです。今日は本当は京都に行くはずだったのですが、急に予定が変更になったので、それを利用してたまっていた手紙の返事に一日をついやすことにしました。私も7月23日にはDublinにむけて出発するのでもうこの次はヨーロッパからの便りになると思います。

さて、何から書くか。まずお宅のBlizzardは全く変り猫です。Joggingをして足にマメをつくった猫なんて詩的だけど全く現実的ではなく、どんな顔をしてるか、ヒマとお金_とくにこのお金!_があれば明日にでもアメリカへ飛んで行って、お目にかかりたいくらいです。尻尾が太いことやその他その他克明にノートしておくべきかも知れません。ひょっとしたら世界の珍猫の中に入るかも知れませんね。お金といえば私はヨーロッパに行くだけでも(飛行キ代は仕事なので向うから出るのですが、)やっとと言うところで、とても今はアメリカには行けそうにありません。しかし招待して下さったことはうんと有難く心からお礼申します。ほんとうに夏だけでもゆっくりそういう風に生活できたらすばらしいと思うのですが、今の仕事はどれも夏休みのお給料が出ないのでアルバイトを入れてもわりと青息吐息なのですよ。学校のそれもインチキ学校でよいから

14

献したからと言ってクンショーをもらいました。共和国功労章の〝騎士〟とかいうので、私はクンショーよりも馬の方がほしいくらいだったのですが、そんなワガママはきいてもらえないらしくて、金ピカのクンショーだけを、こちらの大使館でもらいました。なにか冗談のようで私にはピンと来なくて、むしろ憮然とした感じです。まあ人間生きて行くうちにはいろいろな目にあうものだと。これもそんなハプニングの一つなのだとつくづく思っています。この前の手紙で書いたかもしれないけれどそれから秋（9月）に京都大学で現代イタリア詩の集中講義というのをやらせてもらいます。一年分の講義を五日間でするという曲芸のようなもので一日六時間を9月5日から9月9日まで毎日です。考えただけでもくたびれますが、その準備で毎日本を読んでいます。でも勉強というものは、やればやるほどわからないところが山ほど出てくるので全く困ったことだと思いながらどうにか一日一日をすごしています。

　おすまさんが置いて行ってくれたゼラニュームは今年は二鉢に分けたらごきげんで花ざかりです。例の朝顔もまたこぼれた種から芽が出てきたので近日植えかえてやろうと思っています。朝顔は何年か経つとだんだん bastard になってきますがそれが私は好きです。blue の小さい花が涼しそうでかわいいです。涼しいということばは本当に日本の湿気のある夏によくにあった言葉なのですね。でも7〜8月にひと月ほど旅行するのでこの植物たちを誰にあずけて行こうかと今からなやんでいます。このあいだから一週間ほど30度をこえる真夏のような日がつづきました。梅雨になる筈が、空が何か勘ちがいをしたらしく毎日まぶしいほどのお天気で夕方など金いろでとても美しかった。私の植物たちは戸惑って一寸葉を枯らせたりして不平そうでしたが一番かわいそうなのは例のメダカどもで、ある日三匹だけ残して全部死にました。空はまた梅雨を思い出して、気温も降りましたが全くびっくりしましたよ。三匹のメダカが一時は１００ピキになってそれがまただんだんと減ってまた三ビキになりました。その三ビキの中の一ピキだけが先祖のメダカです。世代の交替というのか……私がもう少し忙がしくなかったらメダカのことも大切にもっと考えてあげられたのにと、一寸かなしい気持です。

来年はそれではすまさんたちは日本に来るのでしょうか。たのしみですね。私もとても会いたいです。でもお母さまが心臓がおわるいのは心配ですね。その後あなたの妹さんはどうしていらっしゃるのでしょう。私の知人がおなじ伊皿子のアパートに住んでいて、その人にも全然会うことはないのですけれど、あの辺は慶応に行くときにいつも通りますのでどうしていらっしゃるかなと思うことがあります。

私は中年ぶとりでこの頃ふとって少し diet もするのですが、動くことが少ないのでどうしてもふとって困っています。それで自転車にでも乗ればよいのでしょうけれど東京の道はどうもこわいし……それで日本人の標準サイズが小さいのでだんだん着るものがむずかしくなってきました。blue jeans で走りまわっていたのなんてうそみたいです。もっとも今でも blue jeans を着ることはありますけれど。やっぱり家にいるときはそれがいちばん楽ですね。さっき火にかけたジャガイモがもう煮えてきました。diet でジャガイモもないのですが、おなじ澱粉ならジャガイモの方がお米や粉よりは栄養があるような気がして……今日のおひるはジャガイモとトマトなどの salad にします。ジャガイモが煮えすぎるといけないので今日はこれでやめます。

どうぞいい夏をすごして下さい。まだ会ったことないけどあなたたちのご家族の方たちにもよろしく。おじいさんはいかがですか。おばあさんは？　では又。

Love.

敦子

2

先生になれば、夏休みのお給料がでるからと、私のためにいろいろとがんばってくれている友人もいるのですが、今のところはあまりバラいろの話はなく、私は相変らずいろいろな仕事に追われてよるひるとびまわっています。といって悲しい顔をしているわけではなく、それでもこの世界では比較的めぐまれた人間だと思って心の底では満足しています。そう云えば先ほど一寸変ったことがあったのですよ。イタリアの政府から、文化交流（日本・イタリアの）に貢献したからと言ってクンショーをもらいました。共和国功労章の"騎士"とかいうので、私はクンショーよりも馬の方がほしいくらいだったのですが、そんなワガママはきいてもらえないらしくて、金ピカのクンショーだけを、こちらの大使館でもらいました。なにか冗談のようで私にはピンと来なくて、むしろ憮然とした感じです。まあ人間生きて行くうちにはいろいろな目にあうものだと、これもそんなハプニングの一つなのだとつくづく思っています。この前の手紙で書いたかもしれないけれどそれから秋（9月）に京都大学で現代イタリア詩の集中講義というのをやらせてもらいます。一年分の講義を五日間でするという曲芸のようなもので一日六時間を9月5日から9月9日まで毎日です。考えただけでもくたびれますが、その準備で毎日本を読んでいます。でも勉強というものは、やればやるほどわからないところが山ほど出てくるので全く困ったことだと思いながらどうにか一日一日をすごしています。

おすまさんが置いて行ってくれたゼラニュームは今年は二鉢に分けたらごきげんで花咲かりです。例の朝顔もまたこぼれた種から芽が出てきたので近日植えかえてやろうと思っています。朝顔は何年か経つとだんだんbastardになってきますがそれが私は好きです。blueの小さい花が涼しそうでかわいいです。涼しいということばは本当に日本の湿気のある夏によくにあった言葉なのですね。でも7～8月にひと月ほど旅行するのでこの植物たちを誰にあずけて行こうかと今からなやんでいます。このあいだから一週間ほど30度をこえる真夏のような日がつづきました。梅雨になる筈が、空が何か感ちがいをしたらしく毎日まぶしいほどのお天気で夕方など金いろでとても美しかった。私の植物たちは戸惑って一寸葉を枯らせたりして不平そうでしたが一番かわいそうなのは例のメダカどもである日三匹だけ残して全部死にました。空はまた梅雨を思い出して、気温も降りました

3\. が全くびっくりしましたよ. 三匹のメダカが一時は100ピキになって それが また だん〳〵と 減って また 三ビキになりました. その三ビキの中の一ピキだけが 先祖のメダカです. 世代の交替というのが… 私がもう少し忙がしくなかったら メダカのことも大切にもっと考えてあげられたのにと. 一寸かなしい気持です.
来年はそれでは すまさんたちは日本に来るのでしょうか. たのしみですね 私もとても会いたいです. でもお母さまが心臓がおわるいのは心配ですね. その後あなたの妹さんはどうしていらっしゃるのでしょう. 私の知人がおなじ伊皿子のアパートに住んでいて. その人にも全然会うことはないのですけれど. あの辺は慶応に行くときにいつも通りますので どうしていらっしゃるかなと思うことがあります.
私は中年ぶとりでこの頃ふとって少しdietもするのですが. 動くことが少ないので どうしても ふとって困っています. それで自転車にでも乗ればよいのでしょうけれど 東京の道はどうもこわいし… それで日本人の標準サイズが小さいので だんだん着るものがむずかしくなってきました. blue jeansで走りまわっていたのなんてうそみたいです. もっとも今でも blue jeansを着ることはありますけれど. やっぱり家にいるときは それがいちばん楽ですね.
さっき火にかけたジャガイモがもう煮えてきました. dietでジャガイモもないのですが. おなじ澱粉ならジャガイモの方がお米や粉よりは栄養があるような気がして… 今日のおひるはジャガイモとトマトなどのsaladにします. ジャガイモが煮えすぎるといけないので今日はこれでやめます.
どうぞいい夏をすごして下さい まだ会ったことないけど あなたたちのご家族の方たちにもよろしく. おじいさんはいかがですか おばあさんは? では又- love.

敦子.

15

1978.6.27

すまさん。

早くお返事を書かなくてはと思いながらもう春も終り近くなってしまいました。おふたりともお元気でしょうか。おじいさんがご病気だとのことその後いかがですか。私の方も相変らず忙しい毎日です。3・4月は新しい学年の仕事で本当にあっと言うまに経ってしまいました。ケムブリッジの春はさぞ美しいことでしょう。日本の春も今年はいつまでも寒さが残って桜もふだんの年よりも少しおくれ、咲いてからも肌寒かったので、長いこと曇ったような花を咲かせていました。坂口安吾の桜の花の満開の森の話みたいなしんとした咲き方をしていました。それでまたJ.C.君を思い出していました。

その後あなたたちはどうしていますか。JC君は学校に戻りましたか。私の論文は相変らずstop。勉強はネチネチと続けているのですが、これからイタリアの第二大戦時のレジスタンスについて少し勉強してみたいなどと思っています。

なにを毎日やっているかといえば――相変らず家と学校、今年は二階の四帖半の部屋にこたつを入れたので、冬中、こたつで勉強しました。とても快適だし燃料の節約にもなるし……それでとても日本的になったのか、フトンを取り去ったあとのコタツの机で今でも勉強しています。本棚とベッドのある部屋は今のところ私の混乱した脳ミソをあらわすかのように、大へんな散らかりようです。読みたい本が大分積まれていてこれはいけないことだと思うのですが。去年から今年にかけてやったことと言えばラテン語が大分進んだのとそれからダンテの神曲 The Divine Comedy をつぶさに読む仕事です。これは Italian の tutor についてやっていて、大変だけれど楽しいです。それから例の Olivetti の雑誌にあれから、Ungaretti と Montale が出ました。いま Campana という詩人の話と詩の訳が印刷中です。

今年の秋は9月の5日から9日までの5日間、一日6時間のわりで京都大学の文学部イタリア語学科で、イタリア現代詩というのをやらせてもらいます。これはなによりもprestigeのためなのだそうで、お給料は京都での宿泊費を出すとなにも残らなくなりそうらしいです。アメリカではこんなことは考えられないのではないのでしょうか。

下北沢——というよりは代沢を車で通るたびにおすまさんのことを思いだしてなつかしいです。いつか日本に一寸帰ってくるでしょうか。私はこの論文が書けるまでは国を出てもイタリアくらいしか行きませんから、本当にお会いできないのは残念です。

そういえば、今年の夏はDublinに一週間、私の母校の世界同窓会というのの総会があって出かけます。こんなことを引きうけたのも実はヨーロッパまでの往復旅費が出るからで、そのあとは勿論イタリアに行って図書館や本屋をまわるつもりです。もっともイタリアは夏は8月10日から20日くらいまではすべて閉ってしまうので一寸困ります。Dublinのmeetingは7/24～28までなのでイタリアに行くのはどうしても8月に入ってからになってしまうのです。

私のかわいいというのか私が一方的にかわいがっている姪（いもうとの子供）がこんどChicagoの郊外のBarat Collegeという小さな女子大学に勉強に行くことになりました。Lake Forestという町にあるらしくて場所はよいところらしいです。彼女がそこにいるあいだに一度はChicagoとそれからおすまさんのところに行きたいものですね。ChicagoにはMark Kretzmann（おぼえていますか？　私の学生でHarvardを出たやさしい青年）がいます。

それから新しいことといえば二階のベランダに今度植木鉢を置く台を入れました。それでもう少しするとゼラニウムが咲いてそれがベランダからあふれるはずです。あなたの置いて行ってくれた赤いゼラニウムも、大分年をとりましたが元気ですよ。去年枝を一本きりとって挿し木しま

すまさん.　　　　　　　　　　　　　　　　1

早くお返事を書かなくてはと思いながら もう春も終り近くなってしまいました. おふたりとも お元気でしょうか. [redacted]《おじい》さんがご病気だとのこと その後いかがですか. 私の方も相変らず忙しい毎日です. 3・4月は新しい学年の仕事で本当にあっと言うまに経ってしまいました. ケムブリッジの春はさぞ美しいことでしょう. 日本の春も今年はいつまでも寒さが残って桜もふだんの年よりも少しおくれ. 咲いてからも肌寒かったので, 長いこと曇ったような花を咲かせていました. 坂口安吾の桜の花の満開の森の話みたいな しんとした咲き方をしていました— それでまたJ.C.君を思い出していました.

その後 あなたたちは どうしていますか. JC君は学校に戻りましたか. 私の論文は相変らずstop. 勉強はネチネチと続けているのですが, これからイタリアの第二大戦時のレジスタンス人について 少し勉強してみたいなどと思っています.

なにを毎日やっているかといえば— 相変らず家と学校. 今年は二階の四帖半の部屋にこたつを入れたので, 冬中, こたつで勉強しました. とても快適だし 燃料の節約にもなるし… それでとても日本的になったのか. フトンを取り去ったあとのコタツの机で今でも勉強しています. 本棚とベッドのある部屋は 今のところ 私の混乱した脳ミソをあらわすかのように, 大へんな散らかりようです. 読みたい本が大分積まれていて これはいけないことだと思うのですが. 去年から今年にかけてやったことと言えば ラテン語が大分進んだのとそれからダンテの神曲 The Divine Commedy をつぶさに読む仕事です。これは Italian の tutor についてやっていて、大変だけれど楽しいです。それから例の Olivetti の雑誌にあれから、Ungaretti と Montale が出ました。いま Campana という詩人の話と詩の訳が印刷中です。

今年の秋は9月の5日から9日までの5日間，一日6時間のわりで京都大学の文学部イタリア語学科で，イタリア現代詩という集中講義というのをやらせてもらいます。これはなによりも prestige のためなのだそうで，お給料は京都での宿泊費を出すとなにも残らなくなりそうらしいです。アメリカではこんなことは考えられないのではないのでしょうか。

下北沢－というよりは代沢を車で通るたびにおすまさんのことを思いだしてなつかしいです。いつか日本に一寸帰ってくるでしょうか。私はこの論文が書けるまでは国を出てもイタリアくらいしか行きませんから、本当にお会いできないのは残念です。

そういえば、今年の夏は Dublin に一週間，私の母校の在学同窓会というの、総会があって出かけます。こんなことを引きうけたのも実はヨーロッパまでの往復旅費が出るからで。そのあとは勿論イタリアに行って図書館や本屋をまわるつもりです。もっともイタリアは夏は8月10日から20日くらいまではすべて閉ってしまうので一寸困ります。Dublin の meeting は 7/24 ～ 28 までなので

15

したらついて今つぼみを持っています。さっき花があふれるはずと書きましたがおそかった春のせいもあって、いまはボーズみたいな枝がツンツンと立っているだけですよ。朝おきてその枝たちからつぼみが出ていないかとじーっと見つめます。それから夏はひと月もこれを置いて行くことを考えると、もう悲しくなります。胸がきゅーっとするのです。私はなにかをいつもべったりじーっと見ていたいたちらしくて、それからしばらくはなれることがとてもいやです。

メダカは今年の春、三匹のオトナメダカのうち女のひとというのか女メダカが死にました。それでオスが二匹と7匹のコドモメダカが残っています。ずいぶん死んだでしょう。もう一匹オンナメダカを買ってやりたいのですけれど、これも今年の夏私はいないのだからとがまんしています。メダカを置いて行くほうが植物を置いて行くより悲しくないのはどうしてでしょうね。たぶん植物は毎日違った姿をみせてくれるので私と植物のあいだの関係が more dynamic というのか、一しょに新しい世界が私たちのまえにひらけてゆくのに反してメダカはつめたい運動をくり返すだけで成長があまりはっきりしないからかも知れません。本当はネコとか小鳥とかを飼いたいのですけれど、植物でさえ一日中一年中そばにいたくなるのにネコなんて飼ったらどうなるかとそれが心配なので、今のところは道で会うよそのネコに心の中で話しかけるくらいでがまんしています。

あなたたちはまた夏になるとあのすばらしい山の家に行くのでしょうね。もうキュウリなどの種もまいたでしょうね。そう言えば去年うちのベランダでまいた thyme という香料の草が今年は大分しげってかわいらしい小さなうすいむらさきの花をつけています。

自動車をすまさんは運転していますか。私の車は相かわらずあのボロ・ワーゲンです。自転車にのりたいのだけれどちょっとこわいのでまだ自動車でがまんしています。もう私はふとって困っています。それでもっと運動をしなければいけないのだけれど全くヒマがないのですね。

今日はこれから授業に行くので、この手紙はこれまでにして今度はすまさん書いて下さいおねがいします。あなたの手紙が私には大事なのですよ。では又。Joel にはよろしくとは言いません。この手紙は Joel あてでもありますから。

(少し日本語がおかしいかナ)

では又　さよなら

敦子

16

1979.1.31

1.

すまさん。すばらしいお手紙をありがとう。とくに、Blizzardがへんなひしゃげたような恰好で窓のところにへばりついていてそれをひょいともちあげたら下からしなび人参が出てきたというのはおかしくてひとりでワハワハ笑いました。今朝またそのところを読んで笑いながら今日こそは手紙を書かなくちゃと思っていたらびびんびんびんとベルが鳴って、郵便屋さんがふにゃっとしたかんじの小包を私の手の中に置いて行きました。大ていの小包は本なのでこれはまたずいぶんふにゃっとしたものだと思ってよく見るとあなたの名が見えたのですべてが解明しました。

長い暗い旅にもめげずに、赤帽子の彼女は、元気にやってきましたよ。かばんをあけたら、すばらしいmintのかおりが部屋いっぱいになりました。私は匂いがとても好きな人間でその途端涙が出そうになりました。うれしかった。Hinsdaleのかおりとあなたたちふたりの幸福の匂い— 手紙でオレガノやmintを粉にしていると読んで、ああ今年はぜひぜひmintの種を送ってもらおうと考えていたところだったのです。

私は例によって手紙しか送るものがないので、今日はこのあいだイタリアに行ってたときのことをちょっと話します。

それは論文の材料集めという意味もあったのですけれど、そのほかに胃を手術しなくてもよかったという自分へのお祝い旅行でもありました。12月21日にイタリアに着きました。

26日にalbertoという友達がお姉さんや妹といっしょに彼の家にdinnerに呼んでくれて（ミラノです）、そこで12月30日に妹といっしょに（三人ともひとりもののきょうだいです）Manarolaという、La Speziaという港町に近い地中海沿岸の村にある彼の家にあそびに行くからいっしょに来ないかとさそわれて、行くことにしました。どうせ30,31,1はLibraryもしまっているし…ミラノから三時間くらいで、さいごのほうはトンネルばかりでその村に着きました。車は村の外の広場にとめます。というのも村はいわば海辺の崖にカキのようにへばりついてつくられているので、道は全部（海辺の舟着き場にある広場とその周辺の二三本の道を除いては）人が二人やっと並んで歩けるくらいの広さなのです。彼の家は三階建てというのか、その三階の各階に部屋がひとつずつというような建てかたですが、勿論これはもともと村の家だったのを買って内部を彼がやりなおさせて住んでいる（休みのときに）のです。窓をあけると、ちょうど波が村のはじのへんで崖の岩にあたってくだけているのが遠くに見えます。30分ごとに村の教会の鐘が鳴るのと、海の音だけがこの家の
時計
音です。

そんなこともすばらしかったけれども、なによりもよかったのはその村の中にやはりAlbertoとおなじ仕事をしていた女性が二人それぞれ家を持っているのです。この人たちはもう50才半ばをすぎたぐらいの化学者なのですが、そのひとりのビアンカという人の家は、村のはずれにあって そのliving-roomは、まるで海のなかに歩き出したように三方が崖の上に突き出すような かたちで、そのまわりを太陽が一日まわるのです。バルコニーに出ると、足の下がむずむずするくらいもう海のまうえで、一月一日は大へん波が荒らかったのですが、窓ガラスがまたたくまに塩で白くなってしまうくらいでした。ときどき声を大きくしてしゃべらないとお互いの言ってることがきこえないくらい、波の音が大きいのですよ。いい友達と自然とがいっしょに持てたことの幸いを私はBlizzardがのびのびするような気持で満足して味わいました。たましいがのびのびするように思えました。

それからアルベルトは、その村の背にある山にぶどう畑も

すまさん。すばらしいお手紙をありがとう。とくに、Blizzard がへんなひしゃげたような恰好で窓のところにへばりついていてそれをひょいともちあげたら下からしなび人参が出てきたというのはおかしくてひとりでワハワハ笑いました。今朝またそのところを読んで笑いながら今日こそは手紙を書かなくちゃと思っていたらびびんびんびんとベルが鳴って、郵便屋さんがふにゃっとしたかんじの小包を私の手の中に置いて行きました。大ていの小包は本なのでこれはまたずいぶんふにゃっとしたものだと思ってよく見るとあなたの名が見えたのですべてが解明しました。

長い暗い旅にもめげずに、赤帽子の彼女は、元気にやってきましたよ。かばんをあけたら、すばらしい mint のかおりが部屋いっぱいになりました。私は匂いがとても好きな人間でその途端涙が出そうになりました。うれしかった。Hinsdale のかおりとあなたたちふたりの幸福の匂い——手紙でオレガノや mint を粉にしていると読んで、ああ今年はぜひぜひ mint の種を送ってもらおうと考えていたところだったのです。私は例によって手紙しか送るものがないので、今日はこのあいだイタリアに行ってたときのことをちょっと話します。それは論文の材料集めという意味もあったのですけれど、そのほかに胃を手術しなくてもよかったという自分へのお祝い旅行でもありました。12月21日にイタリアに着きました。

26日に Alberto という友達がお姉さんや妹といっしょに彼の家に dinner に呼んでくれて（ミラノです）、そこで12月30日に妹といっしょに（三人ともひとりもののきょうだいです）Manarola という、La Spezia という港町に近い地中海沿岸の村にある彼の家にあそびに行くからいっしょに来ないかとさそわれて、行くことにしました。どうせ30、31、1は Library もしまっているし……ミラノから三時間くらいで、さいごのほうはトンネルばかりでその村に着きました。車は村の外の広場にとめます。というのも村はいわば海辺の崖にカキのようにへばりついてつくられているので、道は全部（海辺の舟着き場にある広場とその周辺の二、三本の道を除いては）人が二人やっと並んで歩けるくらいの広さなのです。彼の家は三階建てというのか、その三階の各階に部屋がひとつずつというような建てかたですが、勿論これはもともと村の家だったのを買って内部を彼がやりなおさせて住んでいる（休みのときに）のです。窓をあけると、ちょうど波が村のはじのへんで崖の岩にあたってくだけているのが遠くに見えます。30分ごとに村の教会の時計が鳴るのと、海の音だけがこの家の音です。

　そんなこともすばらしかったけれども、なによりもよかったのはその村の中にやはりAlbertoとおなじ仕事をしていた女性が二人それぞれ家を持っているのです。この人たちはもう50歳半ばをすぎたぐらいの化学者なのですが、そのひとりのビアンカという人の家は、村のはずれにあってその living room は、まるで海のなかに歩き出したように三方が崖のうえに突き出すようなかたちで、そのまわりを太陽が一日まわるのです。バルコニーに出ると、足の下がむずむずするくらいもう海のまうえで、一月一日は大へん波が荒らかったのですが、窓ガラスがまたたくまに塩で白くなってしまうくらいでした。ときどき声を大きくしてしゃべらないとお互いの言ってることがきこえないくらい、波の音が大きいのですよ。いい友達と自然とがいっしょに持てたことの幸いを私は Blizzard がのびのびするような気持で満足して味わいました。たましいがのびのびするように思えました。

　それからアルベルトは、その村の背にある山にぶどう畑もいくつか買いました。（こうして書いてるうちにも何度か Hinsdale の mint が匂ってきました。これも友だちと自然が合わさって私をよろこばせてくれている場合のひとつです）。言いわすれましたがこの村は cinque terre といくつか買いました。（こうして書いてるうちにも何度かHinsdaleのmintが匂ってきました。これも友だちと自然が合わさって私をよろこばせてくれている場合のひとつです）。言いわすれましたがこの村はcinque terreといってこの海岸沿いの山にしがみついた五つの有名なぶどう酒のとれる村のひとつなのですよ。急な崖をたがやしてつくったぶどう畑はひとつ（というのか一面というのか）がたたみにすると三帖とか四帖半とかぐらいの大きさでそれが山の斜面にびっしりつくられているのです。一月というとぶどうの古い枝を伐って春によい芽が出やすいようにしてやらなければならないので、一月一日、彼らといっしょにその畑へも行きました。そのとき石垣のわれめに生えていた（実物大）こんな植物（こういう葉の肉の厚い植物をイタリア語ではpianta grassaといいます。多肉植物というのでしょうか、辞書にはcactusなんて書いてありますが）があって、それをチョリンと摘んでtissueにつつんでハンドバッグに入れておいたのを、その10日後日本に帰って、それからまた二・三日経ってハンドバッグの掃除をしていたらそれが出てきたのでだめだろうなとは思いながら、鉢にうえたら一本も枯れないばかりか、なんと一本はぐんぐん伸びはじめました。もうびっくりしてものもいえないとはこのことです。永生きするといろいろなことにぶつかるものですね。Riviera（とその地方をいうのですが）で地中海を見ながら生えていた植物が目黒区五本木二丁目Japanなんていうところでまた根をおろしてしまう。これは私のapartmentが一寸cosmic（宇宙的？）になったようで私はありがたくてその植物にお礼をいいたいくらいです。植物のいのちの美しさは、すべてpassiveなようでいて、ちゃんと続いてくれることなのかも知れないですね。

一月2日の朝6じ半にその村をあとにしてミラノに帰ってしまったのでManarolaのはなしはこれでおしまいです。

こんなふうに村みたいなところに何人かのともだちが家を持てるのは最高だと思いました。Biancaはそして小さなorchardも持っていて、サラダなどはそこでつくっているのですが、私もすっかりうらやましくなり今年はここのベランダでいいから少しサラダなどつくってみようかと思っています。

さて、あなたたちのところから来た友人はとうとう本棚のはじのところにすわりこんで本を読むことにしたようです。私もちょうどよく似た色のセーターを着ていたので一寸びっくりしました。靴下まではいててずいぶん本当めいた人物ですね。名はどうすればよいのか、一寸考えています。

今日で一月は終り。私は元気です。まだくすりはのんでるけれどもうすっかり元気です。仕事が山のようにあるのは一寸うんざりですけれどね。Rosemaryという植物の種というようなものがもしあったら欲しいのですが、これは針葉樹みたいな茂みで私はいつも買った葉をお料理に使うのですけれど…。種をまいて生やすのは大変とおもいますが、もし高価でなかったら種が手に入ればうれしいです。

なんか小鳥が来てとなりの家の庭の木で鳴いています。今年の冬はあたたかくて（それでも二度ほど雪が少しつもりましたが）もう春が来たと思っているのでしょう。どうぞ元気で。JCにもよろしく。

1月31日

あつ子

でも今日はどんよりした
くもり日なのに…

16

いってこの海岸沿いの山にしがみついた五つの有名なぶどう酒のとれる村のひとつなのですよ。急な崖をたがやしてつくったぶどう畑はひとつ（というのか一面というのか）がたたみにすると三帖とか四帖半とかぐらいの大きさでそれが山の斜面にびっしりつくられているのです。一月というとぶどうの古い枝を伐って春によい芽が出やすいようにしてやらなければならないので、一月一日、彼らといっしょにその畑へも行きました。

そのとき石垣のわれめに生えていた （実物大）こんな植物（こういう葉の肉の厚い植物をイタリア語では pianta grassa といいます。多肉植物というのでしょうか。辞書には cactus なんて書いてありますが）があって、それをチョリンと摘んで tissue につつんでハンドバッグに入れておいたのを、その10日後日本に帰って、それからまた二・三日経ってハンドバッグの掃除をしていたらそれが出てきたのでだめだろうなとは思いながら、鉢にうえたら一本も枯れないばかりか、なんと一本はぐんぐん伸びはじめました。もうびっくりしてものもいえないとはこのことです。永生きするといろいろなことにぶつかるものですね。Riviera（とその地方をいうのですが）で地中海を見ながら生えていた植物が目黒区五本木二丁目 Japan なんていうところでまた根をおろしてしまう。これは私の apartment が一寸 cosmic（宇宙的？）になったようで私はありがたくてその植物にお礼をいいたいくらいです。植物のいのちの美しさは、すべて passive なようでいて、ちゃんと続いてくれることなのかも知れないですね。

一月2日の朝6じ半にその村をあとにしてミラノに帰ってしまったので Manarola のはなしはこれでおしまいです。

こんなふうに村みたいなところに何人かのともだちが家を持てるのは最高だと思いました。Bianca はそして小さな orchard も持っていて、サラダなどはそこでつくっているのですが、私もすっかりうらやましくなり今年はここのベランダでいいから少しサラダなどつくってみようかと思っています。

さて、あなたたちのところから来た友人はとうとう本棚のはじのところにすわりこんで本を読むことにしたようです。私もちょうどよく似た色のセーターを着ていたので一寸びっくりしました。靴下まではいててずいぶん本当めいた人物ですね。名はどうすればよいのか、一寸考えています。今日で一月は終り。私は元気です。まだくすりはのんでるけれどもうすっかり元気です。仕事が山のようにあるのは一寸うんざりですけれどね。Rosemaryという植物の種というようなものがもしあったら欲しいのですが、これは針葉樹みたいな茂みで私はいつも買った葉をお料理に使うのですけれど……種をまいて生やすのは大変とおもいますが、もし高価でなかったら種が手に入ればうれしいです。

なにか小鳥が来てとなりの家の庭の木で鳴いています。今年の冬はあたたかくて（それでも二度ほど雪が少しつもりましたが）もう春が来たと思っているのでしょう。↓でも今日はどんよりしたくもり日なのに……　どうぞ元気で。ＪＣにもよろしく。

1月31日

あつ子

おすまさん、

ずいぶんながいことごぶさたしました。忙しかったのと 春が来たせいか ものがなしい時期がちょっとあって なにもする気がしなくて、こういうのがウツ病というのだナという かんじだったので… それもすぎると 桜が咲いて もう散って 昨日今日は とても元気になりました。それで ずうと気になっていた、あなたへの手紙を大急ぎで書くことにしました。忙がしいというのは論文を 6月いっぱいで仕上げるつもりで がんばっているからです。一週間まえくらいに 有栖川公園というコーエンの中にある都立中央図書館で仕事をすることを 覚えました。このコーエンは麻布と渋谷の境にあって、私は子供のとき その近くに住んでいて、私はしょっちゅう弟を連れて あそびに行っていたところ です。もとの有栖川宮という明治天皇のムスコか兄弟かの人の邸が、その 人が死んだあと、あとつぎがいなかったので東京市に寄付したので 公園に なったという場所で 池があったり けやきの古い木などが わりあいにうっそう と茂っていていい庭です。今でも その中を通ると 4つか五つだったころの弟の足音や 笑い声が 草の茂みから きこえてきそうな気がします。その庭の一隅に五年くらい前 から実にモダーンな図書館がたちまして、そこへずっと前一度行っていい場所だなと 思っていたのです。四月に入ってからいよいよ論文を書くという段階になると家にいると 生活の道具が多すぎて気が散るのと いろんな種るいの電話がかかって来て、一々 いそがしい(と言っていると 自己暗示にかかって、なにか頭のなかが せわしなく なるので、とうとう決心して 大きな荷物を車に積んで 図書館に一日いることに したのです。おひるも そこの食堂で 食べたり おべんとうを持って行ったりします。 私はいつも三階の人文科学カンケイという閲覧室で仕事をするのですが、ちょうど 最初に行った日に、窓の外の桜が 花ざかりで、それが美しくて、よおし毎日ここへ 来るぞと決めたわけです。南側と西側と北の角に窓が大きくとってあって、 南側からみえるのは、もう芽をふきはじめた欅のあいだにまじった山桜の木で す。山桜は おぼえてると思いますが 赤い葉といっしょに咲くので あでやかです。 昔の和歌にでてくるのも、有名な吉野山の桜もみな 山桜なのだそうです。先週 の土曜日は その下にゴザをしいて どこかの会社の人たちが 手を叩いて歌をうたって 酒宴をひらいていました。三階からは音もきこえないので、なにか昔の夢が見え てるような気持でした。西の窓のすぐ横に、雲のかたまりみたいに咲いてるのは 例の染井吉野で これは夕日のとき 一瞬色が濃くなるので きれいでしたが、 今日はもうあらかた散ってしまい、そのあとの萼《がく》が 赤い塩ぐきのようで きたならしく、 やはり山桜の品格にはかなわないかんじでした。それなのに その窓のところには、 いつも子供々々した女の子が二人くらいで すわっているのですよ。なんにしても こんな 贅沢な景色と快適な部屋ー温度も光も家具もを enjoy できるということは 有難い というのか、まあ東京都にちょっとくらい税金はらってもいいという気持になります。 さて桜のことばかり書きましたが、Mint その他の種をありがとう。うれしかったーとても。 種まき用の土を買って来たので 明日あたり播こうと思っています。今年の夏は Mint のお茶やら サラダをたのしめると期待しています。

17

1979.4.11

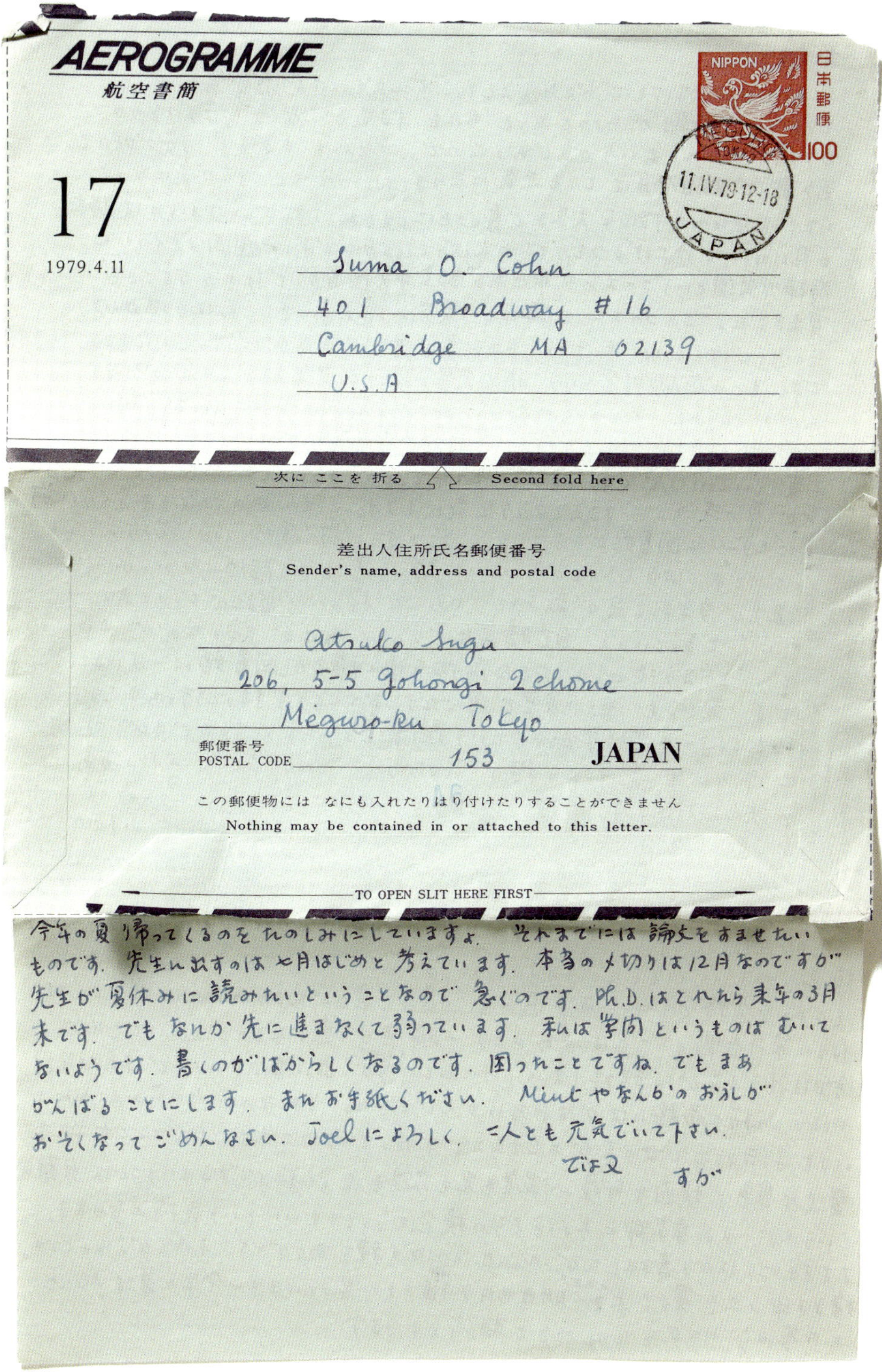

AEROGRAMME
航空書簡

NIPPON 日本郵便 100

MEGURO 11.IV.79.12-18 JAPAN

Suma O. Cohn
401 Broadway #16
Cambridge MA 02139
U.S.A

次に ここを 折る　Second fold here

差出人住所氏名郵便番号
Sender's name, address and postal code

Atsuko Suga
206, 5-5 Gohongi 2 chome
Meguro-ku Tokyo
郵便番号
POSTAL CODE 153　JAPAN

この郵便物には なにも入れたりはり付けたりすることができません
Nothing may be contained in or attached to this letter.

TO OPEN SLIT HERE FIRST

今年の夏帰ってくるのをたのしみにしていますよ. それまでには論文をすませたい
ものです. 先生に出すのは七月はじめと考えています. 本当の〆切りは12月なのですが
先生が夏休みに読みたいということなので急ぐのです. Ph.D.はとれたら来年の3月
末です. でもなんか先に進まなくて弱っています. 私は学問というものはむいて
ないようです. 書くのがばからしくなるのです. 困ったことですね. でもまあ
がんばることにします. またお手紙ください. Mintやなんかのお礼が
おそくなってごめんなさい. Joelによろしく. 二人とも元気でいて下さい.

では又　すが

17

おすまさん。

　ずいぶんながいことごぶさたしました。忙しかったのと春が来たせいかものがなしい時期がちょっとあってなにもする気がしなくて、こういうのがウツ病というのだナというかんじだったので……それもすぎると桜が咲いてもう散って昨日今日はとても元気になりました。それでずっと気になっていた、あなたへの手紙を大急ぎで書くことにしました。忙がしいというのは論文を6月いっぱいで仕上げるつもりでがんばっているからです。一週間まえくらいに有栖川公園というコーエンの中にある都立中央図書館で仕事をすることを覚えました。このコーエンは麻布と渋谷の境にあって、私は子供のときその近くに住んでいて、私はしょっちゅう弟を連れてあそびに行っていたところです。もとの有栖川宮という明治天皇のムスコか兄弟かの人の邸が、その人が死んだあと、あとつぎがいなかったので東京市に寄付したので公園になったという場所で池があったりけやきの古い木などがわりあいにうっそうと茂っていていい庭です。今でもその中を通ると4つか五つだったころの弟の足音や笑い声が草の茂みからきこえてきそうな気がします。その庭の一隅に五年くらい前から実にモダーンな図書館がたちまして、そこへずっと前一度行っていい場所だったと思っていたのです。四月に入ってからいよいよ論文を書くという段階になると家にいると生活の道具が多すぎて気が散るのといろんな種るいの電話がかかって来て、一々いそがしいいそがしいと言っていると自己暗示にかかって、なにか頭のなかがせわしなくなるので、とうとう決心して大きな荷物を車に積んで図書館に一日いることにしたのです。おひるもそこの食堂で食べたりおべんとうを持って行ったりします。私はいつも三階の人文科学カンケイという閲覧室で仕事をするのですが、ちょうど最初に行った日に、窓の外の桜が花ざかりで、それが美しくて、よおし毎日ここへ来るぞと決めたわけです。南側と西側と北の角に窓が大きくとってあって、南側からみえるのは、もう芽をふきはじめた欅のあいだにまじった山桜の木です。

山桜はおぼえてると思いますが赤い葉といっしょに咲くのであでやかです。昔の和歌に出てくるのも、有名な吉野山の桜もみな山桜なのだそうです。先週の土曜日はその下にゴザをしいてどこかの会社の人たちが手を叩いて歌をうたって酒宴をひらいていました。三階からは音もきこえないので、なにか昔の夢が見えてるような気持でした。西の窓のすぐ横に、雲のかたまりみたいに咲いてるのは例の染井吉野でこれは夕日のとき一瞬色が濃くなるのできれいでしたが、今日はもうあらかた散ってしまい、そのあとの萼《ガク》が赤い歯ぐきのようできたならしく、やはり山桜の品格にはかなわないかんじでした。それなのにその窓のところには、いつも子供々々した女の子が二人くらいですわっているのですよ。なんにしてもこんな贅沢な景色と快適な部屋——温度も光も家具もを enjoy できるということは有難いというのか、まあ東京都にちょっとくらい税金はらってもいいという気持になります。

さて桜のことばかり書きましたが、Mint その他の種をありがとう。うれしかった——とても。種まき用の土を買って来たので、明日あたり播こうと思っています。今年の夏は Mint のお茶やらサラダをたのしめると期待しています。

今年の夏帰ってくるのをたのしみにしていますょ。それまでには論文をすませたいものです。先生に出すのは七月はじめと考えています。本当の〆切りは12月なのですが先生が夏休みに読みたいということなので急ぐのです。Ph.D. はとれたら来年の3月末です。でもなにか先に進まなくて弱っています。私は学問というものはむいてないようです。書くのがばからしくなるのです。困ったことですね。でもまあがんばることにします。またお手紙ください。Mint やなんかのお礼がおそくなってごめんなさい。Joel によろしく。二人とも元気でいて下さい。

すが

では又

18

1981.1.7

SUMA

おすまさん．J.C君

手紙をもらって．Stone Lionをもらって それから おすまさん自筆の Harvardの紀念ホールのカードをもらって それから JC自筆の カードをいただいて．やっと今日．七草の日に返事を書くためにこたつにすわりました．まずオーに"名人"の訳 おめでとう！ 私もこれをイタリア語に訳して Anthologyに入れたので とりわけうれしいでした．早速 illegal かも知れないけれど コピーをとってアメリカ人とアイルランド人の友人にクリスマスプレゼントにしました。ふたりとも すごく感激してくれたので 私もうれしいでした。おすまさんの water colour のてんらん会も成功でよかったですね JC がブリタニカでしたが 講談社の仕事をしていると言ったら．私の友人が Craig 鵜谷《うがや》てる子 という人も その仕事をしていると言っていましたが知っていますか。私の学校時代の友人です。Harward で丁史を教えている albert Craig という人の奥さんです。

私は相変らず論文とたたかっています。今年の五月には すべて完成したいと希望・決心・その他いろいろです。今度は たぶん大丈夫でしょう。今年のお正月は なにも計画がなかったのに いろいろ happening 的に人が来たり 人に招かれたりで 楽しいでした。暮からずっと暖かかった

(Best Wishes for

A Merry Christmas and

A Happy New Year)

のですが．昨日あたりから急に冷えこみ 今日は一日中寒い風が吹いていました。そちらも大変寒いのでしょうね。でも冬は家の中が暖かくて落着くからいいですね。夜の時間もたくさんあって好きです。 今日は みなに手紙の返事を書くので これくらいにします。 どうぞ元気で よい仕事をするよう 祈っています．今年は日本に来ないのでしょうか…

1月7日

atsuko

19

1981.10.30

VIA AIR MAIL
Suma & Joel Cohn
100 Gore St.
Cambridge, Mass. 02141
U.S.A.

atsuko Suga. #206, 5-5 Gohongi 2 chome, Meguroku
Tokyo 153, Japan
80
? どうして コンニヤク をたべながら そうじするの？

full time になって、新しい 家に引越して、とてもいそがしい
古い
おすまさん…

お便りいただいて、すぐにお返事をとおもいながら、日が経ってしまいました。いい家に越されて、いそがしいでしょうがすてきですね。うらやましいかんじです。私のほうにもあたらしい"事件"がありました。このあいだ10月6日に、ようやく慶応からPh.D.をもらいました。今年の5月に、学部長から、早く書いてしまうようにといわれて、2週間、学校もなにもかも休んで家にとじこもり、これまで書きためたものを整理し、まとめました。新しい学説とまではいかないけれど、そして非常に範囲のせまいものになってしまったのですけれど、仕事やあそびの合間に（3年かかったけど）書いたのだから、こんなもんだろうという感じの論文です。Ungaretti というイタリア詩人が、マラルメ Mallarmé というフランス詩人から受けた影響が中心テーマです。

J.C.君はその後どうしていますか。今 Princeton から、（Doctor Course）日本に Fulbright できている人がいて、上智で私の reading and research というコースを（一人で）とっています。二人で、無頼派の文学を読んでいます。坂口安吾、織田作之助、石川淳など。石川淳は、ほんとうにむずかしいと、二人共ふう

ふう云っています。安吾については、J.C.の訳した、Stone

lionのものなど見せました。私も、ハカセ号がとれたので一安心、これから、もう少し、自分のやりたいことをやりたいと思っています。

すまさんのfull time jobとはなんですか。絵とかんけいあることを祈ります。来年の春は、San Franciscoまで用事で行きますが、the other sideまでは行けそうにありません。でも一度はかならずCambridgeに行きたいので待ってい下さい。

日本も物価はチビチビと上るし、税金は高くなるし、私もやっと上智でfull timeになったけれど、生活はあまりパッとしません。第一、とてもいそがしいのは、一体どうしたことか。いろ〳〵なことにinvolvedになって、反省しては巻きこまれ、また反省しては巻きこまれ…まったく本人の不徳のいたすところと、あきらめ…られない。

冬12月10日頃には、Veneziaに用事があって行きます。ヴェニスの大学の東洋語学文化研究所でなんかsymposiumがあって、私はどうせイタリアへ行くつもりだったので、なにかしゃべるように言われて、夏目漱石のことくらい一寸まとめようかと考えています。全然好きでない作家だけれど、学生は読みたがるし、うまく行かないものです。J.C.は、もう大学とは縁を切ったのでしょうか。

いまは、学部で Survey of Japanese Literature と Topics をひとつ教えています。Topicsは いまは、森鴎外と漱石と明治の日本という話です。

こんどの あなた方の家は、どんなかんじですか。何家族いるのですか。いろいろ、また時間をみつけて書いて下さい。

私は忙しくて、(それに だん〱 年とって、昔より エネルギーが減ったので)この ひと月ほど家の掃除をしていません。これは 相当、私にとっては 恐ろしいことで、いまに ものすごい ゴキブリかなにかが発生したりして、私は コナゴナに喰いつぶされたりするのではないかなど、時々考えます。先日、小さな黒い 小《コ》ぜに入れをなくして、それは、もう一度出て来て、また なくなりました。昨日からは、メガネがなくなっています。こういうことは、すべて 忙しすぎるからなので、もうそろそろ、家の中に 交通巡査をひとり やとって置くか、そうでなければ、今これを書いている慶応の仕事をばっさりやめて、金曜日に 8時間とられるという悪習を絶ち切るか、なんかしなければと、漠然と考えています。この漠然がいけない。

今日は これだけにします。お手紙下さい。

10/30　あつこ

20

1983.9.5

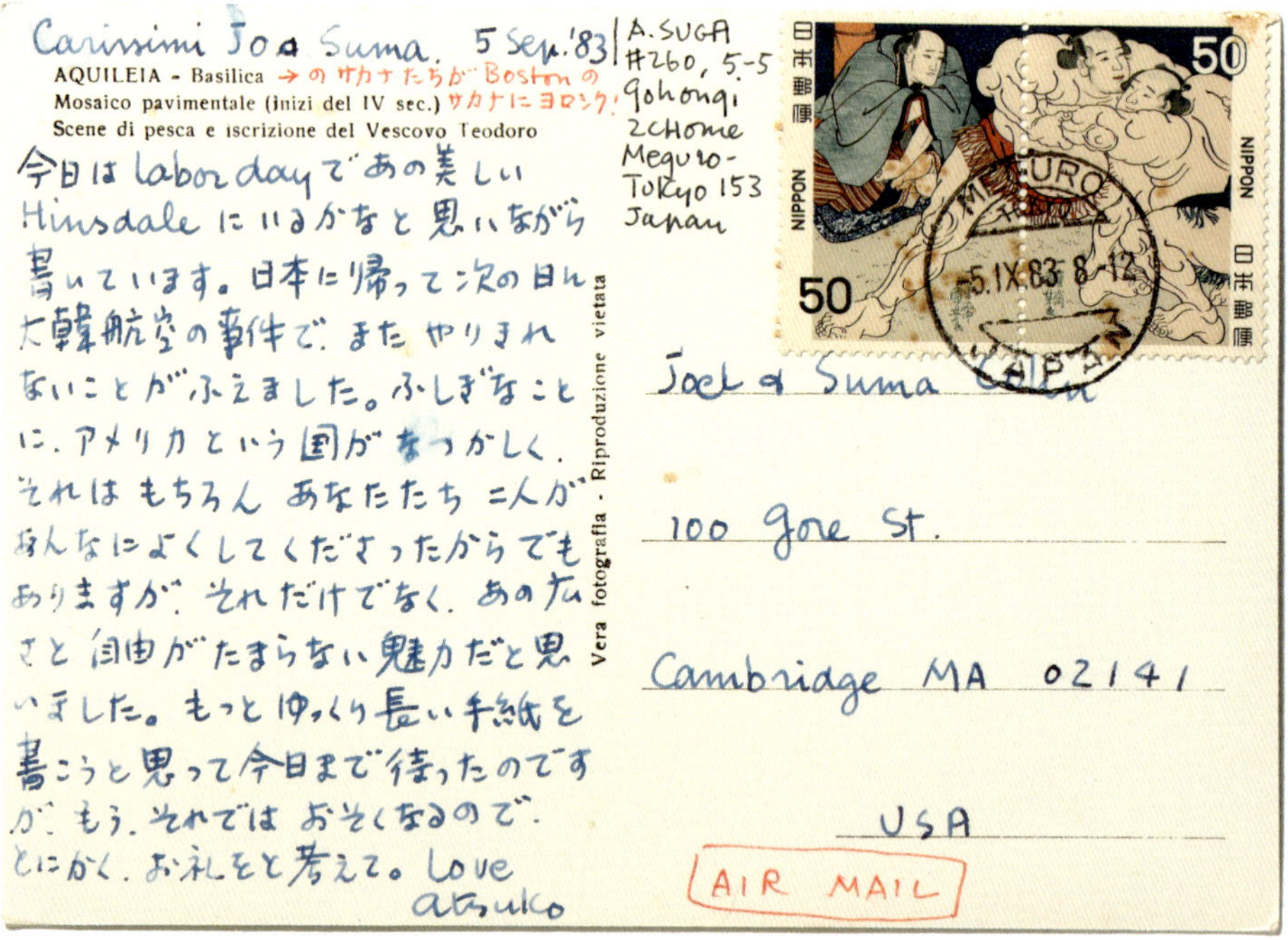
Carissimi Jo & Suma. 5 Sep.'83

AQUILEIA - Basilica →のサカナたちがBostonの
Mosaico pavimentale (inizi del IV sec.) サカナにヨロシク!
Scene di pesca e iscrizione del Vescovo Teodoro

今日はlabor dayであの美しい
Hinsdaleにいるかなと思いながら
書いています。日本に帰って次の日に
大韓航空の事件で、またやりきれ
ないことがふえました。ふしぎなこと
に、アメリカという国がなつかしく、
それはもちろんあなたたち二人が
あんなによくしてくださったからでも
ありますが、それだけでなく、あの広
さと自由がたまらない魅力だと思
いました。もっとゆっくり長い手紙を
書こうと思って今日まで待ったのです
が、もう、それではおそくなるので、
とにかく、お礼をと考えて。Love
atsuko

Vera fotografia - Riproduzione vietata

A. SUGA
#260, 5-5
Gohongi
2Chome
Meguro-
Tokyo 153
Japan

Joel & Suma

100 Gore St.

Cambridge MA 02141

USA

AIR MAIL

83年8月9日から30日まで、コーン夫妻の招きではじめてのアメリカ旅行。この旅は須賀に忘れがたい印象を残した。帰国の翌日、大韓航空機撃墜事件。

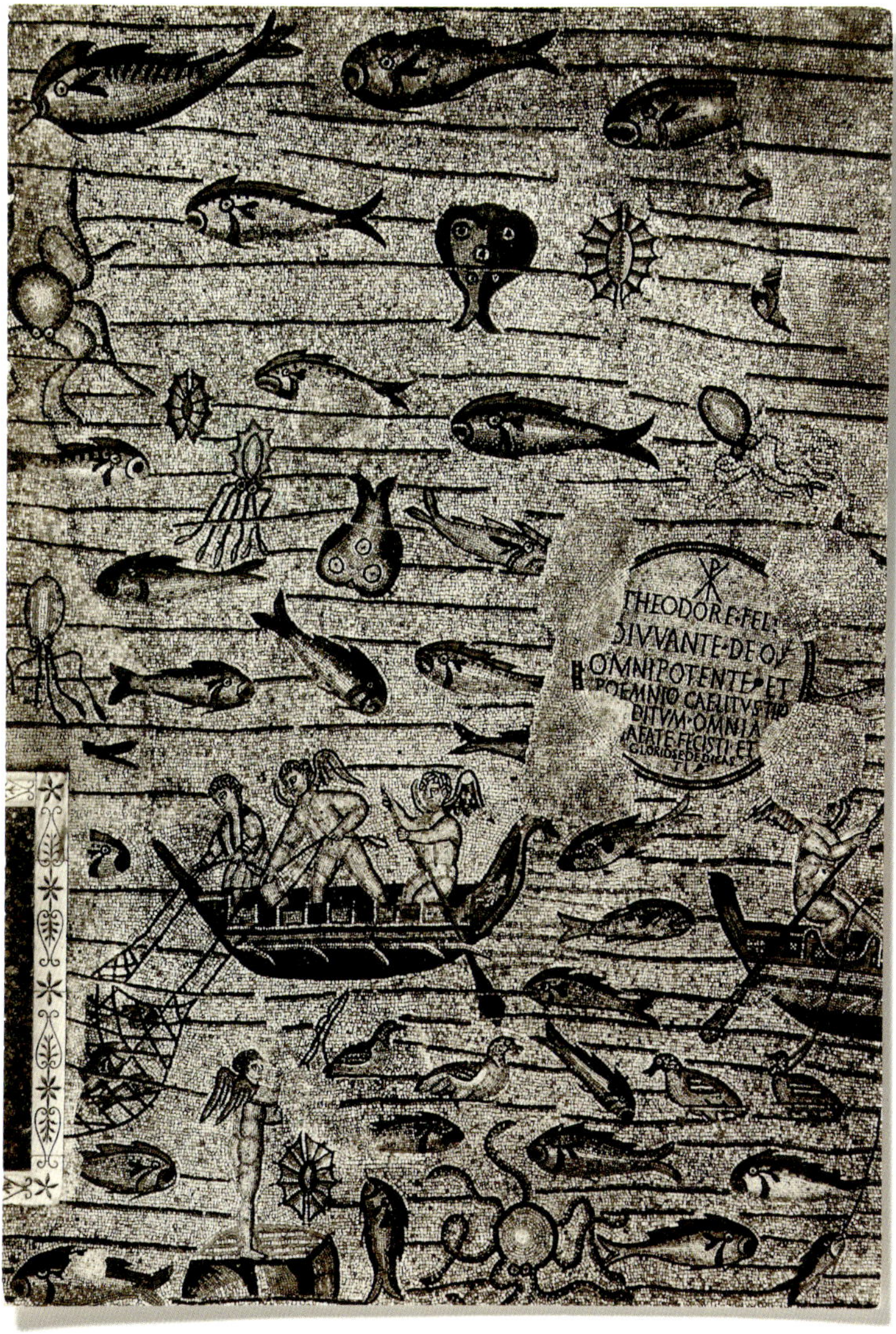
THEODORE·FEL
IVVANTE·DEO
OMNIPOTENTE·ET
POEMNIO CAELITVS TR
DITVM·OMNIA
AEATE FECISTI ET
GLORIOSE DEDICAS
TI

21

1983.9.15

NIPPON
40
NIPPON
200
TOKYO
Suma & Joel Cohn
100 Gore St.
Cambridge MA 20141
U.S.A.
PAR AVION
航空郵便

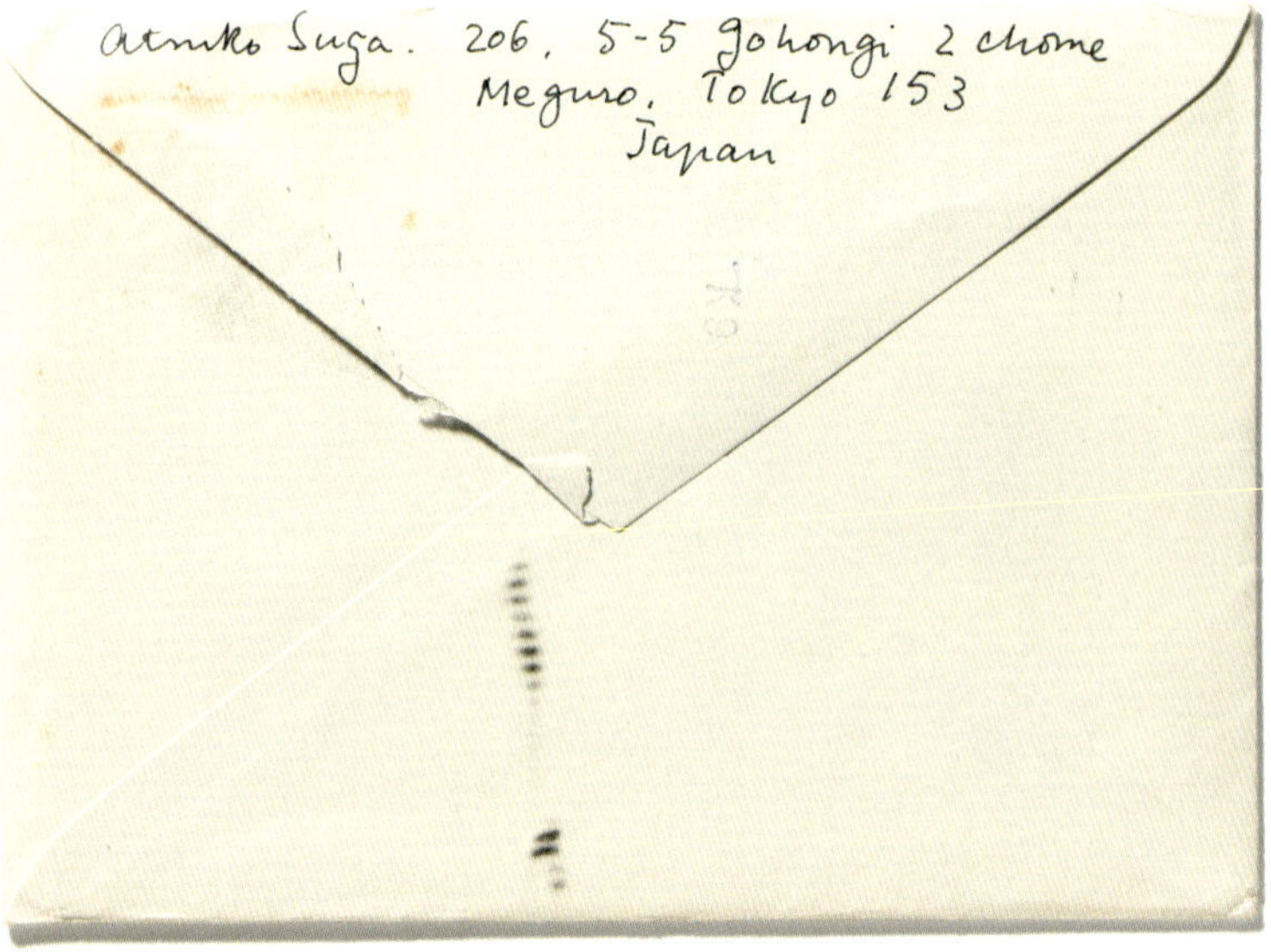
Atsuko Suga. 206, 5-5 Gohongi 2 chome
Meguro, Tokyo 153
Japan

前回の手紙から１週間と経たないうちに書きはじめられた手紙は、数行書いては、次の日につづきを書く、というスタイルだった。区切りごとに日付がある。

Suma & Jo. 1.)

もっと「日本的」なカードをと考えていたのです
が、そんなうちにも日が経つので、手許にあった
この紙に書きはじめます、"書きはじめる"というのは、
いつ終るかわからないからです。木曜日-8日-に
学校が始まって、てんやわんやです、それでも今学
期は、始まったのが上智だけで、あとは文化学院が
16日、東大が20日、聖心と慶応は10月ということ
で、先学期そのすべてが一度に始まったときに比らべ
れば、ずっと楽な筈なのですが…、ひとつは、6月末の
時点でcancelになった筈の文体論の授業が
フタをあけて見ると学生が4人もすわっていたと
いうことで、大学院の源氏物語も同じ運命に
みまわれたようで、上智今学期は谷崎潤一郎
だけの予定でホクホクだったのが、なんと三つも授業
が成立しそうで、全く逆上してしまって泡をくって
います。 Sep. 10

ほんとうにCambridgeの、またU.S.の経験は私
にとって重要でした。帰ってから、あなたたちへの
感謝と共に、アメリカへのなつかしさが、心に

2.) 沸きあがってきます、ほんとうにSumaが
言ったように、私はアメリカが合っているのかも
知れない。その半面、日本に帰ってきて、学生たち
の顔を見ると、この人たちを大切にしなくてはとも
思う。ゆっくり考えていきたいです。” 10/sep.

おはよう、帰ってから、たとえばFENのニュー
をきいていたりして、MAの話が出たりすると、あ
ああいう景色のところであいう人間がいるとこ
の話だなと、今までとは全然ちがった感じを
受けるのにびっくりしています。アメリカは、私にと
ほんとうにながいあいだ、抽象でしかなかったこと
に、びっくりしています。おそらくはもっとも近く
あった「西洋」だったのに、私はそれが近すぎ
たから、ヨーロッパを見つづけてきたのかもし
ない、とこの頃になって考えています。” Sep. 11

「谷崎潤一郎」というコースだけのはずが3つ
なって、全く学校のほうはお手あげです。今日
夜「源氏」で6じ〜9じという大学院の授業
いよいよいそがしくなりました。帰ってきて、とこ

暑かったので、なにかバテてしまいました。来週からは東大もはじまって… 生きていけるのかなァ.

学期のはじめ. Syllabusを学生にわたしたり. いろいろとprintしたり. そういうことがわずらわしくていやです。こういうことがなければ学校はもっと楽しくなるのにと思います。それから教授会とか… まあお給料もらってるから仕方ないですね。 Sen./12

今日は、祖母の命日で私としてはめずらしく法事に大阪まで行きました。明日の授業は文化学院でBoccaccioです。まだ講義の準備ができてないので、今日は大阪までヒコーキで行った。ヒコーキで、Cambridgeのことや Bostonのことを考えていました。ほんとうになつかしい。Bagleやら.(Bagel?) Blue fishやら、6じのBusやら… おこりんぼうやら、停電したmovie theatreのことやら popcornのにおいやら…. /Sen. 15

4) 昨夜、Joのてがみがつきました。
夜というのは、私が学校から帰った
のが夜だったからです。このあいだ
どこだったか、道を歩いていたら、「クープ」
とかいた美容院があった。coupe の
ことらしいですが、coop をおもい出して
なつかしかった。Richard という人と
けんかしたのですか。そちらも新学期
で大変なのですね。私は少々働きすぎ
で学校はじまったばかりなのに、もうへと
です。
私がアメリカへ行ったので、Bostonに
行ったので、JoとSumaは貧乏になって
しまったのではないかと心配しています。
Ungaretti氏の勉強にはとても今は
手がまわらないけれど、12月になったら
始めます。これからはもうこんなに仕事
をひきうけないようにします。
もしDella Terza氏に会ったらよろしく。
アメリカの友人たちみんなにも。役に立た
ないかもしれないけれど、土田さん(?) Comp. Religion
の方の curriculum vitae を送っていただけますか。では X. Atsuko

22

1983.10.5

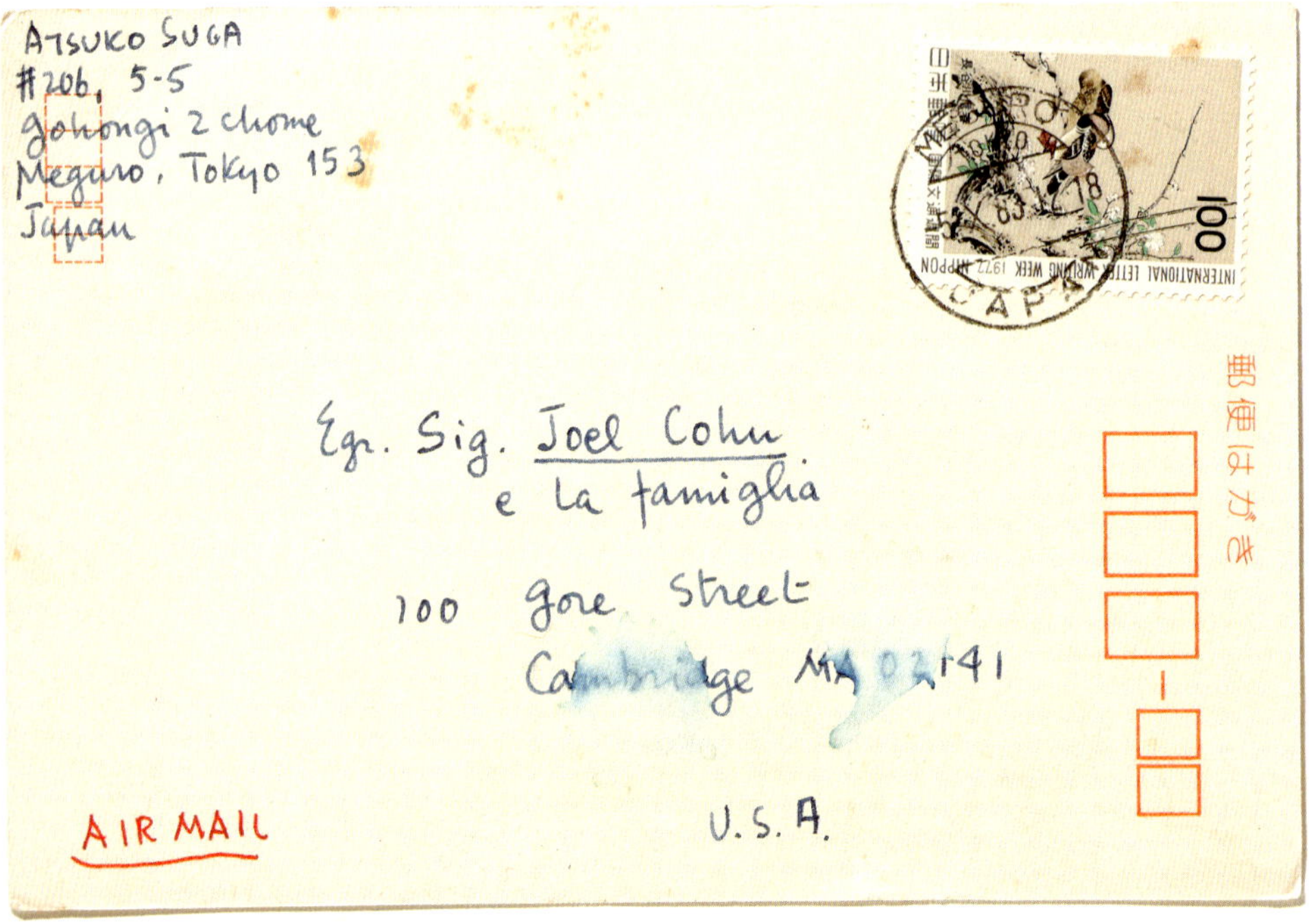

ATSUKO SUGA
#206, 5-5
Gohongi 2 chome
Meguro, Tokyo 153
Japan
INTERNATIONAL LETTER WRITING WEEK 1972 NIPPON
100
郵便はがき
Egr. Sig. Joel Cohn
e la famiglia
100 Gore Street
Cambridge MA 02141
U.S.A.
AIR MAIL

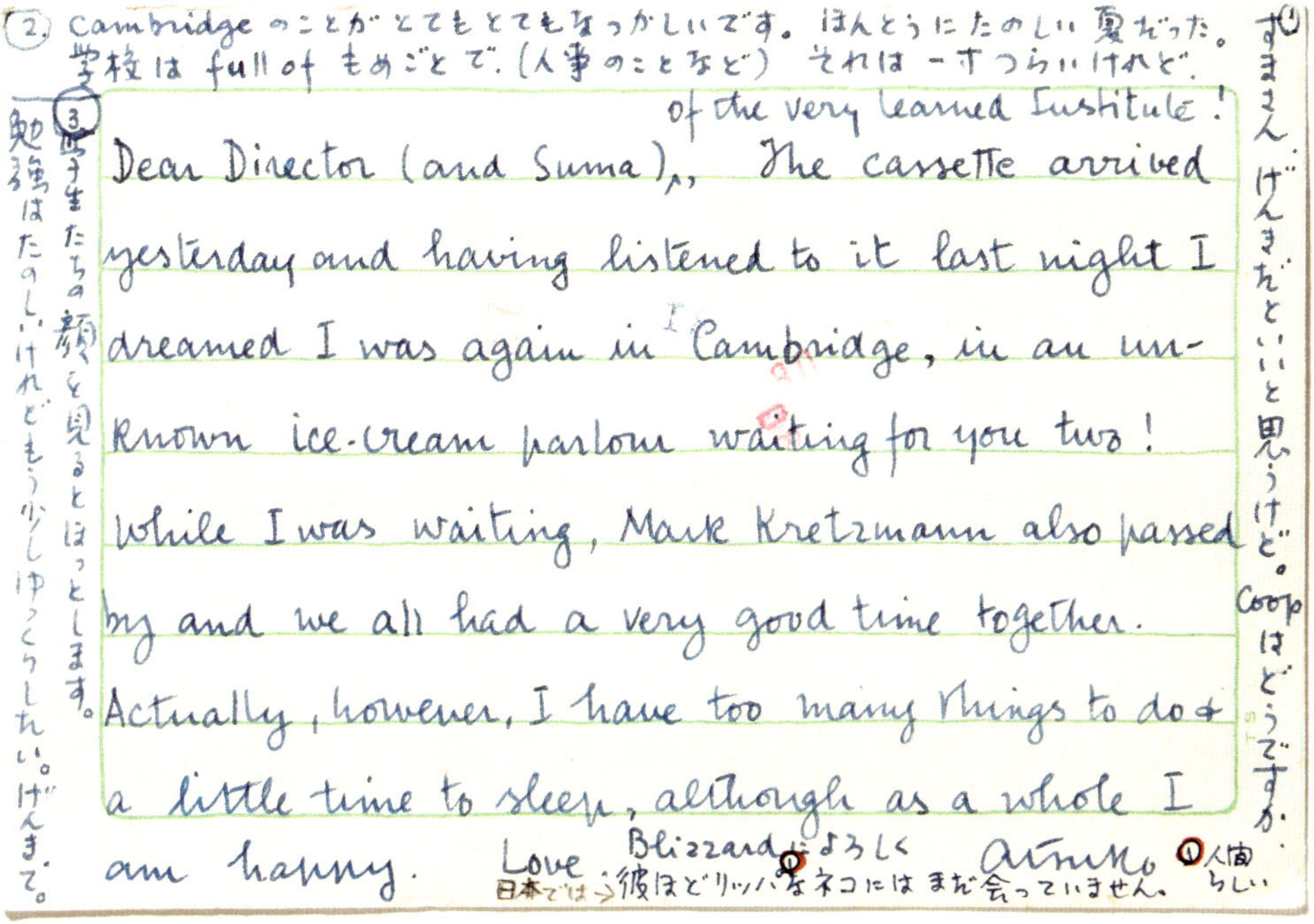
(2) Cambridgeのことがとてもとてもなつかしいです。ほんとうにたのしい夏だった。
学校は full of もめごとで.(人事のことなど) それは一寸つらいけれど.

of the very learned Institute!
Dear Director (and Suma), The cassette arrived yesterday and having listened to it last night I dreamed I was again in Cambridge, in an unknown ice-cream parlour waiting for you two! While I was waiting, Mark Kretzmann also passed by and we all had a very good time together. Actually, however, I have too many things to do & a little time to sleep, although as a whole I am happy. Love Atsuko
Blizzard①によろしく
日本では→彼ほどリッパなネコにはまだ会っていません。
①人間らしい

①すまさん げんきだといいと思うけど。Coopはどうですか。
③学生たちの顔を見るとほっとします。
勉強はたのしいけれどもう少しゆっくりしたい。げんきで。

〈英語部分の訳〉

たいそう知的な研究所の所長さま（と、すまさん）！　きのう、カセットが着きました。夜、それを聞いたら、私は夢の中でCambridgeにもどっていて、どこかのアイスクリームパーラーであなたたち二人を待っていました！　待っているときにMark Kretzmannも通りかかって、みんなでとても楽しい時を過ごしました。もっとも現実にはやることが多すぎて、寝るひまもないのだけれど。それでも、全体としては幸せです。Blizzardによろしく。Love, Atsuko

23

1983.11.4

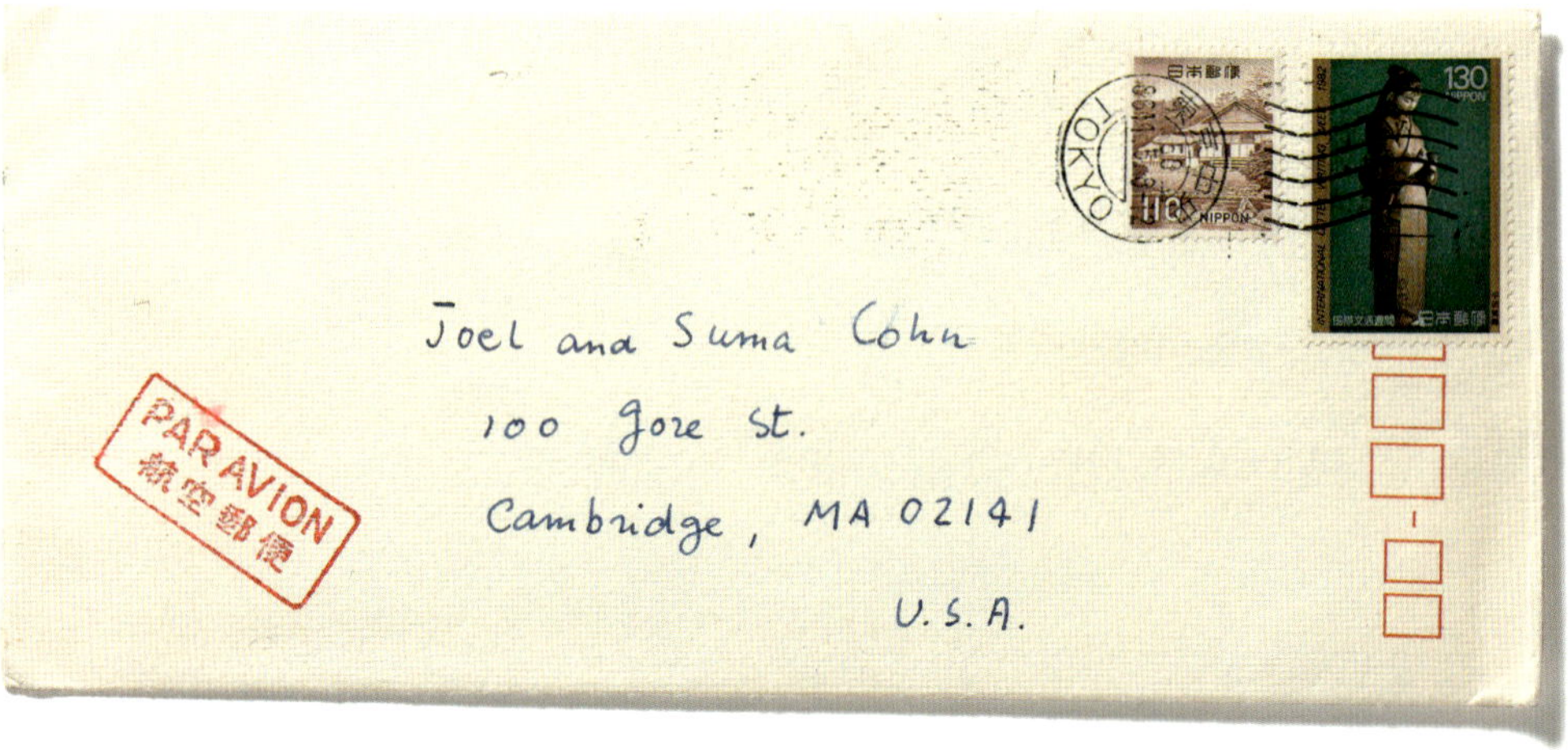
Joel and Suma Cohn
100 Gore St.
Cambridge, MA 02141
U.S.A.
PAR AVION
航空郵便
TOKYO
NIPPON
130
NIPPON
1982
日本郵便

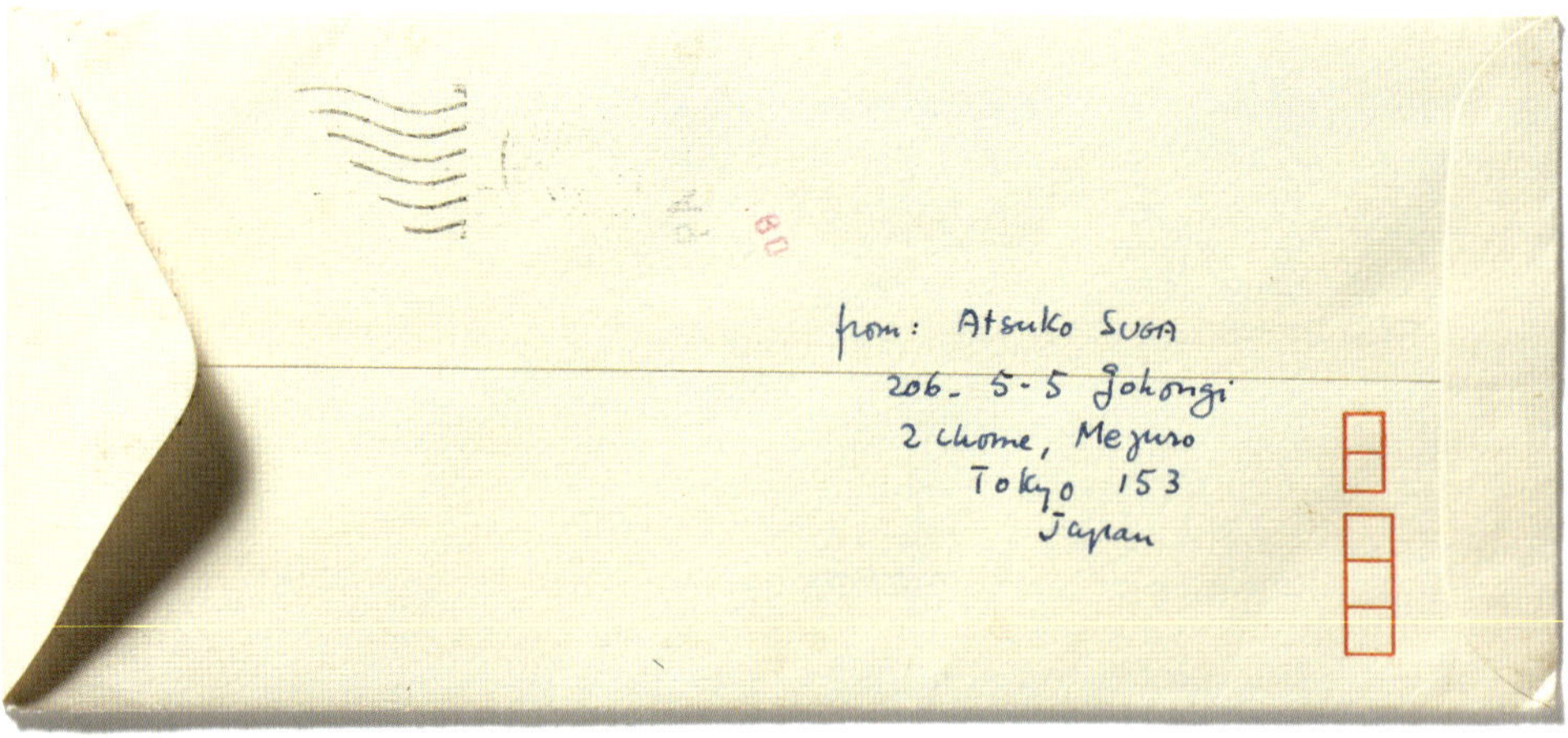
from: Atsuko SUGA
206- 5-5 Gohongi
2 chome, Meguro
Tokyo 153
Japan

4 Nov. '83

すまさんとJoelと、

すまさんからすばらしいネコのカードに書いたおたよりをもらって、毎日、返事を書きたいと思いながら、カードを鞄に入れて持って歩いていました。もうShinglesはなおりましたか。私がいて夏もゆっくり休めなかったことも、あなたを疲れさせたのではと一寸心配もしました。でも職場のゴタゴタに、すべての罪をなすりつけることに決めました。

私のほうも九月に学校がはじまってからは、地獄的な忙しさで、(ひょっとすると地獄はヒマなところかも知れないけれど)今日、ボッカッチョについて教えているかと思うと、その午後はダンテで、また谷崎に戻ったり、人に言えないようなスケヂュールで、最低でした。それが今週は、四谷のキャンパスが学園祭とやらの休みで、われわれ市ヶ谷も、休みということになり、やっと一週間、いろいろと本を読むことができ、自分が今いったい何を教えているかが、ことにイタリア文学史に関しては、おぼろげながら、わかってきたようです。いやはや。

東京に帰ってきて、ほんとうに溜息がでるように、アメリカが、というか、あなたたちとのアメリカ(New Yorkも含む)がなつかしいです。行く前におそれていたことが、やっぱりおこったようです。すなわち、私はまたまた新しい国が好きになってしまったという感じ。それとも、あなたたち二人にあんまりやさしくしてもらったので、少しタガがゆるんでしまったのかも知れません。でも勉強についての意欲は、ますます湧きつづけています。これからどのように私のやってきたことをまとめて行くか、そしてこの一週間ずっと家で勉強していて、やっと少し余裕ができたのか、冬休みはamong other thingsウンガレッティについてのone chapterを英語で書いて見ようかなと考えています。

おすまさんのCOOPでの戦いが少し落着いた頃、私の方も大学でちょっとした戦争にぶつかりました。ナポリに行くことに急に反対が「上」の方から出て、まったく冷汗がでました。10月の末頃のある日は、その前の夕方にDeanから、もうあきらめなさいといわれて、ひと晩、いやあな気持ちのあと、次の日ああもうあきらめようと学校に出かけたくらいです。ちょうどその日、またDeanに呼ばれて、結局は「上《(当局)》」が出張としてみとめてくれたとのことで、やっと決まりました。今はそのことについては安心しています。

それから、これは全く幼稚なことなのですが、これまで仲のよかった(しかし、よく考えてみると尊敬はしていなかった、これがわるいのですね。尊敬できない友人と仲よくしていたのが私のまちがいでした)友人から、大へんnastyな電話をかけられて、その人とは研究室も同じ

23

すまさんとJoelと。

すまさんからすばらしいネコのカードに書いたおたよりをもらって、毎日、返事を書きたいと思いながら、カードを鞄に入れて持って歩いていました。もうShinglesはなおりましたか。私がいて夏もゆっくり休めなかったことも、あなたを疲れさせたのではと一寸心配もしました。でも職場のゴタゴタに、すべての罪をなすりつけることに決めました。

私のほうも九月に学校がはじまってからは、地獄的な忙しさで、（ひょっとすると地獄はヒマなところかも知れないけれど）今日、ボッカッチョについて教えているかと思うと、その午後はダンテで、また谷崎に戻ったり、人に言えないようなスケヂュールで、最低でした。それが今週は、四谷のキャンパスが学園祭とやらの休みで、われわれ市ヶ谷も、休みということになり、やっと一週間、いろいろと本を読むことができ、自分が今いったい何を教えているかが、ことにイタリア文学史に関しては、おぼろげながら、わかってきたようです。いやはや。

東京に帰ってきて、ほんとうに溜息がでるように、アメリカが、というかあなたたちとのアメリカ（New Yorkも含む）がなつかしいです。行く前におそれていたことが、やっぱりおこったようです。すなわち、私はまたまた新しい国が好きになってしまったという感じ。それとも、あなたたち二人にあんまりやさしくしてもらったので、少しタガがゆるんでしまったのかも知れません。でも勉強についての意欲は、ますます湧きつづけています。これからどのように私のやってきたことをまとめて行くか、そしてこの一週間ずっと家で勉強していて、やっと少し余裕ができたのか、冬休みは among other things ウンガレッティについての one chapter を英語で書いて見ようかなと考えています。

おすまさんのCOOPでの戦いが少し落着いた頃、私の方も大学でちょっとした戦争にぶつかりました。ナポリに行くことに急に反対が「上」の方から出て、まったく冷汗がでました。10月の末頃のある日は、その前の夕方にDeanからもうあきらめなさいといわれて、ひと晩、いやあな気持ちのあと、次の日ああもうあきらめようと学校に出かけたくらいです。ちょうどその日、またDeanに呼ばれて、結局は「上（当局）」が出張としてみとめてくれたとのことで、やっと決まりました。今はそのことについては安心しています。

それからこれは全く幼稚なことなのですが、これまで仲のよかった（しかし、よく考えてみると尊敬はしていなかった。これがわるいのですね。尊敬できない友人と仲よくしていたのが私のまちがいでした）友人から、大へんnastyな電話をかけられて、その人とは研究室も同じなので、とても悲しかった。（もちろん相手はKate Nakaiではありません。）それも、電話がweekendにかかって来たので、せめてBlizzyでもいてくれればどんなになぐさめてくれるかと思いました。その人のご主人は、そばで聞いていて、すが先生がかわいそうだと三日間言いつづけたそうです。まあこのことも、もうすぎたし、私なりに解決しましたが、こんなくだらないことで、私も本当にだめになるものだなァと、おどろきました。

Esperanzaが心敬についての論文を終えたとのこと、私からもお祝いを伝えてください。連歌の難かしさは、おそろしいくらいで、それについて論文を書いたなんて、全く大変だったと思います。私もますますウンガレッティをまとめなければと思いました。東大での授業は一応ウンガレッティを終えて、来週からMontale（モンターレ）という詩人についてです。ウンガレッティよりも、ずっと難しい人で、どういう風にまとめたらよいのかと、毎日、頭をひねっています。詩について考えると……これは何についてでもですが、考えれば考えるほどわからなくなります。時には詩がバラバラになって、空中分解をおこしたり……まったく因果な仕事です。

今書きおわってもう一度あなたの「ネコ手紙」をみると、Oct.6 とありました。なんとひと月後にお返事をさしあげるわけで、恐縮のいたりです。 2.

なので、とても悲しかった。(もちろん相手は Kate Nakai ではありません。)
それも、電話が week-end にかかって来たので、せめて Blizzy でもいてくれればどんなになぐさめてくれるかと思いました。その人のご主人は、そばで聞いていて、すが先生がかわいそうだと三日間言いつづけたそうです。まあこのことも、もうすぎたし、私なりに解決しましたが、こんなくだらないことで、私も本当にだめになるものだなァと、おどろきました。

Esperanza が心敬についての論文を終えたとのこと、私からもお祝いを伝えてください。連歌の難かしさは、おそろしいくらいで、それについて論文を書いたなんて、全く大変だったと思います。私もはやくウンガレッティをまとめなければと思いました。東大での授業は一応ウンガレッティを終えて、来週から montale (モンターレ) という詩人についてです。ウンガレッティよりも、ずっと難しい人で、どういう風にまとめたらよいのかと、毎日、頭をひねっています。詩について考えると、‥これは何についてでもですが、考えれば考えるほどわからなくなります。時には詩がバラバラになって、空中分解をおこしたり… まったく因果な仕事です。

そうそう二・三日前に刺身包丁を航空便でおくりました。無事着くよう祈っています。この刃がいちばん使いやすいそうです。手をけがしないように。専門家用だそうです。(ウソかも知れないけれど、とにかく商人はそんなことを言うものです。) その他またなにか送ります。楽しみにしていてください。

おどろいたことに、東京で bagle を作って売り出した人がいます。とても New York のものには比べものにならないけれど Super-market でも売りはじめました。

Della Terza 先生からは、大変親切な手紙が来ました。これからも論文など喜んで読んでくださるとのことで、私もうれしいです。J.C. もしも会ったらよろしくお伝えください。そうそう JC からのカセットのお礼は書いたか? もし no だったら、千も二千もごめんなさい。時々夜聞いたりしています。

Kate Nakai といえば来年、助教授になるはずです。こんなこと関係ないけどね。ダンテについての論文はどうにか完成して、もう出版社にわたしました。あとで読んでみると、まとまりが悪かったようです。あとで手を入れようと思う。Brittanica の日本辞典 encyclopaedia が出たそうですね。おめでとう。

来年は半年ナポリとして、さ来年はうんと仕事をへらして、自分の書く事をみつめようと考えています。今日はこの辺で。なつかしくてたまらないけれど、元気にやっていることをお伝えしたかったわけです。

げんきで―　　敦子

↓

3.

- もうそちらは寒いでしょう。 東京もこのところ、段々つめたくなりました。
北海道はもう雪が降ったと、先日 北海道から来た人が言ってました。

- 神曲は、いっそのこと英語で読んだ方がやさしいかも。日本語でも、もっと
やさしい訳があるので、いつか、それを送りましょう。 でも多分、
すまさんは、こんなややこしい世界はめんどうだと思うかも知れませんね。

いつまで書いてもきりがないから、今日は清くわかれましょう。 さよなら。

そうそう二・三日前に刺身包丁を航空便でおくりました。無事着くよう祈っています。この刃がいちばん使いやすいそうです。手をけがしないように。専門家用だそうです。↓ウソかも知れないけれど、とかく商人はそんなことを言うものです。その他またなにか送ります。楽しみにしていてください。

おどろいたことに、東京で bagle を作って売り出した人がいます。とても New York のものには比べものにならないけれど super-market でも売りはじめました。

Della Terza 先生からは、大変親切な手紙が来ました。これからも論文など喜んで読んでくださるとのことで、私もうれしいです。J.C.もしも会ったらよろしくお伝えください。そうそうJCからのカセットのお礼は書いたか？ もし no だったら、千も二千もごめんなさい。時々夜聞いたりしています。

Kate Nakai といえば来年、助教授になるはずです。こんなこと関係ないけどね。ダンテについての論文はどうにか完成して、もう出版社にわたしました。あとで読んでみると、まとまりが悪かったようです。あとで手を入れようと思う。Britannica の日本辞典 encyclopedia が出たそうですね。おめでとう。

来年は半年ナポリとして、さ来年はうんと仕事をへらして、自分の書く事をみつめようと考えています。今日はこの辺で。なつかしくてたまらないけれど、元気にやっていることをお伝えしたかったわけです。

げんきで――

敦子 ←

・もうそちらは寒いでしょう。東京もこのところ段々つめたくなりました。北海道はもう雪が降ったと、先日北海道から来た人が言ってました。

・神曲は、いっそのこと英語で読んだ方がやさしいかも。日本語でも、もっとやさしい訳があるので、いつか、それを送りましょう。でも多分、すまさんは、こんなややこしい世界はめんどうだと思うかも知れませんね。

いつまで書いてもきりがないから、今日は清くわかれましょう。さよなら。

今書きおわってもう一度あなたの「ネコ手紙」をみると、Oct.6とありました。なんとひと月後にお返事をさしあげるわけで、恐縮のいたりです。

24

1984.1.5

ポストカードにびっしり、さらに原稿用紙３枚の長い手紙。ナタリア・ギンズブルグ『ある家族の会話』の翻訳の連載がまもなく終わろうとするころ。

SCHLOTE

2

すまさん。Joel。
　今年はJoelのChristmas cardがつか
なかったので、ほんとうにがっかりしてつくらなかった
のかナと少しがっかりしています。それとも
full speedで論文を書いているから、ひまが
なかったのかナとも考えています。その後どうして
いますか。私は少しだけさびしいクリスマス・お正月
をすごしました。それは自分勝手にさびしい
situationをつくり出したのですから、別になんという
こともないのですが、人間生きているかぎり、さびしかっ
たり、おもしろかったり、いろいろです。お料理をつくる
ときに、エイとコショウを入れるみたいに。今年は一寸
塩みを入れすぎたようです。でも、心のほかは全部
元気で、やっと今日、Prof. Della Terzaに長い手紙
（の下書き）を書いて、少し気が晴れました。
　ほとんどひと月あった冬休みもあと何日かで終り
また、一月いっぱいはあの学校生活。ただ今度は
上智が3でなくて1 courseだけなので、その分は
楽ですし、上智以外は、一月いっぱいでほぼ全部
休みになるので、あと何週間かの我慢です。
　JoelはMichiganかHawaiか決めましたか。
Michiganだといいと思っています。たしかに
言語学はこれから、いろいろとすることの多い分野ですが
相当aridな学問ではないかと思うのは私の偏見
でしょうか。それともJoelが、わざわざ、かくれみの

2) として、arid なものをえらぼうとしているのかなとも考えています。

9月～11月まで、ずいぶん混乱していろんな事を（教えるために）勉強しましたが、とても面白かったというのが、今の感想です。とくにイタリア文学史は、これまでよい加減にしか読んでなかったものを読みなおす機会があったので、よかった。

Harvardを知り、アメリカを一寸知ったことは、本当に大きなショックでした。自分が故意に、しかかたくなにアメリカに背を向けて生きてきたことが、とても残念だったと思いましたが、やはり1955年に、アメリカに行かなかった（父が反対して）ことは私の運命のようなもので、それから長いヨーロッパの時代→日本を通って、今見ることができるようになったアメリカが、私の気に入ったということも大切なのだと考えました。それにしても、自分が受けた教育の中にあるアメリカの（占める部分の）大きさにも、今さらのようにおどろいています。

夏Cambridgeにいたときは、アメリカという国は政治といっても、あらゆる意見があるものだ、だから、Reaganがこう言ったり、したりしてもその他にまだ良識というものがあるのだというようなことを、とても感じました。しかし帰って来て

No. 3

しばらく時間が経ってみると、またそのpluralityの実感のようなものがうすれて来て、アメリカがこわい存在になってきます。でもたとえばJoelのお父さんやお母さんのような人たちを知ったことは、すばらしい経験でした（彼らにお礼状を書こうくと思っていて日が経ってしまいました。本を送ろうと思って、ここに袋に入っています。N.Y.の住所を教えてくれますか。）ああいう人たちは、ヨーロッパでは会ったことがないように思う。アメリカの自由さが、ああいう人達を育てたのだと思い、ヨーロッパや日本（アジアの一隅の）の古い苦しみから解放された人たちだと思いました。

ヨーロッパですが、やっとこさで、（相当ゴネた結果）大学から正式に許可がおり、3月初めからナポリに行くことになりました。Joelたちが来られるなら是非来てください。できれば車で方々へ行きましょう。泊まるところも考えてできるだけ安い旅行ができると思います。とにかくナポリではapartmentを持てる筈ですし、6月以降は、Firenzeあたりに滞在することになりそうですが、まだ決めていません。久しぶりにとっぷり自分の勉強もしたいと思っています。来られるなら、いつごろでしょう。もっともJoelも論文がいつ終るかわからないのでしょうね。

冬休みには、Natalia Ginzburgという人のLa famiglia Manzoniという本を読みました。Manzoniというのは19世紀のイタリア

(20×20)

の“大”作家なのですが、その人のことについて、彼の家族と友人たちが書いた手紙を中心に、一見実証的に組み立てた小説で、森鷗外の渋江抽斎などを思い出す、地味だけどしっかりした作品でした。

ミラノ、ロムバルディアの人びとがイタリア統一の頃にどう生きていたかもわかり、それに、人間であることの深い悲しみが、色彩豊かな手紙の文章の行間に読みとれて、新しい形の伝記だとも思いました。　実は白水社が読んでみてほしいとたのんで来たので、はじめはManzoniという人（その Promessi Sposi という本はすべての中学校で一年だかかけて読むことになっている）のイタリアにおける特殊性ということがあるので、日本の読者には向かないとも思ったのですが、読みおえたあと、これは、Manzoniだけでなく、人間の記録ということができるから、本当の文学作品として読めるというのが私の意見です。翻訳をすすめてみようと考えています。

例のダンテの論文は、このあいだ初校が終ったところです。読みかえすと、いろいろ欠点が目につきましたが、あの時点ではあれが私の理解したことだと考えてあきらめました。今度、もう一度校正が来る予定なので、そのときコピーして送ります。読んでください。冬休みに本を読んだりしていると、やっぱり私は学者などという大それたものにはなれないし、なろうとするにはもうおそすぎる（ちょうどアメリカでcareerを考えるのももうおそすぎるのと同じように）ということをひし／＼と

No. 5

感じます。でも私の生涯というのはこのように気の多い、支理滅裂なことで終ってしまうのでしょう。一本の線のような人生を送るには、私は好奇心が強すぎるのだと思います。dilettanteという言葉が、つきささるように痛いのですけれど_　なんかそれは、責任逃れのような生き方ではないのかとも思えて。

さてBlizzard君はどうしていますか。冬はいったいどんな生活をしているのでしょう。やはりあの窓から庭を見ているのでしょうか：それともダンテ犬《イヌ》の方を向いているのでしょうか。ほんとうは私は猫に生まれたらよかったなぁと思うことがあります。夜車で走っていて、ひかれて死んでいる猫をみますが：あれも悲痛で、無駄みたいで、nobleです。こんなに人間の間に生きていながら、夜になるとすべてを忘れてしまって、20世紀ということも覚えないうちに、というのか知ろうともしないで、太古の本能につれられて走って、ヘッドライトに身をすくめられて、ひかれて死んでしまう彼ら。

クリスマスに古いテーブルをひとつ買いました。部屋がこれで落着きました。あなたたち二人がいつか来るのを、部屋といっしょに私が待っています。なんかバラバラの手紙になりました。もっと書いていたいけど、きりがないからやめます。　ほんとうに1983年はありがとう。'84年も二人にとってすばらしい年であるように。BeaとBernyにもよろしく。100 Jane St.のみんなにもよろしく。すまのDemonstrationの成功もおめでとう。Esperanzaにもよろしく。　Atsuko

Richardがやめたことは本当によかったんです。

83年にコーン夫妻のボストンの家をはじめて訪ねて以来、須賀は四度、夫妻のいるアメリカを旅している。夫妻へのお土産は、たとえば柳刃包丁。チェス盤の蓋をあければ小物入れにもなる小さなテーブルも手荷物で運んだ。包丁もテーブルも、ハワイの夫妻の家で、現役で活躍中。

1984年—1991年

雑誌「SPAZIO」でのナタリア・ギンズブルグ『ある家族の会話』の翻訳の連載を終えようとする84年の夏休みに、ふたたびコーン夫妻の招待で二度目のアメリカ旅行へ。3人でマサチューセッツ州、メイン州の田舎町をめぐった。帰国後、「SPAZIO」の編集者、鈴木敏恵のつよい勧めにより、自身のイタリアでの経験を回想するエッセイを連載することを決める。連載のタイトルは「別の目のイタリア」。のちに改稿、加筆され、90年刊行のデビュー作『ミラノ 霧の風景』となる。

25

1984.4.20

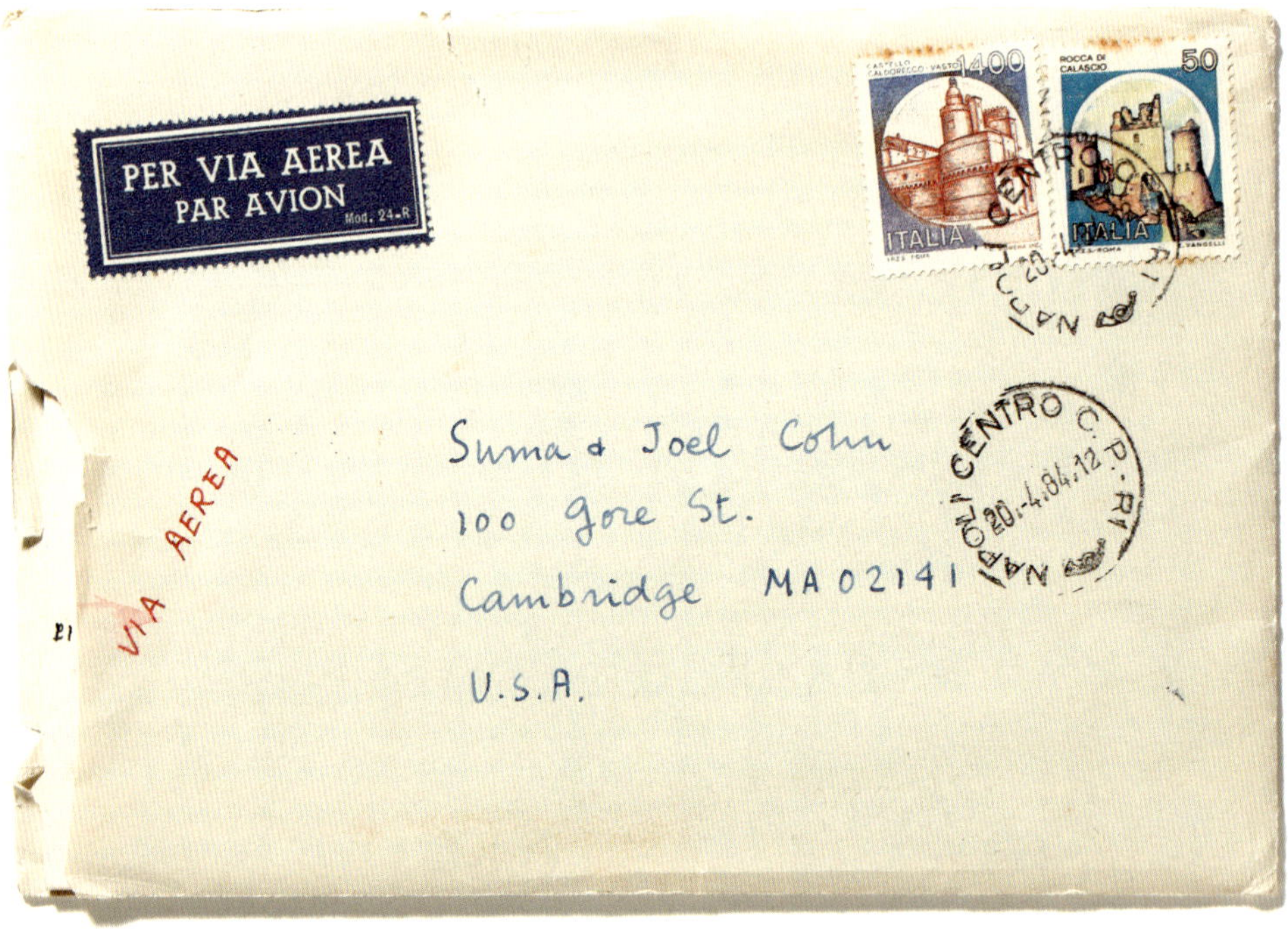
PER VIA AEREA
PAR AVION
Mod. 24-R
ITALIA
ITALIA
NAPOLI CENTRO C.P. R1
20-4.84.12
VIA AEREA
Suma & Joel Cohn
100 Gore St.
Cambridge MA 02141
U.S.A.

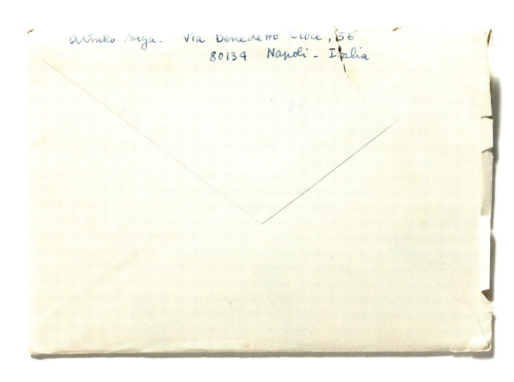

ポストカードの余白すべてに書かれたあと、つづきは原稿用紙に書かれている。須賀は夫妻が読む順番を間違えないように番号をふっている。

2

少々憮然としています。

さて、ナポリはと申しますと… おそらくこの町には相当に程度の高いインテリの人たちが、どこかに住んでいるに違いないのですが、大学も東洋学科に関する限りは、そんな感じではなく、わずかに中国美術を専攻しているLuciaという、女性で、おそらくは、この中で唯一に近い「本当人間」なのでもう30代後半なのに、researcherでしかないという人物だけが、心のたよりというところです。さてナポリに話をもどすと、海と山にはさまれていて、その点では非常に恵まれた土地です。私の父が約45年以前にここに来たときは、Hotel Vesuvioという超高級ホテルに泊ったのですが、それはSanta Luciaという海岸の道に沿ったところにあって、窓からVesuvioの山と、ちょっと右手にカプリが見える、ああこんなところに3日とか4日泊って、CapriとかIschiaとか行って、おいしい魚料理でも食べたら、Napoliはいいところだという印象を持って帰っても、驚くにはあたらないと思いました。景色としては本当にすばらしく、それでNapoli人は働いたりすることが嫌いになったのではないかと思います。勿論、フランス人がナポリの王様だったり、

1

おすまさん、
J.C. }先日は電話で声が聞けてうれしかった。このカードは日本であなた達+Blizzardを思いながら買って、そのまま持って来たものです。ナポリに来たら急に、Bostonも近くなった気がしました。3月19日にここに来て（イタリアには16日に着いて、ミラノで一寸キューケイしてきた）。ここの大学の人たちはものすごくのんきで、（だらしがないと言えば簡単だけど、それでは一寸かわいそう）私が着いても、まだどこの教室を使えるか、どんな学生がいるか、何もわかっていなかった。それで9日間待って、28日にやっとはじめての授業。週に2回で、はじめたと思ったら、もうEasterの休みです。4月13日、最後（休み前）の授業に学校へ行ったら、学生がストで教室は全部占拠されていてアウト。そのまま家（ホテル）に帰って来ました。そんなですから、学生の質というか程度も相当にひくくて、―源氏物語よりも合気道だとか大江健三郎とか日本のマンガとか、そんなもののほうが興味がある人たちで…―いつも上智の比較文化学科はひどいと思っていたのに、まだ下があったかと思って

3) スペインの領土だったり、いろいろなので、それで頭も混乱したのかも
知れません。でもナポリ人は、なんとなく自分のことをはずかしがって
いるようなところがあって、それは心の中にひみつにしていて、本当の
ことを知られたら大変だから、騒いだりして見せているのではないか
とも思います。私の部屋にお掃除にくる小母さんが、ナポリ人は
cuore nobile — noble heart? を持っているのだと言ったので私は
あっけにとられましたが、それが本当なのかも知れない。ナポリは
世界にちらばっている今の世界を牛耳っている人たちからは軽侮されて
いる「南」の文化の首都なのかも知れない、と思うことがあります。
でも Camorra という地下組織がはびこっていたり、とくに3年前の
地震で、スペイン時代のすばらしい建物 palazzo がボロボロに
こわれていたり、ひったくり横行というのは悲しいです。さて、私は
こちらに来てまだお金をもらっていないので、何ともいえないのですが、
もし払ってくれたら—多分払ってくれるでしょう。—契約は sign したので—
わり合お金持になると思うので、そうしたら、あなた達が来ればお案内
できると思います。5月の始めには、何がしかもらえると思う。そしたら
お便りします。→ つづく

Illustration Ryuichi YAMASHIRO

CHI KYU
MADE IN JAPAN
G 200—12

4

結局カードでは足りなくなって 紙をひっぱり出しました。今度住むところは Spaccanapoli という ナポリを 海から山に 分断している一直線の道（ナポリを たち割る という意味です）にあります。Spaccanapoli のままでは長すぎるので、少しずつ名が（道の）かわっていて、私の家のあるところは お知らせしたように VIA Benedetto Croce という立派な名がついています。ちょうど 私の住む家の向かいが B.C. の住んでいた家で、B.C. 研究所になっています。Camorra の中心地のひとつといわれ、一寸こわいようなところですが 大学からは歩いて3分位。大学のある場所がわるいのか？ 家は古いりっぱな造りで中庭に大きなゴムの木が生えている。1階が日本の2階ぐらいの高さで、（天井が高いということ）それを エレベーターがないから、よっさよっさと 上がって行く。4階ぐらいで もう いいかなという気持になり、それを もっと 上がるのですが、その辺からは、昔は召使いが住んでいたらしく、階段も巾が細くなって急になる。その6階にある 2間 - 1 bed-room のアパート。家具つきで テラスが広くて、山が見え、海も一寸だけれど見える。サンタ・キアラ という 美しい（地震で まだ 修理中の）古い教会もみえる。あなた達が来たら、bed-room をあげようと考えています。bed は 二人用だから。

さて終りにお願いがひとつあります。Homer の The Odyssey — Robert Fitzgerald の訳で paperback Doubleday-Anchor Press が欲しいのです。あったら日本にでもいいから 送っておいていただけませんでしょうか。秋から使うので、（今度は Survey of World Lit. というのを持たされてしまった）今、人から借りたのを持って来たので、もう一冊欲しいのです。

こちらに来て、そうとうに淋しいのですが その反面、本を読む時間があって よろこんでいます。今、Defoe の

A Journal of the Plague Year を Penguin で読んでいますが、これは以前イタリア語で読んだときには気づかなかったのですが、井伏鱒二は黒い雨を書くとき、この本が頭にあったのではないかと。ところどころひどく似ているように思えます。もちろん Defoe の imagination にはかなわないけれど。そして面白さも Defoe のほうが、主人公が歩きまわるので中心点がたえず動いているという楽しさをはじめ、すぐれている――でも、それにしてもすばらしい読みものです。

ナポリにいるあいだに、やりたいことはいくつかあって、その中には Ungaretti もあるのだけれど、その前に、荷風についての小さな論文をイタリア語でまとめてみたいと考えています。これは、こちらの大学に呼んでもらったお礼みたいなもので、紀要のようなものに何か書いてくれないかと言われ、これはずっと前から言われていたことなので、イタリア語がうまくなっているついでに、書こうと思っています。私はやっぱりカメレオンのようなもので、行ったところ行ったところのまわりの言葉になついてしまう、なさけない人です。それともうひとつは、この数年間、読みたいとか読みなおしたいと思って時間のなかった本を何冊か読みたいと思っています。

そう思っていると、まだナポリに来て、町の見物ということは殆んどしていません。その中に動き出すと思います。こちらに来る前に友人から Paul Theroux という人の The great Railway Bazaar という本をもらって、それを読んだら、汽車旅行もしたくなったし…… 全く気の多いことです。このあいだ用事で一日ローマに行ったら、帰りの VIA APPIA ANTICA の夕焼けがすばらしかった。

又書くことにします。論文の成功を心から祈ります。

Co-op の仕事はどうですか、Suma?

atsuko

26

1984.5.27

ナポリ東洋大学から講師に招かれ、3月から7月末までナポリに住む。部屋からはナポリ湾が見渡せ、真向かいにはベネデット・クローチェ哲学研究所があった。

27.5.'84

Joel と Suma-san.

忙しいところをお手紙ありがとう。返事がおくれてごめんなさい。4月30日にこの家に（ミラノから）帰ってきて、というか、はじめて住むことになって、それから、さすがに大学の方が忙しくなって、このところやっと自由―いろいろな意味で―になってきました。と思ったら大学はもう終りですが。

すまさんの手紙では今年、イタリアに来るのはとても無理のようだし、Joelによると、summer schoolはさぼってもいいという感じだけれど、どうですか。来年どこかに家を借りるというのも、planとしてはすばらしいけれど…

昨日がJoelの論文の締切り日でしたが、もちろんすべてうまく行ったと思います。7日はHarvardへとんで行きたいくらいです。おめでとう。きっとほっとしてるでしょうね。ご両親もどんなにかよろこんでいらっしゃると思うと、感無量です。

さて私のほうのplanというか、その後のことをきいて下さい。5月いっぱい大学にinvolveされて、私としての最大の収穫は、やはり自分は、日本文学の教師というかホンヤク者というか―でもある―少くともイタリアにおいては―という自覚みたいなものが戻ってきたことです。私はもうイタリア語は忘れたような気持になってたけれど、こうやってここに住んでみると、やはり私はいまさら自分のitalianityみたいなものを否定しても意味がないほど、この国のいろいろなものを身につけている。だから、浅く広くなる恐れは去らないけれど、私はやっぱり、イタリアと日本を二つかかえて生きて行く運命みたいなものだと、少しずつあきらめてきました。あきらめるというのは、もちろん、やけくそではなくて、これからもイタリアに日本文学を植えるというか、そんな仕事を自分のプログラムの中に置いて行くべきだというfight《ファイト》+o みたいなものが生まれたようです。自分にとっては最終的には（日本語と比べて）自信のない言葉で仕事をしてゆくのは、私のprideからいってほんとうにつらいのですが、その反面、この仕事には私を夢中にさせるなにかがあるようで、あゝこれがやっぱり私の道だったのかなあと考えています。ナポリには、Maria Teresa Orsiという若い（Joelくらいかな）助教授がいて、彼女が私を呼んでくれたのですが — 彼女のテーマは日本の大衆小説 — 彼女といろいろ話してるうちに、だんだんと私の中に力が湧いてきたようです。ほんとうに友人というのはありがたいですね。1971年にイタリアを去ったとき、ほんとうに自分はむだな年月をすごしたのではないかと恐れ、その気持をずっと持ちつづけて来て、それが私を日本におけるイタリア文学の'えらい'先生になるように駆り立てきたのですが、学位もとったし、一応その分野で名ができてみると、余裕みたいなものができてきて… そんな意味で今度のナポリ滞在はほんとうに貴重でした。これからは毎夏この国に来て仕事をしようと考えています。

さて、VIA Benedetto Croceの話。前の手紙にも書いたと思うけれど、これはナポリでも有名なcamorraという一寸日本の暴力団みたいなの、巣みたいなところで、とても危険だといううわさの（通《VIA》り）なので、来るまえはこわかった。ところが住んでみると、別になんということない。きたなァいけれど、下町的で、なんとなく面白いこともいろいろある。一万リラで3000リラの買物をして、2000リラしかおつりをくれないから、オバサン、ダメ！というと、びっくりして、ムスコがとんできて（この息子は私が大学で教えていることなどを知っている）ダメダヨ カーサンという感じで5000リラをひっぱり出してくれたり。

私のapartmentは、4階までは石の階段をやっこらやっこらと登り、そのあとはservantの階段だからせまくて大理石になって（おそらくこの家のできた頃は大理石のほうが安かった）、途中で天井が半分破れてぶらさがったりしているところを通ったりしてあと二階上ると、到着。このあいだの地震ではどうもならなかったけれど、そのあとLibeccioという日本の春一番のような風が一晩吹きあれると、次の朝、階段中に壁の白い粉が落ちていた。到着したところでドアをあけると中がさらに三つのapartmentsになっている。これは、もとひとつのapt.だったのを、誰か建築家が買って三つのapts.を設計して売ったのだそうです。私の家はLiving-dining roomとbedroom + studio, それに天井に窓があって晴れた日にはそれに鳥のかげがうつったりする台所とshowerだけのbath-room、そして、二方がテラスになっている。テラスには白いテーブルと4つの椅子があってBenedetto先生の家と、その屋根にカッテに生えているキンギョ草の花ざかりが見える。B.C.家のむこうは、gesù nuovoというスペイン風バロックの教会で、ずっと5じ5分前でとまっている時計と赤い屋根のsuperstructureがあって、これはDe Chiricoを思い出させるようなふしぎな建物です。とくに月夜にはふしぎな感じになる。これは私が今書いている机からも一寸首をのばすと見えるので、夜は、この建物と話しをしながら勉強したりしている。

B.C.家、などと反対側、すなわち私の家の側のとなりのとなりは、Santa chiaraという、これは14世紀のgothicの教会で、ナポリがフランスのanjou家の王様の下にあったときに建てられ、こんな南にしては

84.

ふしぎなくらい、すっきりしたやさしいgothicで、これも
夜になると照明されて、美しいです。昨夜は珍しく
晴れて、santa Chiaraのずっと向こう ほとんど海に近い
ところにある やはりAnjou時代の大きな castleと その右手に
王宮—ナポリは もう12世紀くらいから あらゆる人種の王
様を飼ってきた。ナポリ人は 一人くらい いたのかな。—が
見えて、すばらしかった。

家主は大学の研究生 researcher で、彼が結婚して子供ができたので
よそに住んでいて、でもお金がほしいので この家を外国人
に限って貸す。外国人に適当な人がいないと、彼自身が
勉強部屋に使う。そんなわけで ステレオやら テレビやら、そして
何よりも ありがたいのは、色々と辞書も そろっていることです。
それと居心持のよい 勉強机があることと。

以上、私が この家を大変気に入っているということを
説明したかったので 書いたのですが。 そんなわけで Toscana
に行くことは やめました。 この家に 少くも 7月いっぱい
はいて、勉強することにして。 私も来年 ('84, 10月)の授業の
準備もあって、なかなか 忙しいです。 でも あなた達が来られ
そうだったら、時間は作りますよ。 この家は 三人 寝られるから、
あなた達が来ても 泊まれます。 ご一考ください。

この間、ちょっと用があって ローマに一泊で行ってきまし
た。夕方 Piazza del Popoloで友人と会って、日がくれる
まで café で 外にすわって話したのだけれど、ナポリ
と違って とても きれいだった。 ナポリも もっとも、
海岸通りで アメリカ領事館のある辺は とても
すばらしいのですけれど、 ローマは やはり "首都"
(それも イタリアの とか そんなでなくて、たとえば 源氏物語の

84.

ふしぎなくらい、すっきりしたやさしいgothicで、これも夜になると照明されて、美しいです。昨夜は珍しく晴れて、Santa Chiaraのずっと向こう ほとんど海に近いところにある やはりAnjou時代の大きなcastleとその右手に王宮ーナポリはもう12世紀くらいから あらゆる人種の王様を飼ってきた。ナポリ人は一人くらいいたのかな。ーが見えて、すばらしかった。

家主は大学の研究生researcherで、彼が結婚して子供ができたのでよそに住んでいて、でもお金がほしいので この家を外国人に限って貸す。外国人に適当な人がいないと、彼自身が勉強部屋に使う。そんなわけでステレオやらテレビやら、そして何よりもありがたいのは、色々と辞書もそろっていることです。それと居心持のよい勉強机があることと。

以上、私がこの家を大変気に入っているということを説明したかったので書いたのですが、そんなわけでToscanaに行くことはやめました。この家に少くも7月いっぱいはいて、勉強することにして。私も来年('84, 10月)の授業の準備もあって、なかなか忙しいです。でもあなた達が来られそうだったら、時間は作りますよ。この家は三人寝られるから、あなた達が来ても泊まれます。ご一考ください。

この間、ちょっと用があってローマに一泊で行ってきました。夕方Piazza del Popoloで友人と会って、日がくれるまでcaféで外にすわって話したのだけれど、ナポリと違ってとてもきれいだった。ナポリももっとも、海岸通りでアメリカ領事館のある辺はとてもすばらしいのですけれど、ローマはやはり"首都"(それもイタリアのとかそんなでなくて、たとえば源氏物語の私のapartmentは、4階までは石の階段をやっこらやっこらと登り、そのあとはservantの階段だから せまくて大理石になって（おそらくこの家のできた頃は大理石のほうが安かった）。途中で天井が半分破れてぶらさがったりしているところを通ったりして あと二階上ると、到着。このあいだの地震では どうもならなかったけれど、そのあとlibeccioという 日本の春一番のような風が一晩吹きあれると、次の朝、階段中に 壁の白い粉が落ちていた。到着したところでドアをあけると 中が さらに三つのapartmentsになっている。これは、もとひとつのapt.だったのを、誰か建築家が買って 三つのapts.を設計して売ったのだそうです。私の家はliving-dining room と bedroom + studio、それに 天井に窓があって晴れた日には それに鳥のかげがうつったりする 台所とshowerだけのbath-room。そして、二方がテラスになっている。テラスには白いテーブルと4つの椅子があってBenedetto先生の家と、その屋根に カワラに生えている キンギョ草の花ざかりが見える。B.C.家のむこうは、gesù nuovoというスペイン風バロックの教会で、ずっと 5じ5分前でとまっている時計と赤い屋根のsuperstructureがあって、これはDe Chiricoを思い出させるようなふしぎな建物です。とくに月夜にはふしぎな感じになる。これは私が今書いている机からも一寸首をのばすと見えるので、夜は、この建物と話しをしながら勉強したりしている。

B.C.家、などと反対側、すなわち私の家の隣のとなりのとなりは、Santa Chiaraという、これは14世紀のgothicの教会で、ナポリがフランスのAnjou家の王様の下にあったときに建てられ、こんな南にしては

「みやこ」のような、抽象的な宇宙における）品格があって
ほれぼれとしました。この大きさはフィレンツェにはない。
フィレンツェにはすみずみまで人間の理性が行きとどいている。25年前、私がローマに憧れていた、それがわかるような、美しい都だと思いました。人生のすべてがふくまれている、そんな都です。ふしぎですね。

今年会えなかったら来年は会えると思う、そんな風にゆっくりやっていきましょう。そのうちにもJoelにいい仕事がみつかるよう祈っています。
お便りください。

敦子

P.S. もう一度おめでとうとつけ加えます。
suma もいろいろごくろうさまでした。
Blizzard もいろいろ… Che gatto!

5 vii, '84

J.C.とおすまさんと。

お手紙ありがとう。J.C.のPh.D.のことは何度考えてもうれしくて、もうナポリの私の友人たちは、みんなあなた達のことを知っています。ほんとうにおめでとう。

今日は、疲れているので、用事だけ書きます。先週お便りをもらって、すぐに、アメリカに行く準備をはじめました。イタリアに来られないのは残念ですが、一度かならず、家をいっしょに借りて夏をすごしましょう。さて準備というのは、ヒコーキのことで、そのために今日までお返事できなかったのです。8月28日のSingapore Airlines (Roma→Tokyo) はポイにして、大体、次の通りです。

22 August

① MILANO → N.Y. 16.00 AZ.
13:30

N.Y. → Boston 19:41 DL 970 probable これがいちばん
18:50

or N.Y. → Boston 22.04 PA 534
21:00.

or

② [MILANO - Boston ?
AZ. 712 ?

この2番目のは、理想的なのですが、今のところwaiting listなのだそうで、いずれにしても22日に着くことはたしかです。おすまさんの予定よりは、少し

27

1984.7.5

おくれてすみません。

それから、次の Boston → N.Y. → Tokyo は

9月2日《フツカ》　Boston 10:15 → New York 11:15

New York 13:30 → Tokyo ? です。

この12日間のあいだに、もしも Maine に行くのだったら、行けるし、私は、また〳〵 Boston の本屋に行く日をつくりたいです。私のお給料も、今度は、まだ半分しかもらってなくて、残りは7月の終りにしかくれないので、今イタリアはあまりお金は持ち出せないらしいけれど、できるだけ持って行きますから…. Although JC のお客さんになるのも、楽しいけれど…

今から会うのがたのしみで〳〵。

授業はやっと終りました。今荷風のことを少しやっています。いろ〳〵とはなすのが待遠しいです。

敦子.

P.S. The Odyssey . tr. by Robert Fitzgerald
Doubleday, Anchor books. 1961, 1963

という本がもしも目についたら、捉えておいて下さいませんか。

The Iliad のよい translation はありますか？

Thank you.

28

1984.8.13

FOLGARIA m 1168

ローマの航空会社から連絡で gore St. に電話をかけたけど誰も出ないとのこと、急いで書きます。

この前、どの便で着くと書いたか忘れそれが最終決定は A 612 Boston 17:50 (22/VIII) です。ミラノから直行便です。

今いるところは Trent の奥の山の中。

うまく手紙が着くように祈ります。お会いするのをたのしみに。

8/13

すが

Ed. PLOTEGHER - Folgaria

GHEDINA - 32043 Cortina d'A
via verocai 45 - tel. 3505

Joel & Suma Cohn
100 Gore St.
Cambridge
MA 02141
U.S.A

PAR AVION

EXPRÈS

Riproduzione vietata

夫妻をボストンに訪ねる飛行機の到着便を伝えるはがき。投函したのはイタリア北部のフォルガリア。このとき、ペッピーノの親族に会っていた。

29

1984.11.1

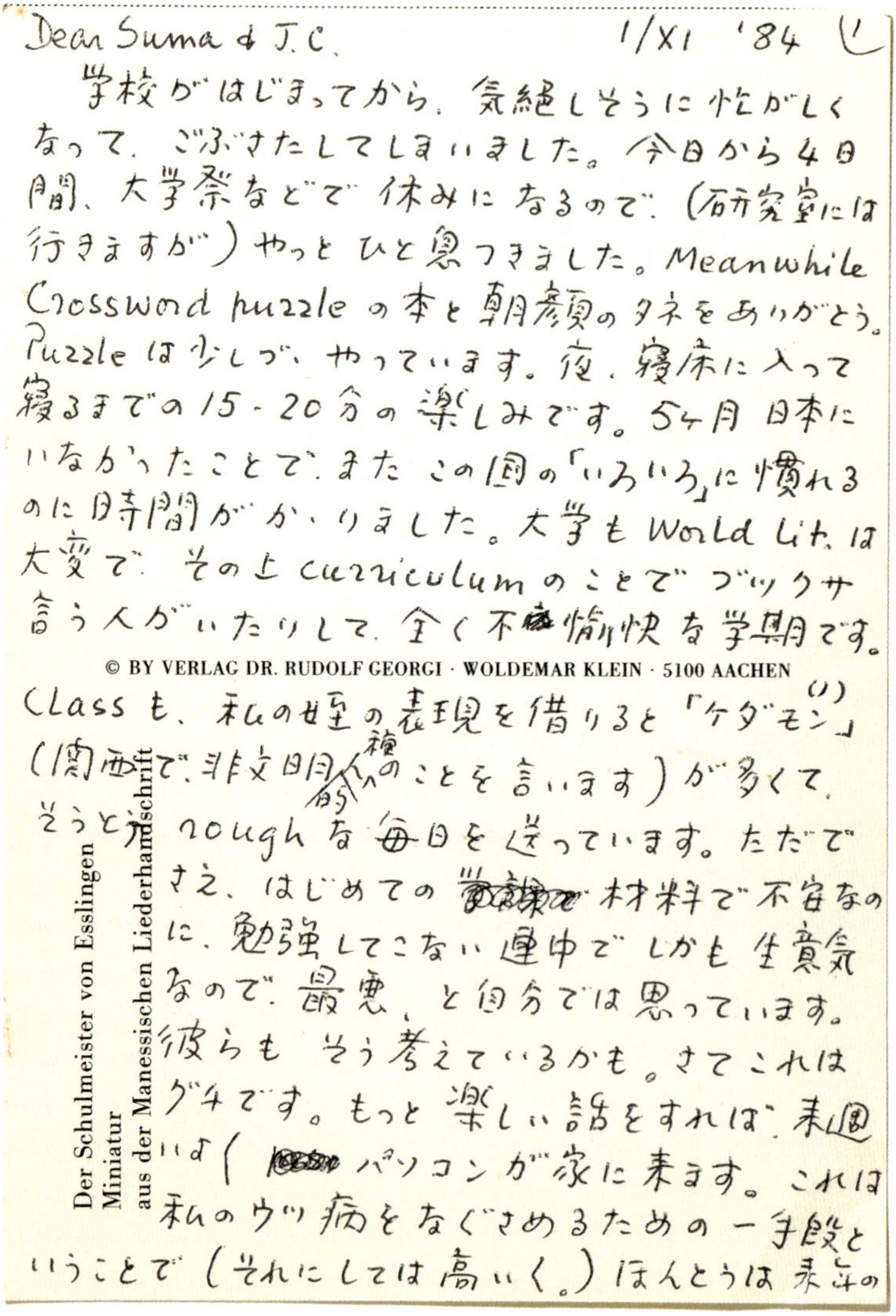

Dear Suma & J.C.　　1/XI '84 ①

学校がはじまってから、気絶しそうに忙がしくなって、ごぶさたしてしまいました。今日から4日間、大学祭などで休みになるので、(研究室には行きますが) やっとひと息つきました。Meanwhile Crossword puzzle の本と朝顔のタネをありがとう。Puzzle は少しづゝやっています。夜、寝床に入って寝るまでの15 - 20分の楽しみです。5ヶ月日本にいなかったことで、またこの国の「いろいろ」に慣れるのに時間がかゝりました。大学も World Lit. は大変で、その上 curriculum のことでゴックサ言う人がいたりして、全く不愉快な学期です。

© BY VERLAG DR. RUDOLF GEORGI · WOLDEMAR KLEIN · 5100 AACHEN

Class も、私の姪の表現を借りると「ケダモン」(関西で、非文明的人種のことを言います) が多くて、そうとう rough な毎日を送っています。ただでさえ、はじめての材料で不安なのに、勉強してこない連中で、しかも生意気なので、最悪、と自分では思っています。彼らも、そう考えているかも。さてこれはグチです。もっと楽しい話をすれば、来週は(パソコンが家に来ます。これは私のウツ病をなぐさめるための一手段ということで (それにしては高いく。) ほんとうは来年の

Der Schulmeister von Esslingen
Miniatur
aus der Manessischen Liederhandschrift

パソコンを導入したのが84年。当時の日本では、かなり早かった。

12

2月に、春の休みに入ってからと考えていたのですが、いろいろと事情があって、(Kate Nakai-Wildman ともう一人 Linda Grove という二人の友人・同僚と、同じときに買うことにした関係)来週になったわけです。これで翻訳の仕事と講義の準備が簡略化される筈なのですが、私はなによりも、computer というような自分とは異質と考えている思考体系とつきあうことを楽しみにしています。つき合いきれないかも知れないし。soft は今のところ Wordstar を使う予定です。もうひとつ、Napoli で指導(?)した青年、giorgio という人が、慶応大学に(国際センター)勉強に来ています。「中島敦における Metamorphosis の意味」という卒論を書いた優秀な研究者で、一週間に一度くらい会って話をしますが、心が休まります。Joel もすまも東京にいてくれたらと、いつも思いつづけています。時差が12時間でなくて、せめて22時間ぐらいのところというのは、ないのかしら。そうすると夜さびしいときに電話かけられるのに Bitte hier abschneiden また書きます。敦子

コーン夫妻のハワイのコンドミニアムには、スマ・コーンの絵や立体作品が飾られている。写真の中央で額装されている猫は、コーン夫妻が飼っていたブリザード（Blizzard）。

30

1984.12

Herr Wilhelm von Heinzenburg

先日は電話で声が聞けてうれしいでした。お葉書をありがとうございました。GRE 5年ときいて本人もほっとしています。何しろ、うちの大学院はよく勉強できないので。(Courseが決定的に少ない)頭のいい人はよそに行ってもらうよう、ささやかな努力をしています。

会いたいと思いながら、もう3ヶ月すぎましたね。早くそちらの家の修理が完成するのを楽しみにしています。私もどうにかここまで生きのびてきました。又書きます。

おすまさん どうしてますか。　敦子

© BY VERLAG DR. RUDOLF GEORGI · WOLDEMAR KLEIN · 5100 AACHEN

郵便はがき

Dr. Joel Kohn
100 Gore St.
Cambridge, MA 02141
U.S.A

PAR AVION
航空郵便

1985.6.22

J.C. & Suma,

今年の梅雨は「まじめ」なのだ
そうで、ものすごく毎日、朝から晩まで
降りつづき、おまけに寒くていやな日
が続きます。 ゆうべは ほんとうに
声がきけて うれしかった。まだ切符は
とれてないけれど、FIRENZEの住所は
VIA FRA BARTOLOMEO 48
FIRENZE
で電話は 587569 だそうです。
3人で夏休みをフィレンツェとは… ふる
るくらい うれしいです。 切符がきまり
次第、また お知らせします。

敦子

Post Card
郵便はがき

日本郵便
100
NIPPON

東京中央
60
85.6.22 12-18
TOKYO

Joel Cohn & Suma Ohashi
100 Gore St.
Cambridge MA
02141

U.S.A.

AIR MAIL

PAR AVION
航空郵便

WILHELM SCHLOTE · CARTOON 122/09 · 1981 · PUBLISHED BY
© WOLF WEITZDÖRFER · CARTOONVERLAG/EDITION · KÖLN
PRINTED IN WEST GERMANY

85年の夏、フィレンツェに滞在中の須賀を、コーン夫妻が訪ねることになった。

SCHLOTE

32

1987.8.30

SOPHIA UNIVERSITY INSTITUTE OF COMPARATIVE CULTURE
上智大学比較文化研究所

4 Yonbancho, Chiyoda-ku, Tokyo 102
Phone: (03) 238-4082
Fax.: (03) 238-4088
Cable: SOPHIAUNIV

Tokyo, 30 August 1987

My dear Bea and Bernie,

It was entirely my muddled way of doing (or not doing) things that caused you so much anxiety and rightly, disappointment about my long silence. I don't know how to apologize for having neglected to answer many signs of your warmest friendship. I have been always thinking about you with love, but having missed to write you immediately after receiving your magnificent Christmas gift (useless to say my surprise and joy!), somewhat I remained spiritually "paralysed" not finding appropriate words to make myself forgiven for the shamefull omission. Now things seem to have worsened and I am writing you hoping to make up what has been ruined, if it is not too late.

The reason for which I was unable to make the long promised trip to the United States this year is entirely due to the lack of time. All summer, except for one day when I went to visit my sister's new house near Osaka, I was nailed to my apartment to finish translating, writing articles, essays, papers. I know I am allowing myself to accept a workload almost superior to my capacity to handle, but having started late in my carrier, I feel if I do not live fully these years, I shall regret it later. All this, I know, can be refuted from many viewpoints.

Isn't it strange that, instead of asking your forgiveness, I am trying to defend myself? Bernie will certainly have all psychological explanations for this. All I wanted to say is that you sent me to the seventh heaven (if not to the Tenth) with your stupendous Divine Comedy, and that with all my apologies I intend to be forgiven for my unforgivable negligence. Would you believe me if I told you that I woke up sometimes at night and composed mentally all kinds of letters to you? I stop here because otherwise I won't be sending out this letter either.

Obstinately confident to be forgiven,

yours truly,

Atsuko Atsuko

東京、1987年8月30日

親愛なる Bea & Bernie

用事を片付けること（というか、用事をしないこと）が私はほんとうに苦手でお二人にひどく心配をかけてしまい、それにもちろん、ずっと連絡しなくて、がっかりもさせてしまいました。心のこもった友情のしるしをたくさんいただいたのにお返事しなかったこと、どうお詫びすればいいのかわかりません。お二人のことはいつも懐かしく心に思っているのですが、あのすばらしいクリスマスプレゼント（どんなにびっくりしたか、嬉しかったか、言うまでもありませんね！）をいただいたときお礼を書きそびれてから、その恥ずかしい怠慢を許してもらえるような言葉が見つけられなくて、なにか精神的にずっと「麻痺」していました。それでますますひどいことになってしまいましたが、失敗をつぐないたくてこの手紙を書いています。手遅れでなければいいのですが。

まえからお約束しているアメリカ旅行が今年出来なかったのは、ただただ時間がなかったからです。大阪に近い妹の新居をたずねた一日を別にすれば、夏中アパートにこもって、翻訳をしたり、記事やエッセイや論文を書いたりしていました。自分にできる量を超えるくらい仕事を引き受けてしまっていることはわかっていますが、キャリアをスタートさせたのがおそかったから、この何年かは全力でやっておかないときっと後悔すると思うのです。こうしたことも、いろいろまちがっていると言われるのかもしれませんけれど。

許しを請うはずが言いわけをしているなんて、おかしなことですね。Bernie だったらきっと、こういうことを心理学的に説明してくれるのでしょう。とにかく言いたかったのは、あのすばらしい『神曲』のおかげで（第十天とまではいかなくても）第七天に行かせてもらえたことと、ほんとうにごめんなさい、私の許しがたい怠けぶりをお許しいただきたいことです。ときどき夜中に目をさまして、心のなかでお二人にいろいろな手紙を書いていると言ったら信じてもらえるでしょうか。これで止めておきます。でないとこの手紙も送れなくなってしまいそうなので。

お許しいただけることを頑ななまでに信じて

敬具

Atsuko

84 年、二度目のアメリカ旅行の際に、須賀はひとりでニューヨークまで足をのばし、ジョエルの伯母（ビー）夫妻の家に泊めてもらった。伯母は編集者、伯父は臨床心理分析家だった。ニューヨーク滞在の際の礼状を出さないままでいたことへの、3 年後の〝詫び状〟。

33

1988.1.19

スマの作品について、ときには作品にとりくむ姿勢について、須賀は忌憚のない感想や意見を言うことが少なくなかった。

Joel とすまさん

いろいろありがとうございました. 帰ってからすぐん
学校でそれから風邪なんてひいてしまって. やっと治って
昨日で上智の授業は終りました。

なにかすまさんにいっぱいひどいことを云ってしまったのでは
ないかと、わるかったなァと思っています. でもあんなことを
言わせてくれるあなたに私もあまえてしまったので、傷つかないで、
というのもあまえかナ. でも言い方はわるかったけど、心は本気
です。

Joe の仕事もうまく行くといいと思っています。来年はどこに
いるのかしら. あ、a.m. 七時になりました. 家を出なくちゃ. では又
短いけれどお礼まで.

すが

34

1988.2.2

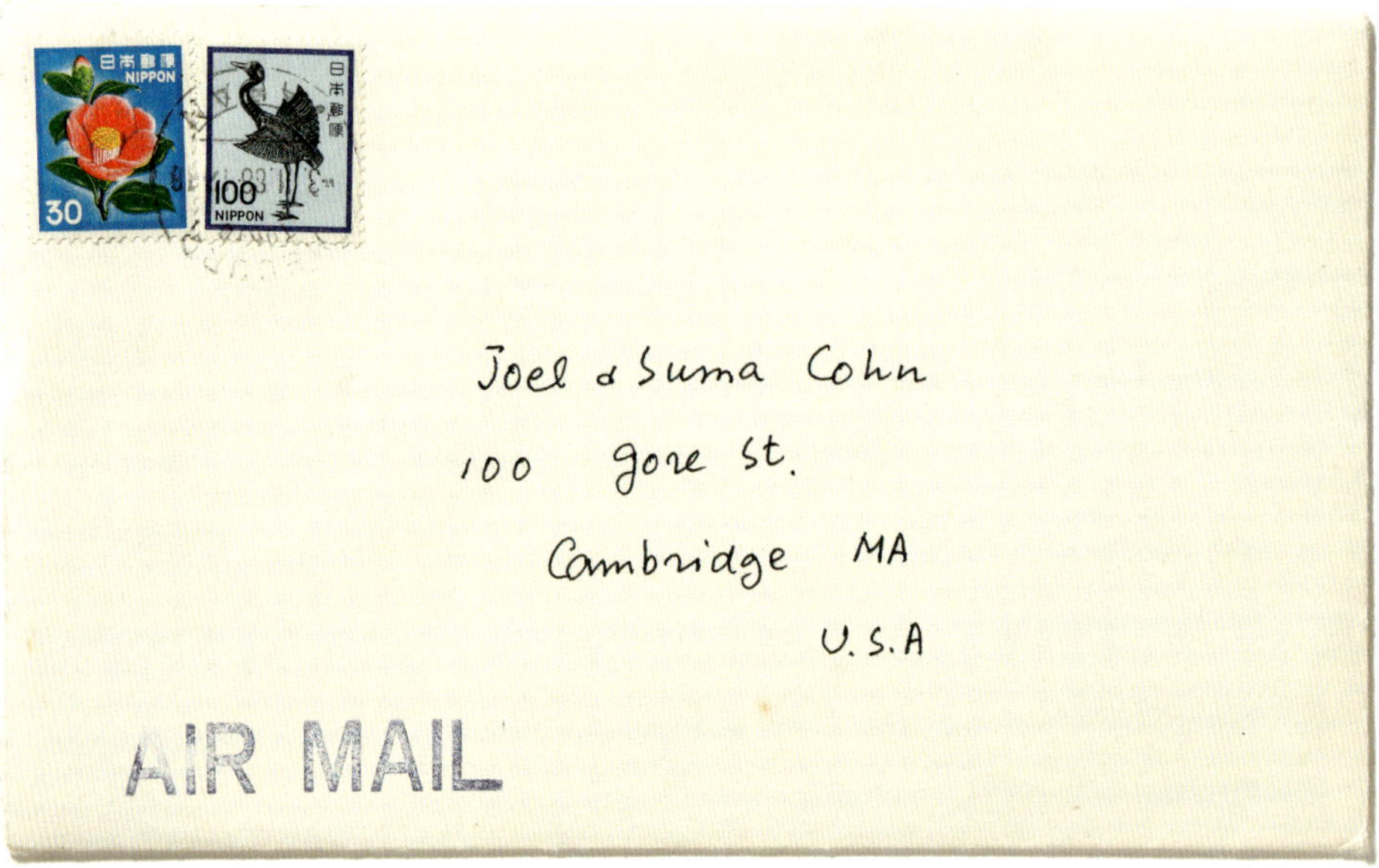

須賀は87年のクリスマス休暇に、ボストンのコーン夫妻の家に滞在した。同年11月18日に、弟の須賀新が53歳で亡くなっている。

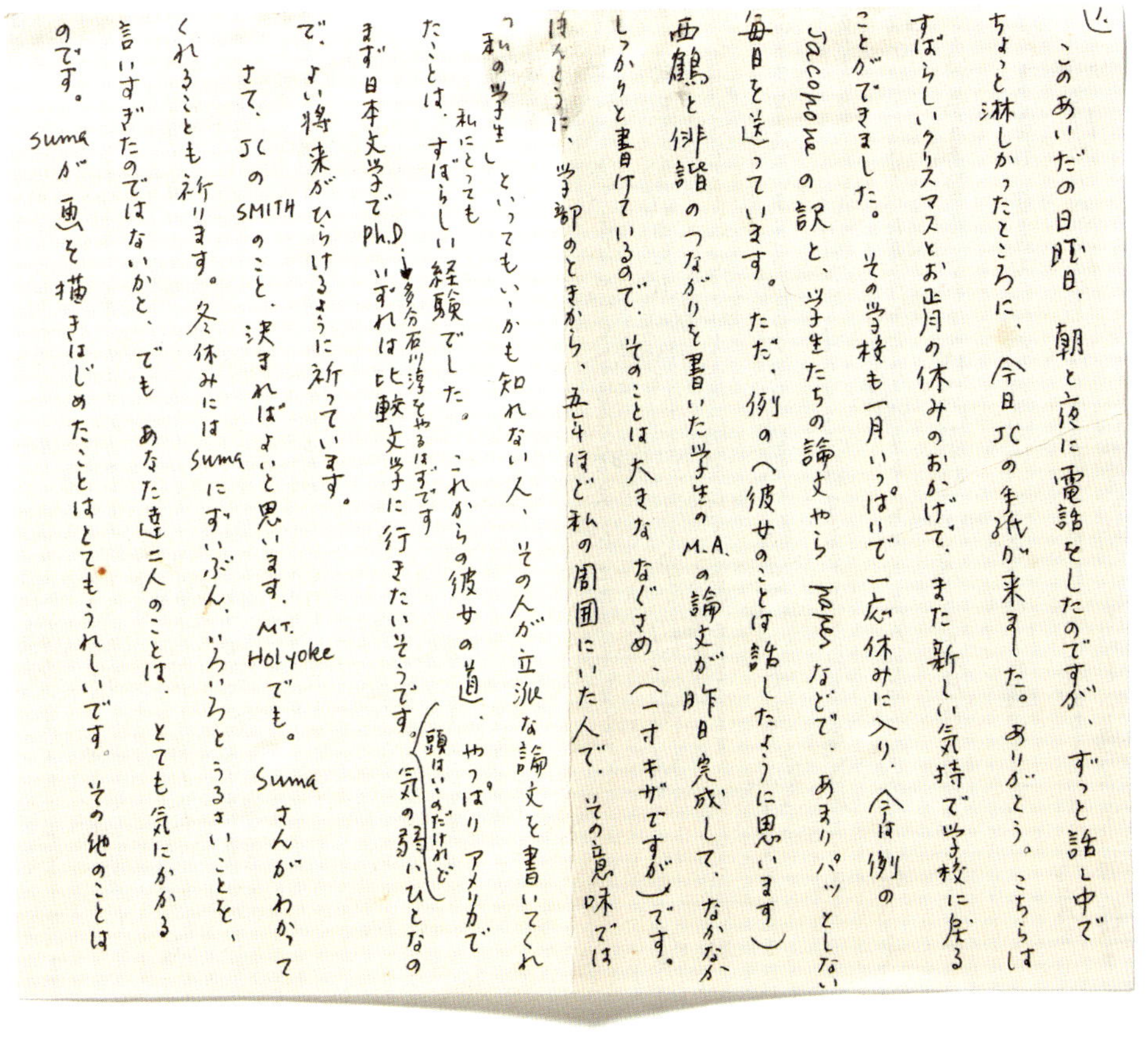
2.

このあいだの日曜日、朝と夜に電話をしたのですが、ずっと話し中で
ちょっと淋しかったところに、今日JCの手紙が来ました。ありがとう。こちらは
すばらしいクリスマスとお正月の休みのおかげで、また新しい気持で学校に戻る
ことができました。その学校も一月いっぱいで一応休みに入り、今は例の
Jacopone の訳と、学生たちの論文やら notes などで、あまりパッとしない
毎日を送っています。ただ、例の(彼女のことは話したように思います)
西鶴と俳諧のつながりを書いた学生のM.A.の論文が昨日完成して、なかなか
しっかりと書けているので、そのことは大きななぐさめ、(一寸キザですが)です。
ほんとうに、学部のときから、五年ほど私の周囲にいた人で、その意味では
「私の学生」といってもいいかも知れない人、その人が立派な論文を書いてくれ
たことは、私にとってもすばらしい経験でした。これからの彼女の道、やっぱりアメリカで
まず日本文学でPh.D.→多分石川淳をやるはずです いずれは比較文学に行きたいそうです。(頭はいいのだけれど 気の弱いひとなの
で、よい将来がひらけるように祈っています。
さて、JCのSMITHのこと、決まればよいと思います。MT. Holyokeでも。Sumaさんがわかって
くれることも祈ります。冬休みにはSumaにずいぶん、いろいろとうるさいことを、
言いすぎたのではないかと、でもあなた達二人のことは、とても気にかかる
のです。Sumaが画を描きはじめたことはとてもうれしいです。その他のことは

12

やはり少しずつ、問題が解けてゆく、その時間を二人とも あまえないで正直というか誠実に考えてくれることを信じています。Suma は COOP の人になってしまわないでください。これは大切な友人へのお願いです。あなたは COOP よりももっと大きな人なのです。今のあなたの年令は、まだ大きい飛躍ができるバネのきく時ですから。年令以上に老けこまないでください。

どうもお説教ばかりになってごめんなさい。どうぞこんなうるさい友人でもがまんしてください。

P.S. Suma のてったのりまき おいしかった。私も作ろうと思ってのりを買いましたが、まだです。

寒波のアメリカに対して、日本は暖冬で、もう梅が東京あたりはすっかり咲いてしまいました。でもまた寒さはもどるということです。先日イタリアから来た友人が、ヨーロッパも今年は暖冬だと言っていました。

今週の金曜日には Kate Nakai といっしょに水戸に行きます。彼女、これから水戸学の研究をするとかで。私もでは梅見にでもといっしょに行くことにしました。十六日にはふしぎな カッコのつけすぎ (聖心大学の国文(中世、連歌)、教育(Dewey)英文学(Reiko O.E.)の先生たち)グループの友人たち、どうしていっしょに行動するのかもよくわからないけれど、私にとっては日常とはなれた人たちなので気が休まる、そんな友人たちと金沢に遠征します。

この教育の森田君、まだ三十代の人ですが、Harvard に今年の四月から行くので、たぶん J.C. たちの電話番号などをあげますから、どうぞよろしくお願いします。

Spazio を読んでくれてありがとう。私がアメリカにいるあいだに石川淳がなくなりました。これで「みんな」死んでしまったという感じです。

2/2

敦子

35

1988.3.3

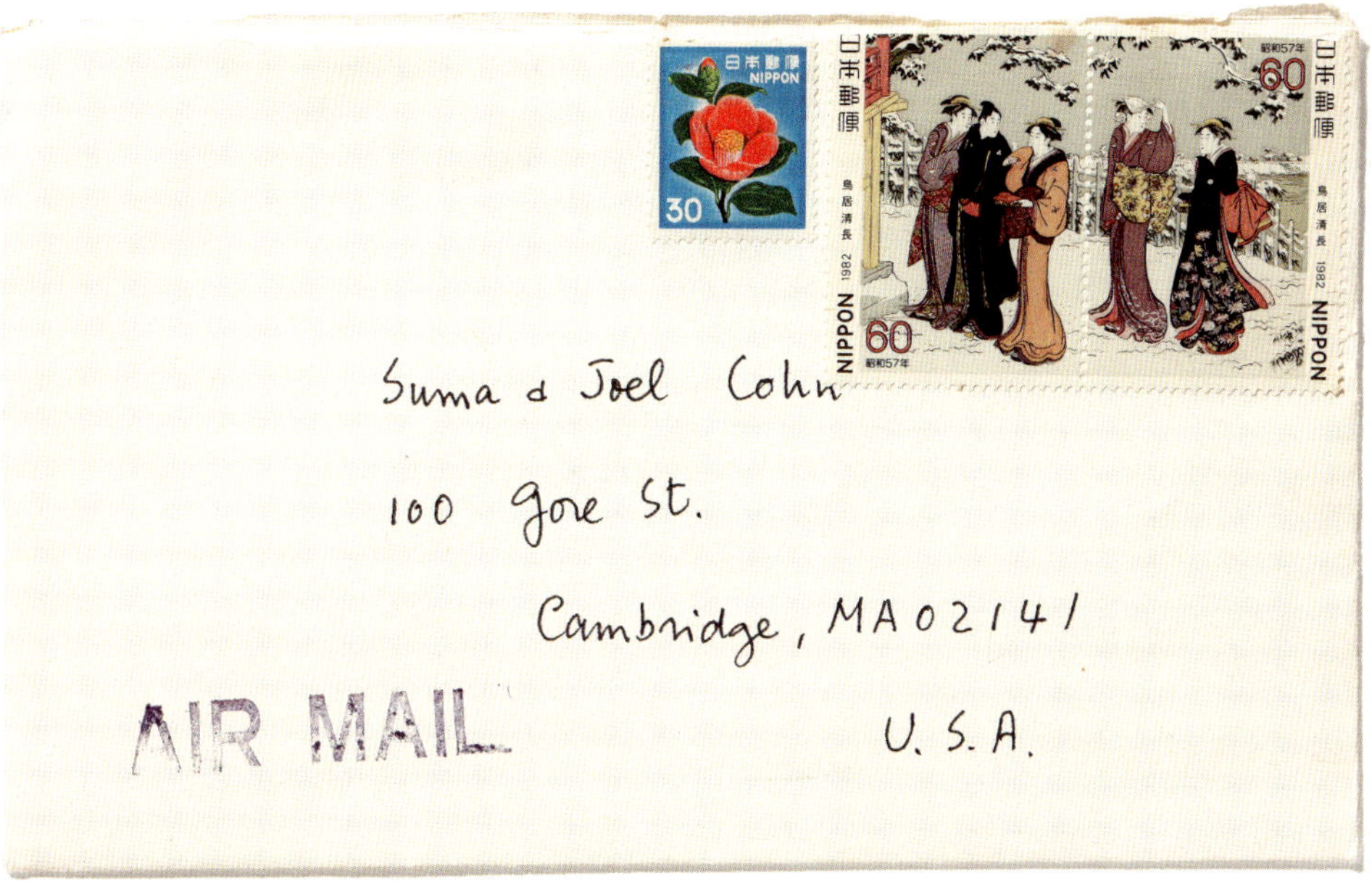

翻訳中のナタリア・ギンズブルグの小説は『マンゾーニ家の人々』。「ALPHAの靴」は、コーン夫妻にすすめられたウォーキングシューズ。

35

JOEL + SUMA,

先週、PENGUINその他の本の小包みが着き、昨日、シーツが到着しました。
ほんとうにどうもありがとうございました。シーツは、とくにあなたたちの家の
EXTENSIONが五本木に来たようで嬉しいです。そんな気持であのプラスチック
のコップも毎日使っています。JOELはLAに行ってどうだったか、気にしています。
こちらもいろいろあるけれど……まず、よいニュースというのか、今週の月曜日
に、クリスマス頃からかかっていたJACOPONE・DA・TODIの翻訳その他 計400字
原稿用紙に100枚を、「中世思想研究所」というところに提出しました。その
あと、例のGINZBURGをはじめて、400字×1000枚のところ、今日でやっと91ページ
終りました。月の半ばくらいまでに終りたいのだけれど、できるかどうか。
学校のほうはその後やはり根本的には少々つらい気持ですが、客観的には
大体うまく行っています。今は春の休みで、それでも週に二、三回、日によっては
学校のほうが仕事が捗るので、朝7.30頃に行って、昼すぎに帰ります。
この前（BOSTON滞在中）に言ったと思いますが、薬のせいかなにか、私の
カンゾウの機能の数値がまたく悪くて、お医者たちは、腫瘍ではないかと
ずいぶん心配しているらしいのですが、相変らず全く自覚症状はなくて、
本人は元気に仕事も、映画ゆきも友人との遊びもしています。まあ心配は

まだしないほうがよさそうです。血液検査をはじめたのが去年の四月で
それ以来、ずっと正常でなく、ときにはとても悪くなったり（数値だけ！）して
いて、それなのに本人はぴんぴん。不思議なことで、又次の検査をするらしいです。

二月の半ばに、友人たちと雪の金沢を訪れました。たぶんこの話もしたかな。
三月末にHARVARDに行く森田君（教育学の先生）ほんとうは彼のサヨナラ会 が「ボストンの蟹に驚か
ないための「ツアー」という名の、五人の仲間との日帰り旅行でした。「カニ」もおいし
かったけれど、米原から長浜、これは昔秀吉がいたところらしいのですが、
そのあたりから一面の雪景色で、遠い山々が雪の中でうす墨いろに煙っていたり、
……谷崎が「盲目物語」で、お市の方が福井の柴田勝家のところにお嫁に行った
のが冬で……と書いている道を、ローカル線で敦賀《つるが》、福井、そして金沢に
着きました。兼六公園も雪、そして蟹《カニ》の料理のレストランは丘の上で、
そこからここは爆撃されたことのない金沢の町並み、鏡花の金沢の町なみ
が雪の底に沈んでいました。今度行くときは一人で、せめて一晩は泊って
来たいと思っています。（もちろんこの旅行で活躍したのは、私のALPHAの靴でした。）
また何冊か日本の語に関する本を送ります。そのうちに小説かなにかも
送りましょう。SUMAにも何か画集を送りましょうか。SUMAの近作を見るのをたのしみに
しています。また書きます。LAのこともどうだったか、また教えて下さい
元気でー。　三月二日
敦子

36

1988.4.14

日本郵便 NIPPON
50
60 NIPPON
日本郵便
60 NIPPON
日本郵便
Joel & Suma Cohn
100 Gore Street
MA 02141
U.S.A.

206, 5-5 Gohongi 2 chome
Meguro - Tokyo 153
Japan

36

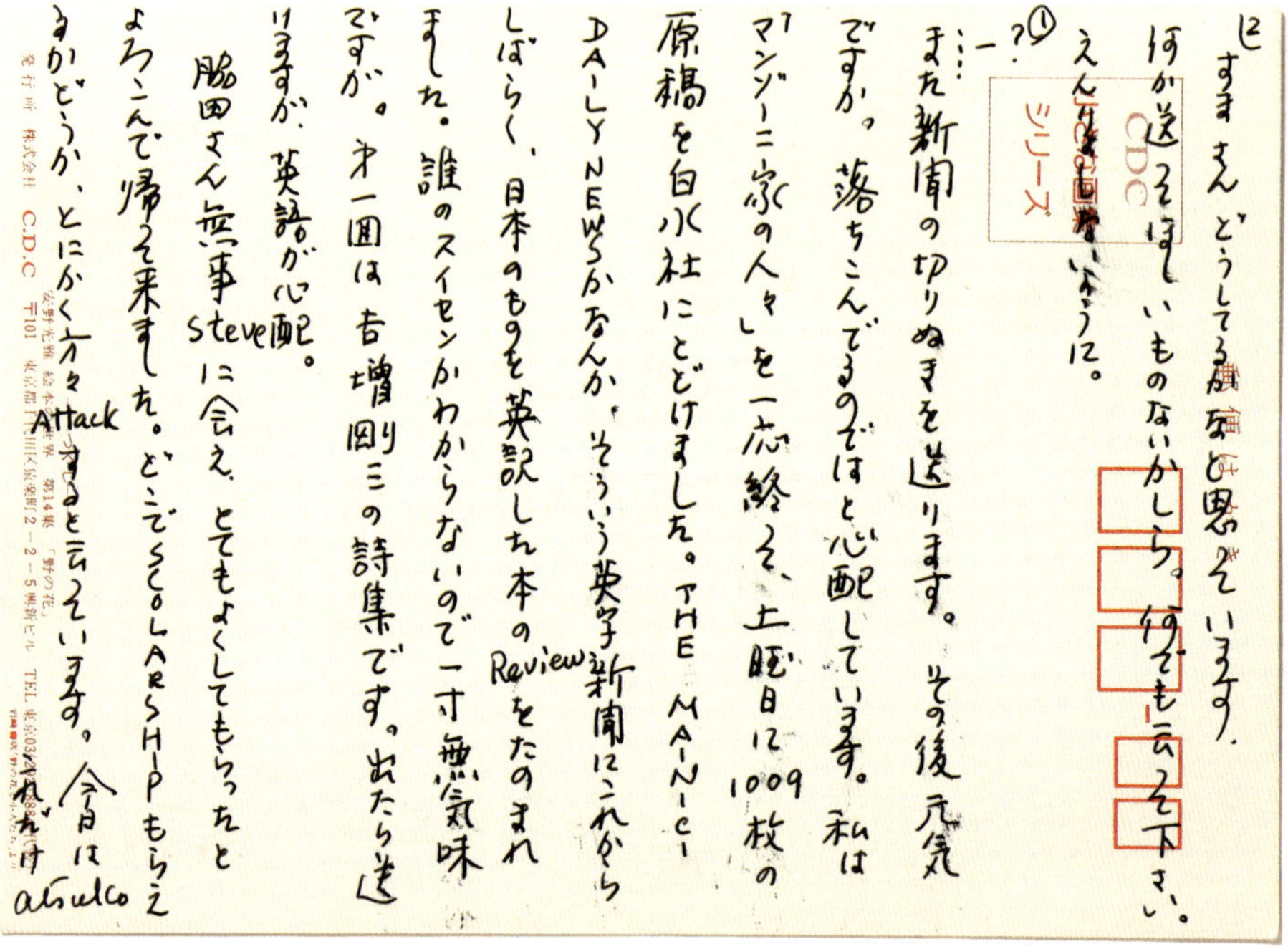
に
すまさん どうしてるかなと思っています。
何か送ってほしいものないかしら。何でも云って下さい。
えんりょしないように。
①
?
ー
…
また新聞の切りぬきを送ります。その後元気
ですか。落ちこんでるのではと心配しています。私は
「マンゾーニ家の人々」を一応終えて、土曜日に1009枚の
原稿を白水社にとどけました。THE MAINICHI
DAILY NEWSかなんか、そういう英字新聞にこれから
しばらく、日本のものを英訳した本のReviewをたのまれ
ました。誰のスイセンかわからないので一寸無気味
ですが。第一回は吉増剛三の詩集です。出たら送
りますが、英語が心配。
脇田さん無事Steveに会えて、とてもよくしてもらったと
よろこんで帰って来ました。どこでSCOLARSHIPもらえ
るかどうか、とにかく方々Attackすると云っています。今日はこれだけ
atsuko

手紙のなかで触れられている新聞の切り抜きは残っていない。この手紙の2カ月ほど前にコルシア書店の仲間だったガッティの死去を知らされた。

37

1988.9.16

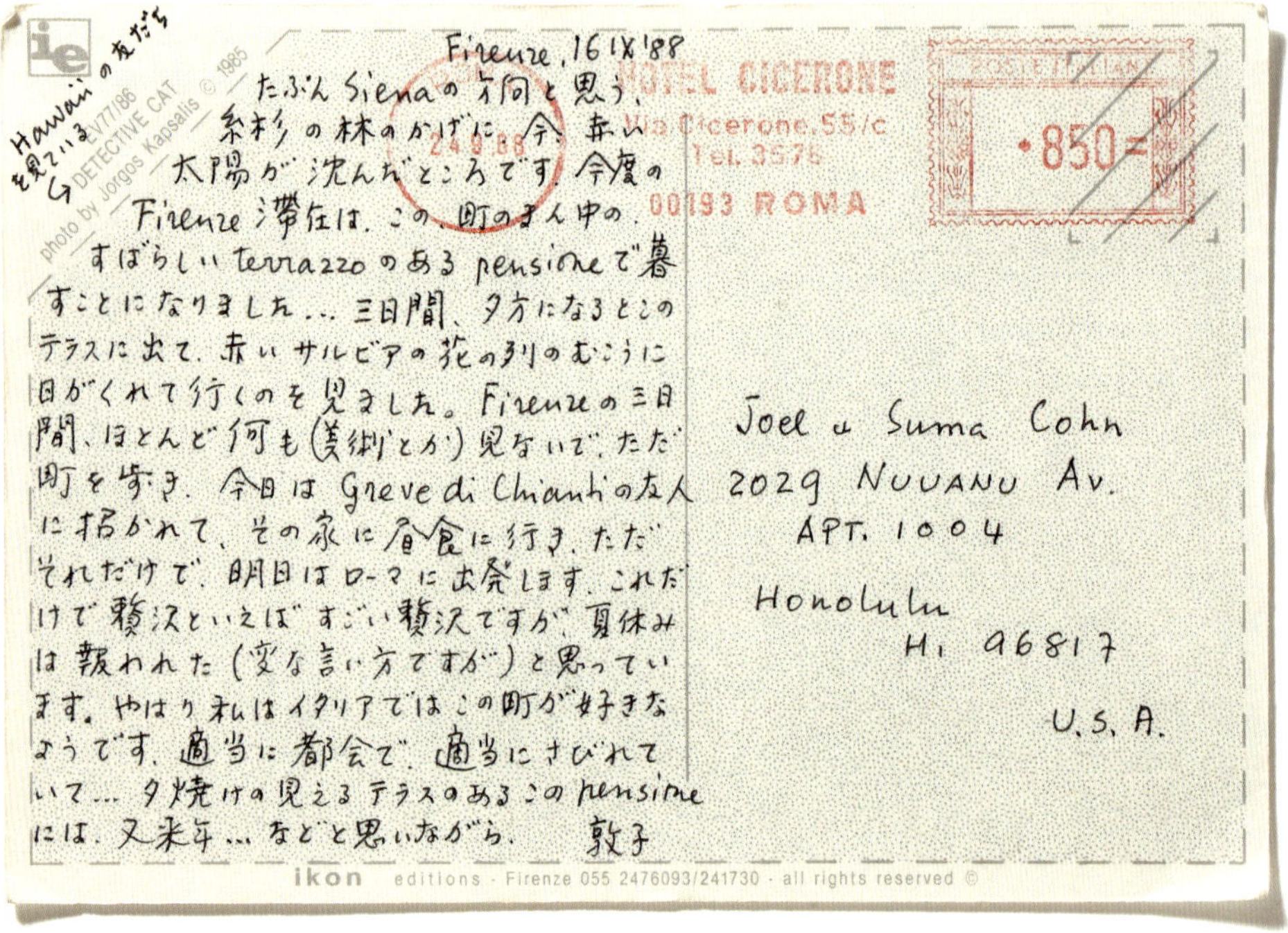

Hawaiiの友だちを見ている

ie
EV77/86
DETECTIVE CAT
photo by Jorgos Kapsalis © 1985

HOTEL CICERONE
Via Cicerone, 55/c
Tel. 3576
00193 ROMA

POSTE ITALIANE
•850=

24.9.88

Firenze, 16 IX '88

たぶんSienaの方向と思う、
糸杉の林のかげに、今、赤い
太陽が沈んだところです。今度の
Firenze滞在は、この、町のまん中の、
すばらしいterrazzoのあるpensioneで暮
すことになりました…三日間、夕方になるとこの
テラスに出て、赤いサルビアの花の列のむこうに
日がくれて行くのを見ました。Firenzeの三日
間、ほとんど何も（美術とか）見ないで、ただ
町を歩き、今日はGreve di Chiantiの友人
に招かれて、その家に昼食に行き、ただ
それだけで、明日はローマに出発します。これだ
けで贅沢といえばすごい贅沢ですが、夏休み
は報われた（変な言い方ですが）と思ってい
ます。やはり私はイタリアではこの町が好きな
ようです。適当に都会で、適当にさびれて
いて…夕焼けの見えるテラスのあるこのpensione
には、又来年…などと思いながら。　敦子

Joel u Suma Cohn
2029 NUUANU Av.
APT. 1004
Honolulu
Hi 96817
U.S.A.

ikon editions - Firenze 055 2476093/241730 - all rights reserved ©

88年夏のフィレンツェ滞在の折に書かれたはがき。
ちょうどこのころ、ナタリア・ギンズブルグ『マンゾーニ家の人々』が刊行された。

38

1988.11.24

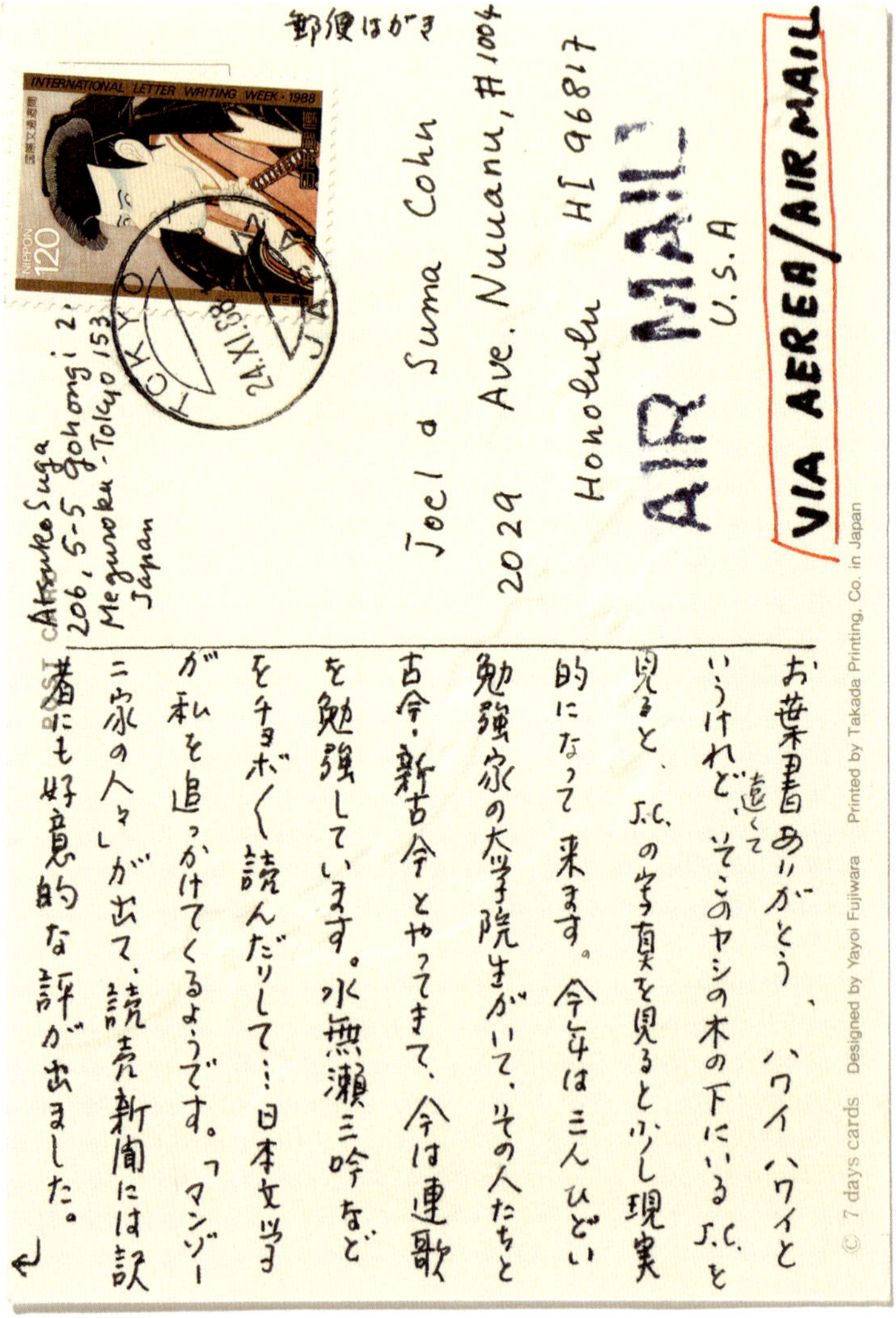

郵便はがき

INTERNATIONAL LETTER WRITING WEEK・1988
国際文通週間
NIPPON 120

TOKYO 24.XI.88 JAPAN

Joel & Suma Cohn
2029 Ave. Nuuanu, #1004
Honolulu HI 96817
U.S.A

AIR MAIL

VIA AEREA/AIR MAIL

POST CARD

Atsuko Suga
206, 5-5 Gohongi 2,
Meguro-ku, Tokyo 153
Japan

お葉書ありがとう、ハワイハワイと
いうけれど遠くてそこのヤシの木の下にいるJ.C.を
見ると、J.C.の写真を見ると少し現実
的になって来ます。今年は三人ひどい
勉強家の大学院生がいて、その人たちと
古今・新古今とやってきて、今は連歌
を勉強しています。水無瀬三吟など
をチョボ〱読んだりして…日本文学
が私を追っかけてくるようです。「マンゾー
ニ家の人々」が出て、読売新聞には訳
者にも好意的な評が出ました。↵

© 7 days cards Designed by Yayoi Fujiwara Printed by Takada Printing, Co. in Japan

来週は鶴田欣也さんがうちの大学に来て講演をしてくれます。「向う側の女」とかあまりぞっとしないテーマですが、今流行だそうですね、その他いろいろ忙しい学期です。「マンゾーニ…」は早速お送りします。

Lucy Northが先日電話をくれて学校に会いに来てくれました楽しく話ました。元気なようです。

東大は今年で停年(!)になります。年とってしまいました。

では又
Suga

「東大は今年で停年」とある。このとき須賀は59歳。

39

1989.4.25

A. Suga
206, 3-5 Gohonghi 2 chome
Meguro, Tokyo 153
Japan
NIPPON 41
NIPPON 62
NIPPON 62
NIPPON 5
Joel & Suma Cohn
2029 Nuuanu Ave.
Apt. 1004
Honolulu HI 96817
U.S.A.
PAR AVION

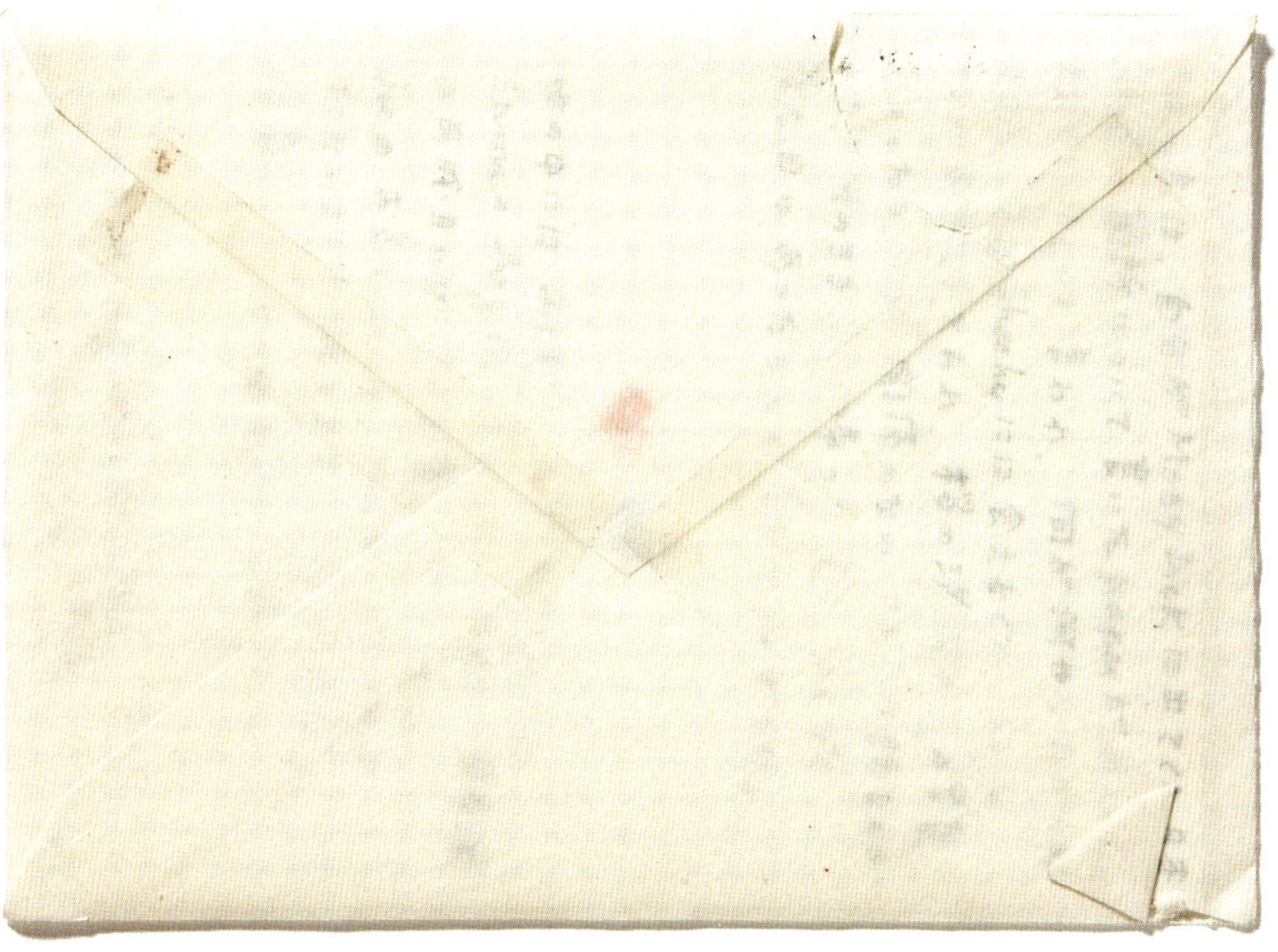

Suma + Joe,

お手紙とレモン・ミートと Irishmen の story とをありがとう… 月曜日から学校がはじまって、今日は土曜日でほっとしています。東大の授業が一日なくなっただけでこんなに気持がゆっくりするなんて、ふしぎですが、とにかくのんびりしたので、いろいろな計画をあたまの中でころがしています。

篠田一士という、たしか「日本の近代小説」という本などを書いた、日本には珍しく世界の文学を読んでいる批評家が、木曜13日になくなりました。奥さんがアメリカに行ってゝ、アパートの床にたおれて死んでいるのを誰かが見つけたと、朝日新聞に書いてありました。ところが、昨日、同僚のわりと仲のいい草光《クサミツ》さんという人が、私の部屋に来て、一寸、話をきいて下さい、篠田さんの訃報を読まれましたか、と言うのです。実はなくなる前の晩、草光夫人と篠田さんが1:30頃まで飲んで

2) いたのだそうです. それでショックだった
というので 誰かに話したかったそうです.
こうやって書いてみると. 何でもない話ですが
聞いたときは、ふしぎな気がしました。
　先日. あることのお礼を言いたいと思って
「聖心」に一寸寄りました。土曜日の朝で
その夜は家に人を招いてあったので スーパー
マーケットに買いものに行ったついでに、ちょっと
寄り道をしたのです。車をparkingに入れて、
学校の坂を登って行くと. Mary Blishという
Sisterと. 加藤さんという女性が 見事に咲いて
桜の下で写真をとりあっていました。私が
Sr. Sheehyに会いたいというと. Mary Blishが
「私がさがしてあげるから そのまえに写真に入り
なさい」というので まあいいやという感じで
ニッコリ笑ったりして写真に入って. それからMa
Blishが 方々のhouse telephoneからSheehyに電話
をかけてくれるのですが どうしても見つから
なくて. とうとう三階のMary Blishの研究室に
まで連れて行かれ. そこでどういうわけだったか
クジラがかわいいという話になり. すると

Mary B.は、自分がMOBY DICKに出てくる日本関連の箇所について書いたpaperがあるから読んでほしいと言われ、何が何やらわからぬままに、結局Sheehyには会えなくて、しかもうんと時間をとられ、桜の満開の下での写真をとったり、全く関係のないクジラの話なんかして、そのまま家に帰って来て、つくづく変な目にあったなあと考えたことでした。

世の中にはふしぎなことがあるものです。Sumaのbagは、まだ送ってません。来[illegible]週の月曜日には送れる筈、待って下さい。Joeのお父さんのこと、少しでも苦しみがすくないように祈ります。二人も健康に注意して… その他すべてうまく行くように。

……

Susa

これは大分まえに書いたのを出しわすれていました。

40

1989.9.29

BY AIR MAIL
PAR AVION
日本郵便
50
NIPPON
YONBANCHO
102
-3.X.89.8-12
Joel and
Cohn
2029 Nuuanu Ave. #1004
Honolulu, HI 96817
U.S.A.

Atsuko
206, 5-5 Gohongi 2 chome
Meguro-Ku - Tokyo 153
Japan

2. あって。やはり essay というものは生活から滲み出るようなもので、essayを書こうと思って生活するとうまく行かないのかもしれません。Charles Lamb なんかはどんな生活をしたのでしょうね。何か妹がいたように思いますが。

その他の news としては、八月半ばから、毎朝30-40分、歩いています。jogging はとてもだめなので、それにふとって、どこかでキリをつけたいと思ってスッスッと歩くことにしました。Reeboks をはいて、training wear かなんか着ちゃって。ただし恥かしいから、朝5じ起きです。驚いたことに、中年以上の jogger と犬を連れたオバサンだけで、若い人にたまに

J.C. Suma.

この間は声が聞けてうれしいでした。その後お父様はいかがですか。あまり痛みがひどくないことを祈ります。こちらもとうとう長い夏休みが終って、いよいよ来週の月曜から学校が始まります。今年はほんとうにゆっくりした休みを過すことができたので、それだけ学校に帰るのがつらいです。それに10月の前半は、人事でいろいろ嫌な決断を下さなければならないし、私の organize している講演会があったり、イタリア学会が京都であったり、滅法いそがしいのでビビッテいます。例の随筆のほうはしばらくお休み。なにか一寸壁につき当った感じも

③ 会うと それは 朝帰りです。私の家は 目黒区と
世田谷区の? borderline にありますが、世田谷区のほうが、
木が多くて、しゃれた家などがあって、歩いていて気持
がいいです。歩くおかげで、それと食事にも気をつけた
おかげで、3kg ほど減りました。でも学校が始まると
続けられるかどうか。どっちでもいいようなものだけど。
Alice Toklas' Cookbook という本を訳してみないか
という話があって、一寸乗り気になっています。G. Steinに
しても、あの頃のパリのアメリカ人は、なんとなく魅力的。
あまり知らないのだけれど。今日はヒマ人らしい手紙に
なりました。では又

9/29

atsuko

41

1990.1.3

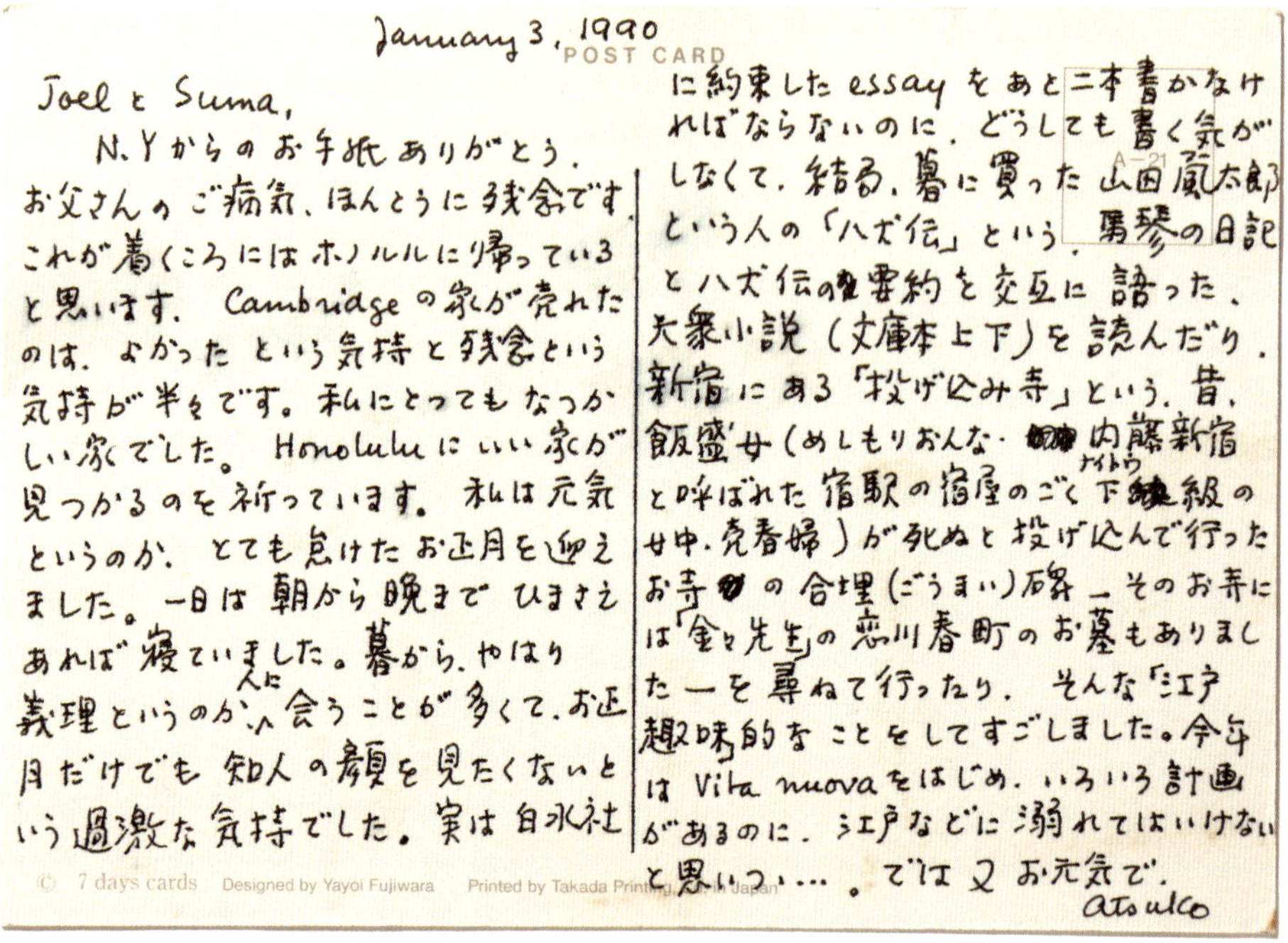

January 3, 1990

POST CARD

Joel と Suma,

N.Yからのお手紙ありがとう。お父さんのご病気、ほんとうに残念です。これが着くころにはホノルルに帰っていると思います。Cambridgeの家が売れたのは、よかったという気持と残念という気持が半々です。私にとってもなつかしい家でした。Honoluluにいい家が見つかるのを祈っています。私は元気というのか、とても怠けたお正月を迎えました。一日は朝から晩までひまさえあれば寝ていました。暮から、やはり義理というのか、人に会うことが多くて、お正月だけでも知人の顔を見たくないという過激な気持でした。実は白水社に約束したessayをあと二本書かなければならないのに、どうしても書く気がしなくて、結局、暮に買った山田風太郎という人の「八犬伝」という、馬琴の日記と八犬伝の要約を交互に語った、大衆小説（文庫本上下）を読んだり、新宿にある「投げ込み寺」という、昔、飯盛女（めしもりおんな・内藤《ナイトウ》新宿と呼ばれた宿駅の宿屋のごく下級の女中・売春婦）が死ぬと投げ込んで行ったお寺の合埋（ごうまい）碑―そのお寺には「金々先生」の恋川春町のお墓もありました―を尋ねて行ったり、そんな「江戸趣味」的なことをしてすごしました。今年はVita nuovaをはじめ、いろいろ計画があるのに、江戸などに溺れてはいけないと思いつ…。では又お元気で。

atsuko

A–21

© 7 days cards Designed by Yayoi Fujiwara Printed by Takada Printing … in Japan

「約束したエッセイ」とは、『ミラノ 霧の風景』所収の「遠い霧の匂い」「鉄道員の家」「舞台のうえのヴェネツィア」「アントニオの大聖堂」のこと。

よい午の年を！
一九九〇年一月

42

1990.2

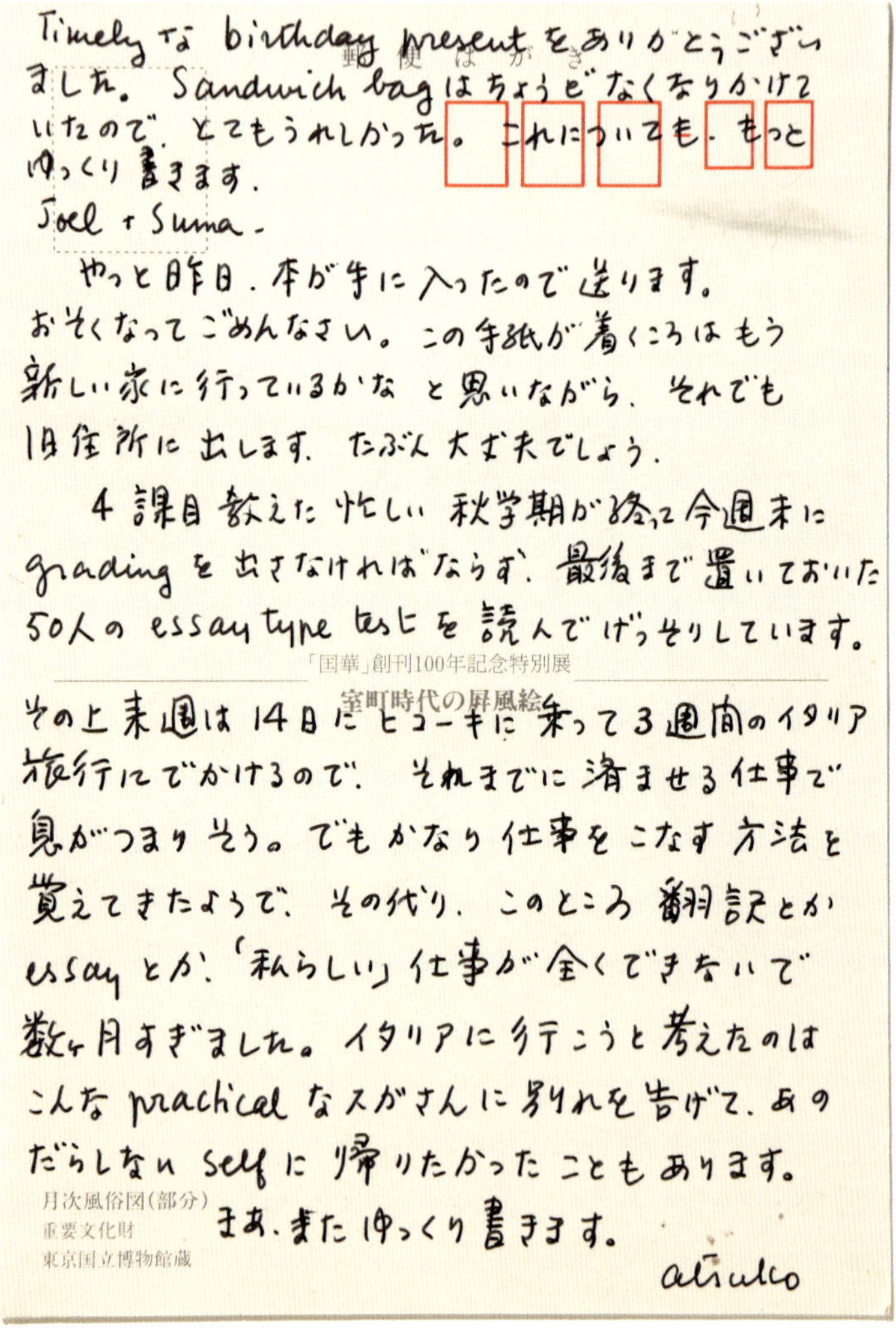

Timelyな birthday presentをありがとうございました。Sandwich bagはちょうどなくなりかけていたので、とてもうれしかった。これについても、もっとゆっくり書きます。

Joel + Suma -

やっと昨日、本が手に入ったので送ります。おそくなってごめんなさい。この手紙が着くころはもう新しい家に行っているかな と思いながら、それでも旧住所に出します。たぶん大丈夫でしょう。

4課目教えた忙しい秋学期が終って今週末にgradingを出さなければならず、最後まで置いておいた50人のessay type testを読んでげっそりしています。その上来週は14日にヒコーキに乗って3週間のイタリア旅行にでかけるので、それまでに済ませる仕事で息がつまりそう。でもかなり仕事をこなす方法を覚えてきたようで、その代り、このところ翻訳とかessayとか「私らしい」仕事が全くできないで数ヶ月すぎました。イタリアに行こうと考えたのはこんなpracticalなスガさんに別れを告げて、あのだらしない selfに帰りたかったこともあります。

まあ、またゆっくり書きます。

akiko

郵便はがき

「国華」創刊100年記念特別展

室町時代の屏風絵

月次風俗図(部分)

重要文化財

東京国立博物館蔵

イタリアの旅ではトリエステまで足をのばし、詩人ウンベルト・サバの足跡を訪ねた。

43

1990.2.21

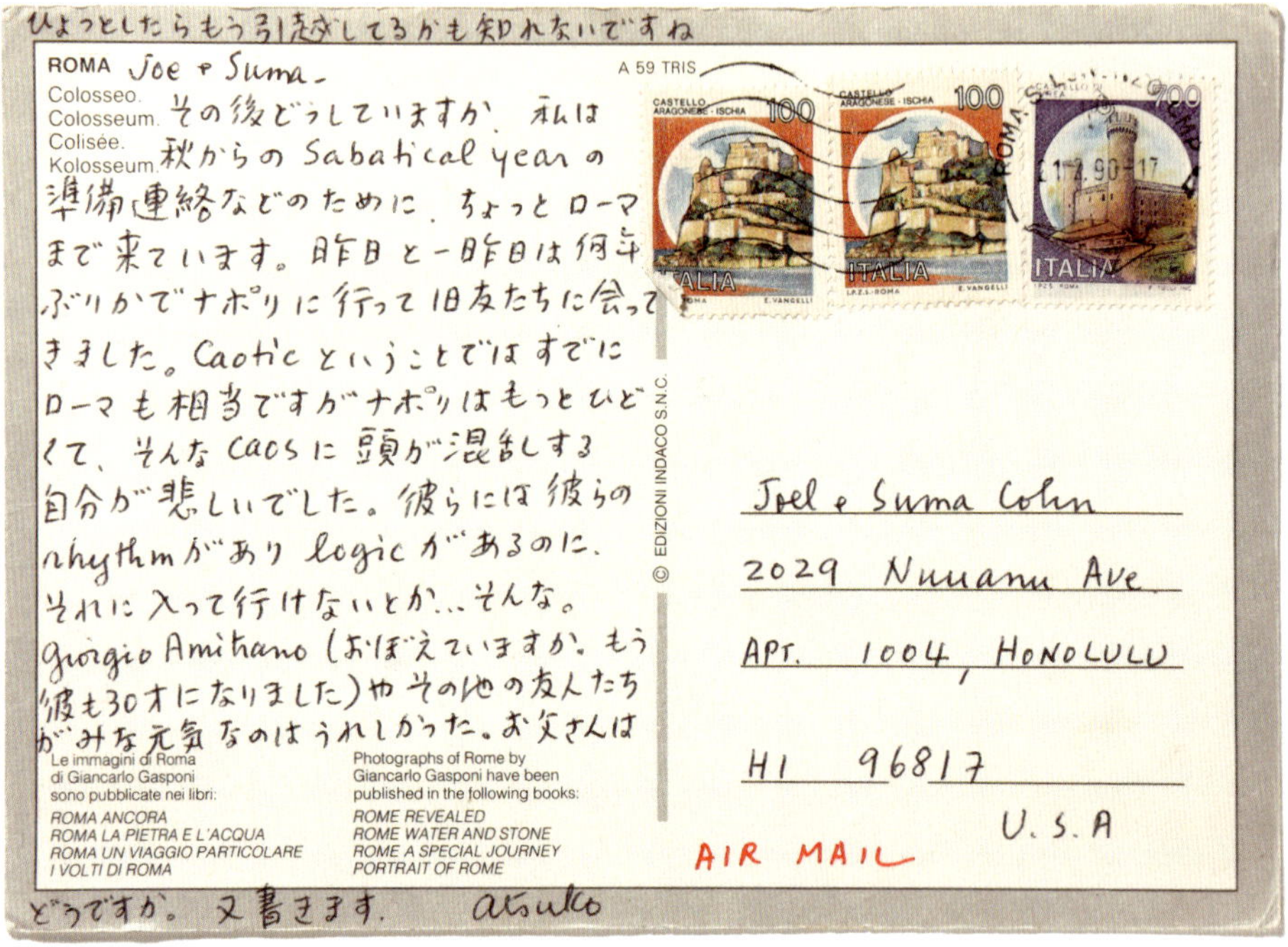

ひょっとしたらもう引越してるかも知れないですね

ROMA
Colosseo.
Colosseum.
Colisée.
Kolosseum.

A 59 TRIS

Joe & Suma–
その後どうしていますか．私は
秋からの Sabatical year の
準備連絡などのために，ちょっとローマ
まで来ています。昨日と一昨日は何年
ぶりかでナポリに行って旧友たちに会って
きました。Caotic ということではすでに
ローマも相当ですがナポリはもっとひど
くて、そんな caos に頭が混乱する
自分が悲しいでした。彼らには彼らの
rhythm があり logic があるのに．
それに入って行けないとか…そんな。
Giorgio Amitrano（おぼえていますか。もう
彼も30才になりました）やその他の友人たち
がみな元気なのはうれしかった。お父さんは
どうですか。又書きます．　atsuko

Le immagini di Roma
di Giancarlo Gasponi
sono pubblicate nei libri:
ROMA ANCORA
ROMA LA PIETRA E L'ACQUA
ROMA UN VIAGGIO PARTICOLARE
I VOLTI DI ROMA

Photographs of Rome by
Giancarlo Gasponi have been
published in the following books:
ROME REVEALED
ROME WATER AND STONE
ROME A SPECIAL JOURNEY
PORTRAIT OF ROME

© EDIZIONI INDACO S.N.C.

Joel & Suma Cohn
2029 Nuuanu Ave
APT. 1004, HONOLULU
HI 96817
U.S.A

AIR MAIL

「旧友」とは、82年にナポリ大学で講義をして以来の友人、グイド（大学研究員）とエンリカ（美術館キュレイター）のこと。

IMMAGINE DI GIANCARLO GASPONI

44

1991.1.6

90年12月、『ミラノ 霧の風景』が刊行された。
年明けに書かれた手紙。

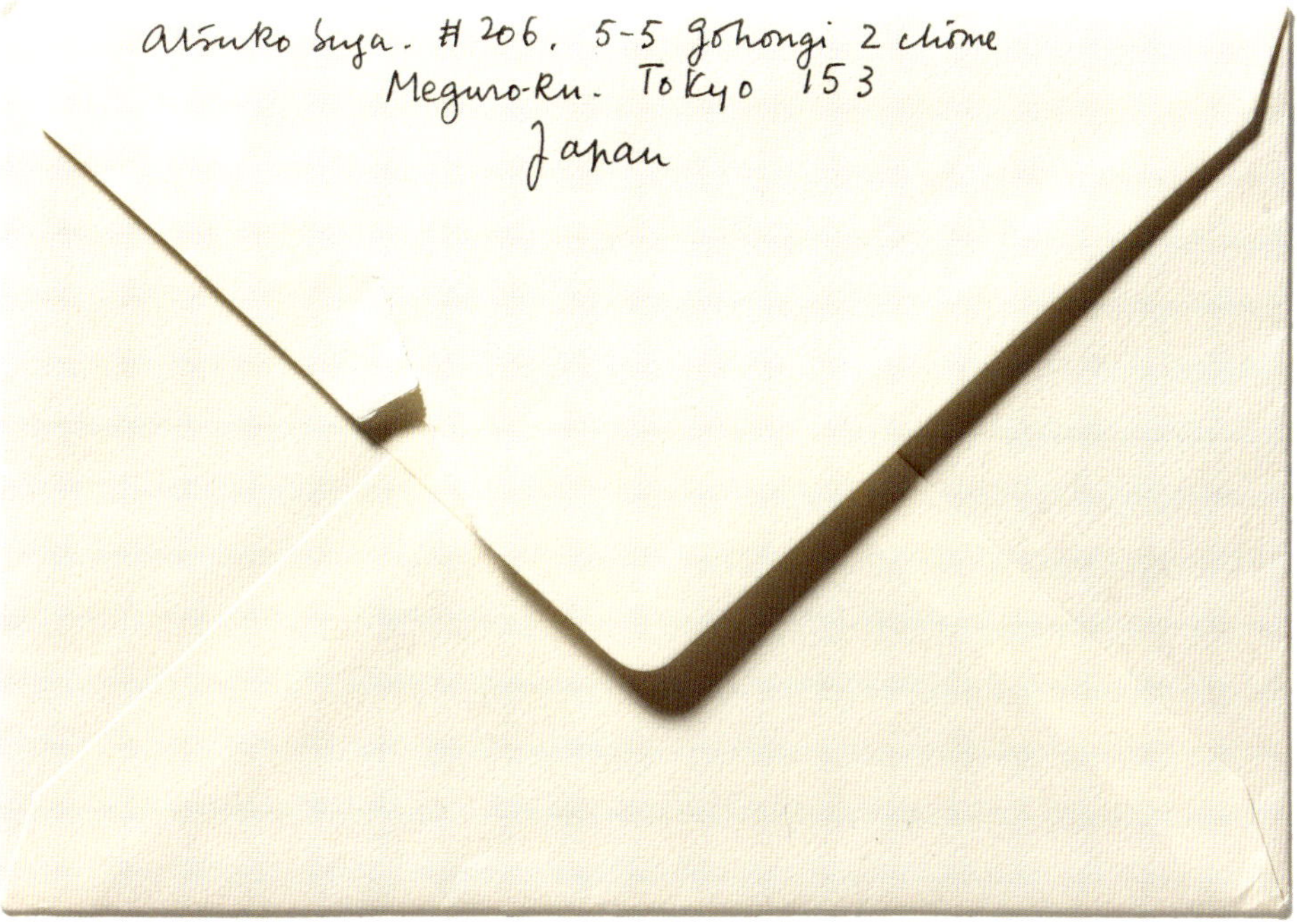
atsuko suga. #206. 5-5 gohongi 2 chōme
Meguro-ku. Tokyo 153
Japan

Joe & Suma,

ずっと前から書こう、書かなければと思いながら年が明けてしまいました。一昨日だったか、やっと私のはじめての「著書」をお送りしました。この手紙とどちらが先に着くでしょうか。ストーブをつけて、少し寒いなと思いながら書いているのに、あなた達は海の青い太陽が燦々と照る（常識？）ハワイでこれを読んでくれると思うと、なにか心が暖まります。まず、大分まえに送ってくれたスマの猫の絵の写真へのお礼。もう少し metaphor がうまく行くといいのではとも思いました。猫がまだ少しあいまいで、たとえばうしろの風景の realism とうまく行ってないのでは。naif なら naif に徹するということではないでしょうか。ナマイキなこと言ってごめんなさい。これがでも私の考えたことでした。Lanaéに小鳥が来たり、すてきな環境にいるあなた達がある意味ではうらやましいですが、東京もなかなか捨てたものではありません。私はこの混乱が、この上ないかくれみのになって、それが好きです。でも学校があまり忙しいというのか binding（という表現あるかな）なので、時々いやになります。せめて大学院をやめてしまいたいと思ったり。大学院を教えていればたしかに時々いい学生に会えますが、それでも青くさくて exigent で ego-centric ―すべて彼らの年齢とつながっている― で、いやになるのです。もう、そんな人たちに disturb されたくない年齢にこちらも達したように思えます。私の本は12月の末に出たこともあって、まだ書評を期待するのは早いのですが、これまで伝わってきたところによると、わりあい評判はよいようです。「売れる」ところまではとても行ってないし、神田の本屋にはあっても祐天寺（私の駅です）の本屋には影もかたちもないと言った…． 売れないのでは困ったな、という感じで、ネコのようなヒゲがあればそれを手で撫でながら、弱ってるという感じです。でもまだバラバラだった時に筑摩と小沢書店という、二つの文学では定評のある出版社からも引き合いがあったので、まあそんなひどいものではなさそうだと、心の奥の方では安心しています。ずいぶん長い年月をかけて、やっと書けるようになったことがうれしいです。私もすまぐらいの年で、書いたものを人に読んでもらって、ひどい批評をされたことがありました。でも、自分にしか書けないものは、いつか書けるようになるだろうと、ゆっくりやって来ました。鈴木敏恵さんという、編集者に20年近くまえに会ったことが、私にとって、何よりの幸運だったこともたしかです。ながいこと、作品は自分の中からぼーふらのように湧いてくると思っていたようなふしがあった。私にとって、「文学」を「勉強」したことは（教えるために）とても役に立ちました。今の時代はnaifも、ただのnaifではやって行けないようです。

Joeが今年は日本に来られそうだとの事、うれしいニュースですね。もちろん二人で来るのでしょう？夏になるのでしょうか。私は、今月21日に東京を発って、4月の終り、5月の初めに東京に戻ります。東京に滞在するのだったら、予定は大倉山ですか。そうだったら私のところと同じ線だから、時には家《うち》にも泊まって下さい。

くだらないことばかり書きました。エッセイを書くという「やくざ」な仕事はしばらく置いて、Vita nuovaの勉強にもどらなければなりません。「現代イタリア詩集」というのも、小さな本屋からたのまれています。それから本をつくることで一番楽しかったのは、編集者の人たちとつきあうことでした。なかなか気のきいた人が何人もいました。

ローマではさしづめ giorgio Amitrano が連絡係をしてくれます。彼の住所は viale Appio Claudio 322, Roma 00174です。私の住所がわかり次第お知らせします。以上。 6 January 1991

敦子

45

1991.2.13

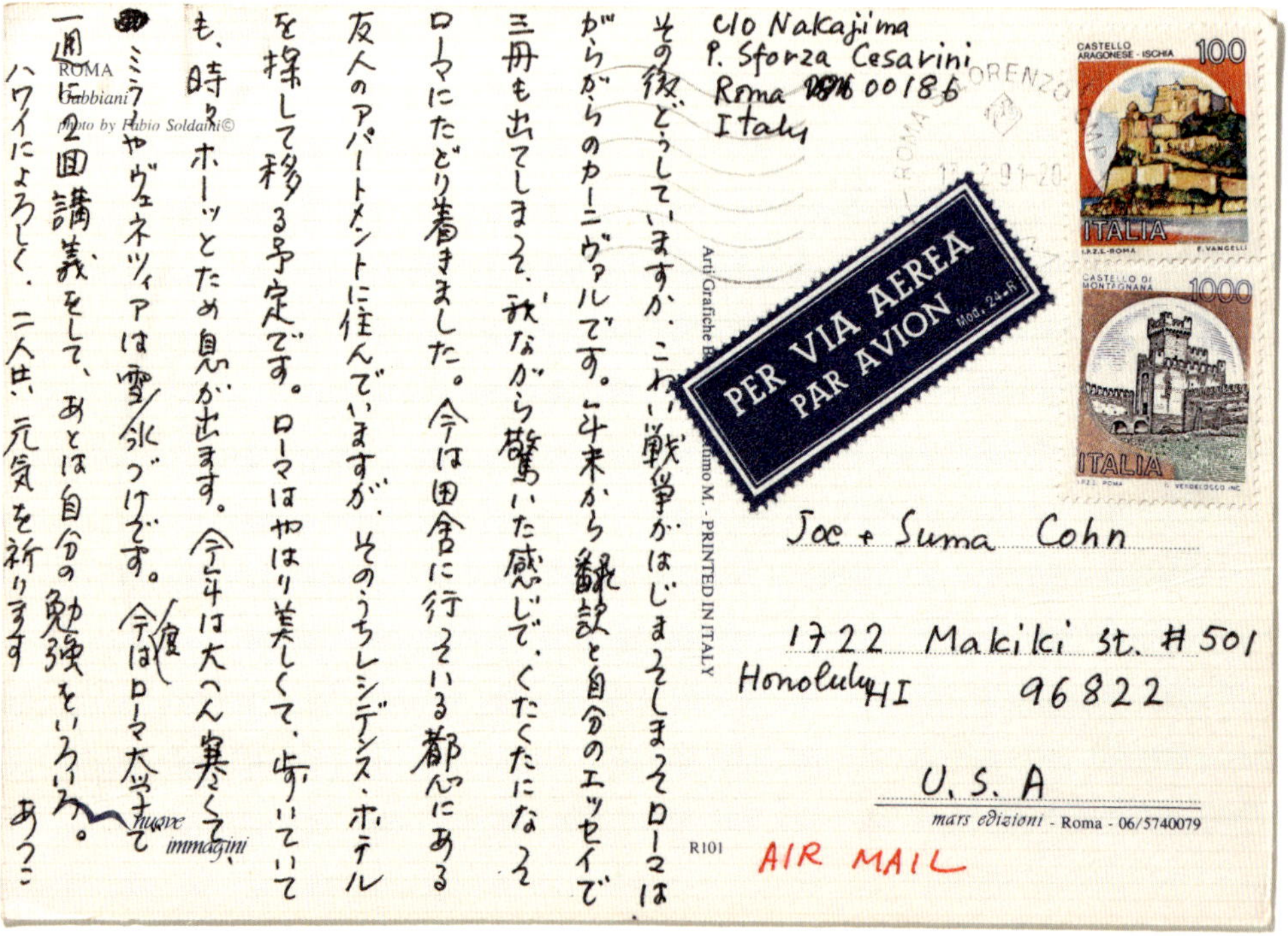

その後、どうしていますか。これは戦争がはじまってしまってローマはがらがらのカーニヴァルです。昨年から翻訳と自分のエッセイで三冊も出てしまって、我ながら驚いた感じで、くたくたになってローマにたどり着きました。今は田舎に行っている都心にある友人のアパートメントに住んでいますが、そのうちレジデンス・ホテルを探して移る予定です。ローマはやはり美しくて、歩いていても、時々ホーッとため息が出ます。今年は大へん寒くて、ミラノやヴェネツィアは雪/氷づけです。今はローマ大学で一週に2回講義をして、あとは自分の勉強をいろいろ。ハワイによろしく。二人共、元気を祈ります

あつこ

c/o Nakajima
P. Sforza Cesarini
Roma 00186
Italy

Joe + Suma Cohn
1722 Makiki St. #501
Honolulu HI 96822
U.S.A

AIR MAIL

91年1月、湾岸戦争がはじまった。翻訳書はナタリア・ギンズブルグ『モンテ・フェルモの丘の家』、アントニオ・タブッキ『インド夜想曲』のこと。

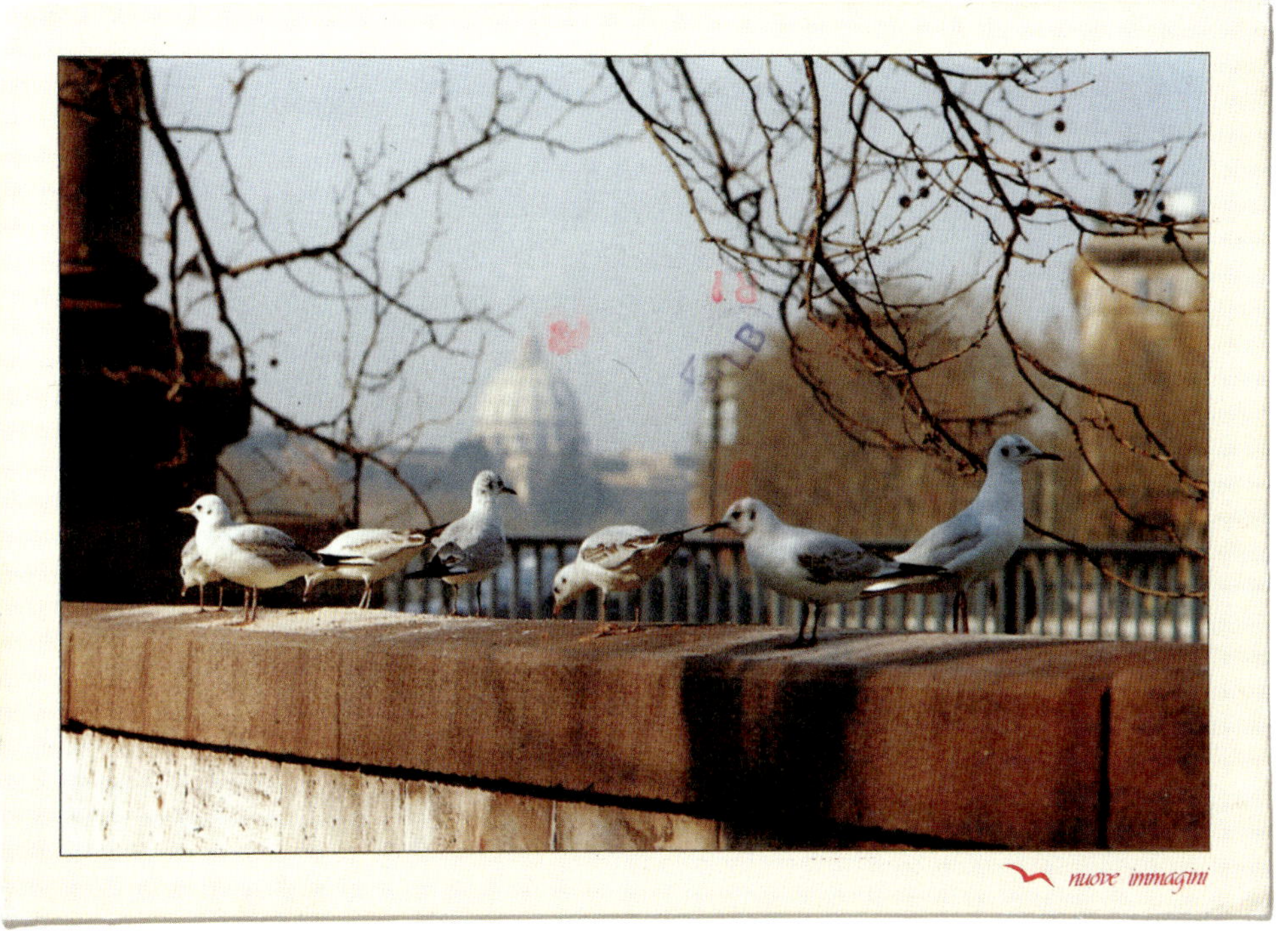
nuove immagini

46

1991.4

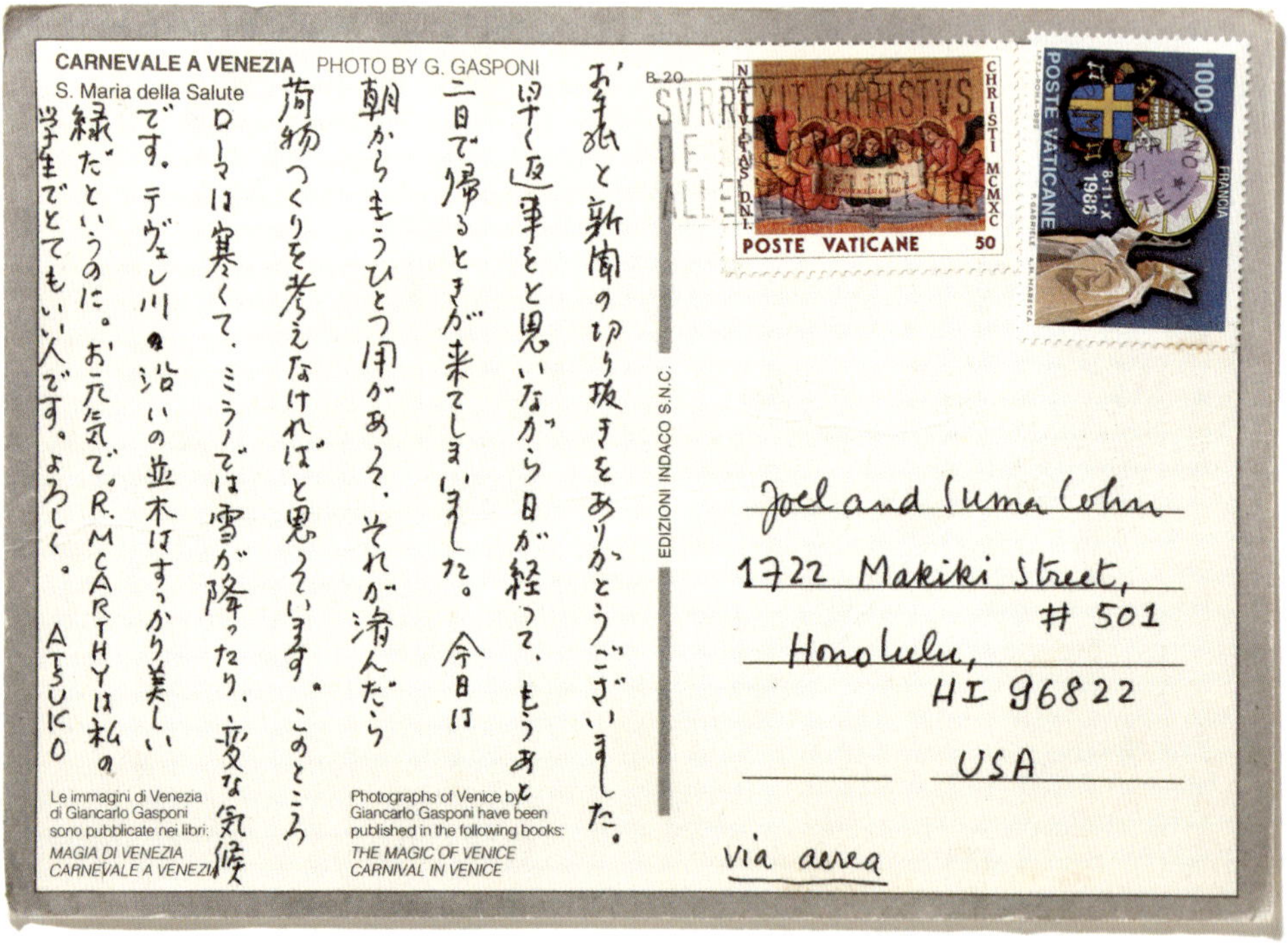

CARNEVALE A VENEZIA PHOTO BY G. GASPONI

S. Maria della Salute

お手紙と新聞の切り抜きをありがとうございました。早く返事をと思いながら日が経って、もうあと二日で帰るときが来てしまいました。今日は朝からもうひとつ用があって、それが済んだら荷物つくりを考えなければと思っています。このところローマは寒くて、ミラノでは雪が降ったり、変な気候です。テヴェレ川沿いの並木はすっかり美しい緑だというのに。お元気で。R. MCARTHYは私の学生でとてもいい人です。よろしく。

ATSUKO

Le immagini di Venezia di Giancarlo Gasponi sono pubblicate nei libri:
MAGIA DI VENEZIA
CARNEVALE A VENEZIA

Photographs of Venice by Giancarlo Gasponi have been published in the following books:
THE MAGIC OF VENICE
CARNIVAL IN VENICE

B.20

EDIZIONI INDACO S.N.C.

POSTE VATICANE 50

POSTE VATICANE 1000

Joel and Suma Cohn
1722 Makiki Street,
\# 501
Honolulu,
HI 96822
USA

via aerea

91年1月末から4月末までイタリアに滞在した。ローマ大学で講義をし、旧友や親族、アントニオ・タブッキ、ナタリア・ギンズブルグに会った。

IMMAGINE DI GIANCARLO GASPONI

47

1991.9.26

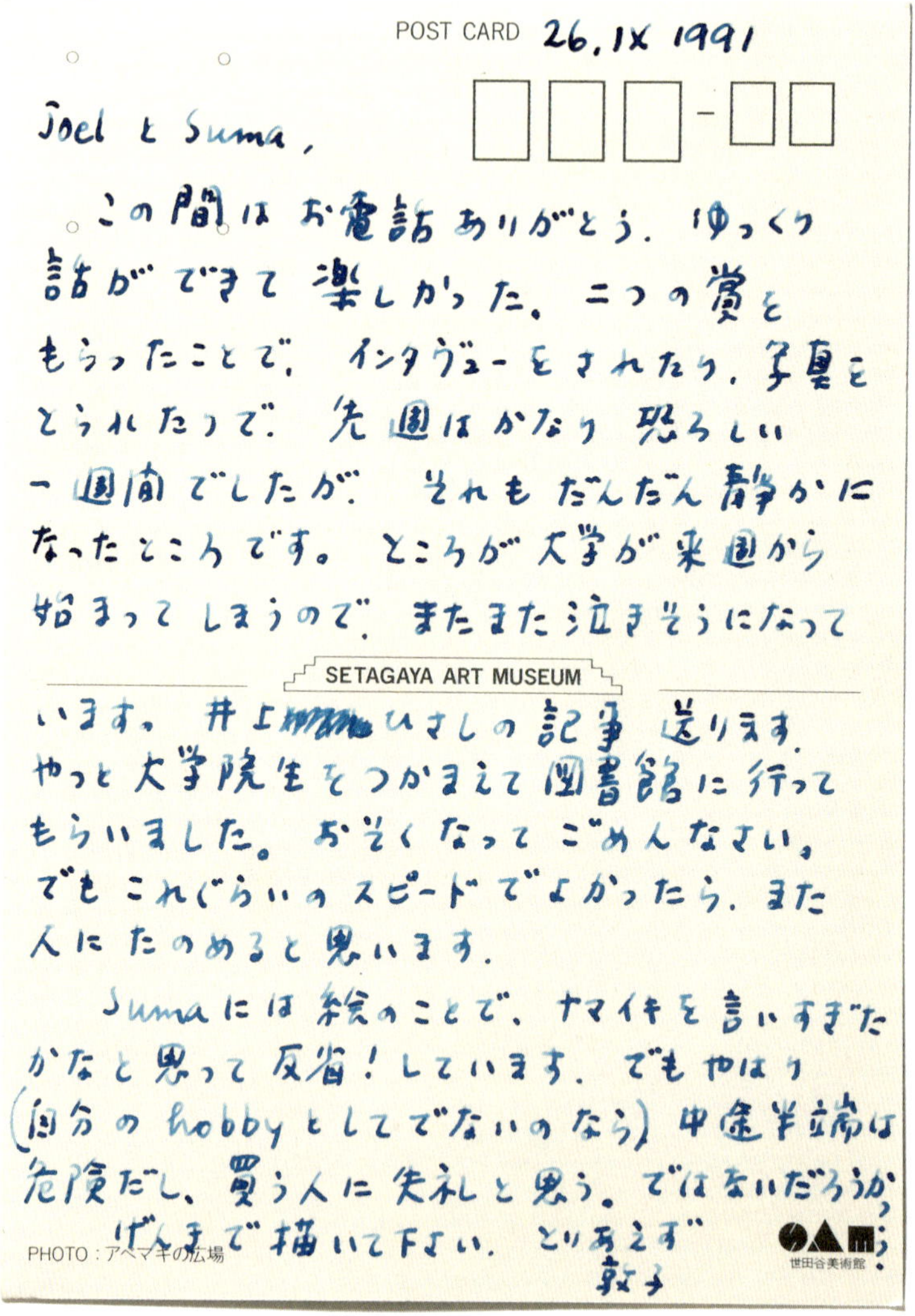

POST CARD 26. IX 1991

Joel と Suma,

この間はお電話ありがとう。ゆっくり話ができて楽しかった。二つの賞をもらったことで、インタヴューをされたり、写真をとられたりで、先週はかなり恐ろしい一週間でしたが、それもだんだん静かになったところです。ところが大学が来週から始まってしまうので、またまた泣きそうになっています。

SETAGAYA ART MUSEUM

井上ひさしの記事送ります。やっと大学院生をつかまえて図書館に行ってもらいました。おそくなってごめんなさい。でもこれぐらいのスピードでよかったら、また人にたのめると思います。

Sumaには絵のことで、ナマイキを言いすぎたかなと思って反省！しています。でもやはり(自分のhobbyとしてでないのなら)中途半端は危険だし、買う人に失礼と思う。ではないだろうか？

げんきで描いて下さい。とりあえず

敦子

PHOTO：アベマキの広場

世田谷美術館

「二つの賞」とは、『ミラノ 霧の風景』に授与された
女流文学賞と講談社エッセイ賞のこと。

1997年

90年に『ミラノ 霧の風景』が刊行されて以降、書き手としての須賀は多忙を極めるようになる。92年『コルシア書店の仲間たち』、93年『ヴェネツィアの宿』が刊行された。95年、阪神・淡路大震災、地下鉄サリン事件が起こる。同年『トリエステの坂道』が刊行された。同年末ころ、はじめての長篇小説「アルザスのまがりくねった道」の構想を得て、96年アルザスのコルマールへ取材旅行。同年『ユルスナールの靴』が刊行される。同年、病院で癌が発見される。97年1月、新宿の国立国際医療センターに入院。外科的手術を受け、化学療法がはじまった。須賀はこのとき68歳だった。

48

1997.2.18

97年1月29日に第一回目の化学療法がはじまった。この手紙は第二回目の化学療法のはじまる前日に書かれている。

K1

Suma and J.C.　　　　　　2.18

おなじ日に、ユーゴスラヴィア - ベオグラァドー と Oxford
とハワイとから便りがあり、夕方には ナポリから
電話という まるでウソのような 一日でした。きのうは。
ユーゴスラヴィアは、詩人の 山崎佳代子さんで、私たち
は共通の友人で結ばれているだけで、まだ会ったこと
はないのですけれど、二年まえに彼女の詩集を読んで
大いに感動し、それは戦争で不意に消えていった
友人たちをうたったもので、(一体世界でこうして消え、
あるいは消されていく人たちのだれが、私たちの「友人」
でないのでしょう) 彼女は私の書くものを読んでくれている、
そんな関係にあります。絵を描く夫君とふたりで
もうずいぶん長いことあの国にいる、大学で日本語
を教えているのですけれど、ストライキが続いて「国は
病みつづけていますが…… 日差しが春の訪れを知らせて
います」とあって、私はふと、イタリアの野に、南
ならそろそろ咲きはじめるプリムラを想い出しました。
青白い黄色がいかにも、春はじめて'色'を試みている
花らしくて。ずっとあとになって、これはフランスの
野をいろどる jonquille - あるいは daffodil のように
かがやくような黄ではなくて、まだおずおずしているような
淡さです。

Billy ホリデーと Keats には大笑いしました。頭がいい
ということと culture (sub-culture でさえ) とは やっぱり
離れたものなのですねえ。笑いながら、足もとの地面が
くずれていくような心細さもあります。大学に彼らはなに
を知りたくてやってくるのか。

▷ そういえば、私はうちのしゅうとめが手で刺繍した、(sogni d'oro と白い糸で) pillow case を持ってる。今夜から ねむるときに あの pillow case のことを思うことにしよう。ではまた。

AAS の発表があるとは 知らなかった。 そのあいだ
すまさんが 日本なのではないかと、ちょっと 気になります。
夢といえば、 山崎佳代子さんも、夢の 詩を 書いて
くれました。 それは コラージュ で 作った
ちょっと「すごろく」ふうの 作品で、 ノーベル賞の シンボルスカ
さんが ユーゴの 友人 と コラージュの 文通を
していて、 その 「かわいらしい展覧会」を見て 刺激
されたというわけです。 「夢通り」7番地 というドアを
開けると ちっちゃな 女の子が いて、「御用の方は を
鳴らして下さい」とある。 バラの 花が 咲いていたり、
「この窓からは 海が見えます」という 窓があったり、その他
その他 です。 → こういう夢を J.C. も見て下さい。 私も
いよいよ 明日から chemio の 第2 round なので、 そう
いう夢に、 今晩から 切り更えることにします。
それから Oxford からの 便りは、 これは 市ヶ谷 キャンパス
のアルバイトに 来ていた 青年が、 やっぱり 自分は 勉強を 続け
たいと 考えて、 イギリスに 行ったわけですが、 彼の かんたんな
手紙は、2人の ひどく イギリスっぽい オバサンの 絵のついた
カードです。 Erika Oller という人の 絵で printed in U.S.A
と書いてあるから 知ってるかも 知れないけれど、 ひとりは ピンクの
バラ模様 (イギリスっぽーい) の 服を 着ていて ピンクの マニキュアの
右手を ぬーっと 前に 出している。 もうひとりは こんな 顔
(もっと - もちろん - おかしい) 大きな 籠に ナスを 入れたのを 両手で 抱えている
そして caption → Back from Italy with Aubergines, Recipes, and
a Hand that has Been Kissed by an Italian — アッハッハァー
おかしいでしょう。 今日はこれまでにします。 すまさんの 手紙の
African Tulip Tree は どこが Tulip なのか わからないけれど
きれいだった。 Suma の 水彩は 大好きです。 pods というのが わから
なくて 辞書ひいたら 「サヤ」とあった。 豆科なんだね、きっと。 *

* ハワイからの おみやげは herb tea がいいです。 Bigelow じるしの Sweet Dreams を今愛用している。 ハワイのものではないけれど。 dried fruits もいいかな。 では又。 Sweet dreams!

49

1997.2.24

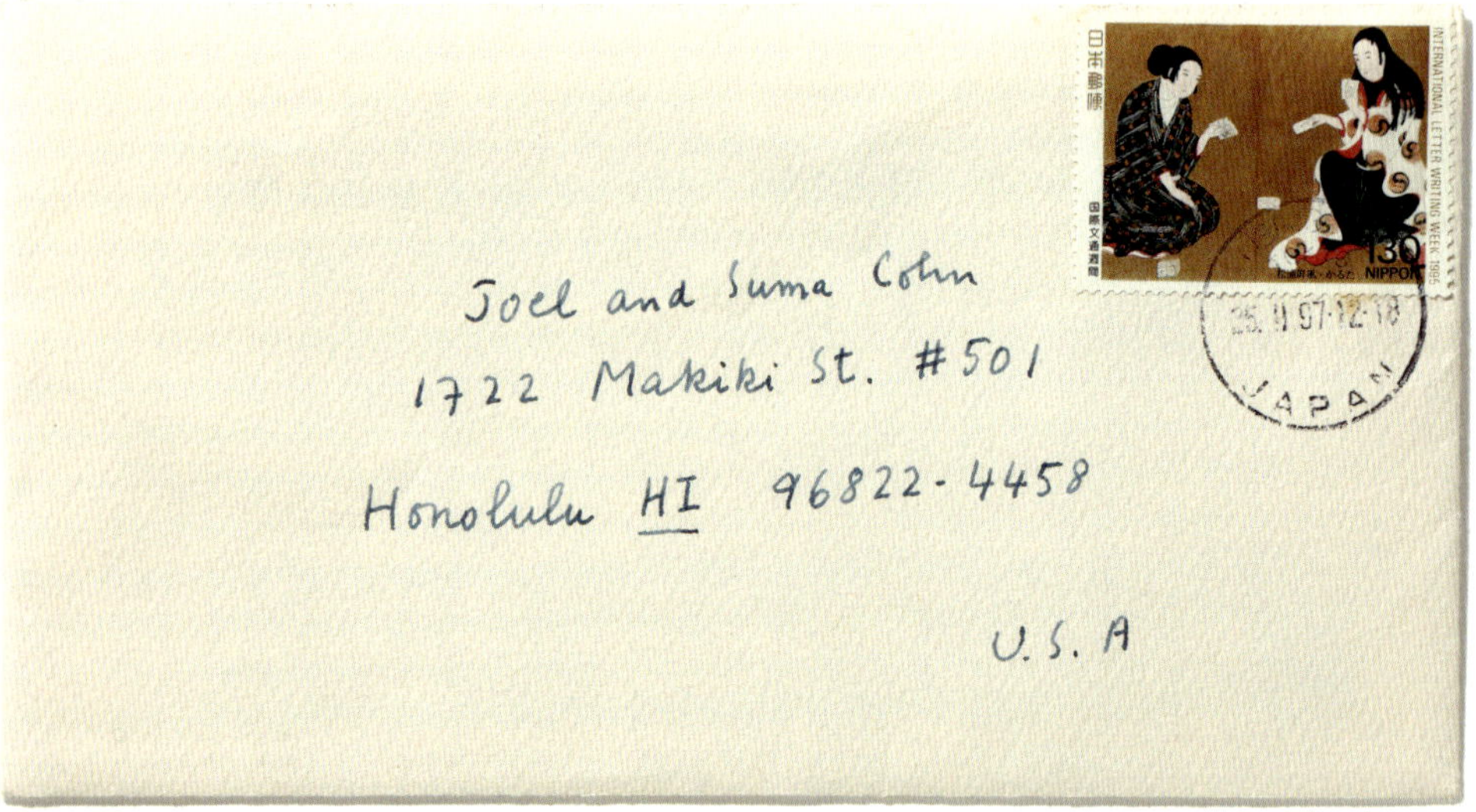
日本郵便
国際文通週間
130
NIPPON
INTERNATIONAL LETTER WRITING WEEK 1996
JAPAN
Joel and Suma Cohn
1722 Makiki St. #501
Honolulu HI 96822-4458
U.S.A

手紙のなかで触れられている藤沢周平は、同じ病院の
下のフロアに入院していた。須賀が入院してまもなく、
亡くなっている。

Comfort foodの話おもしろかった、それから私にとって
Comfort booksはどれかなあと考えていて、案外、子供のとき
に読んだ北原白秋の詩だったり、最近知るように
なった藤沢周平の時代小説もそのなかに入れたいと
思いました。最近亡くなった藤沢周平さんは、山形県の
たしか鶴岡という小さな城下町に生まれた人で、その
町に「海坂藩」という架空の城下町を重ねて、その中
で生きる人たちを、しずかな筆致で~~書~~描いた。私が最初

読んだのは三屋《ミツヤ》清左ェ門《セイザエモン》残日録《ザンジツロク》という本で、retireした
武士の話です。これも昨年亡くなった、「英雄」の姿を
「日本人」に重ねて書きつづけた司馬遼太郎の対極にあるような
作家で、なにかに癒される、といった感じが私をほっとさせて
くれます。ちょうどJ.C.の pasta + バター + ケチャップみたいかも
知れない。　music ?
　Comfort songs」というのもあるかな。オウムについてJ.C.
が書いていることも美しい。Mysteriousと隣り合わせに
暮せるハワイはきっといいところなんだと思います。

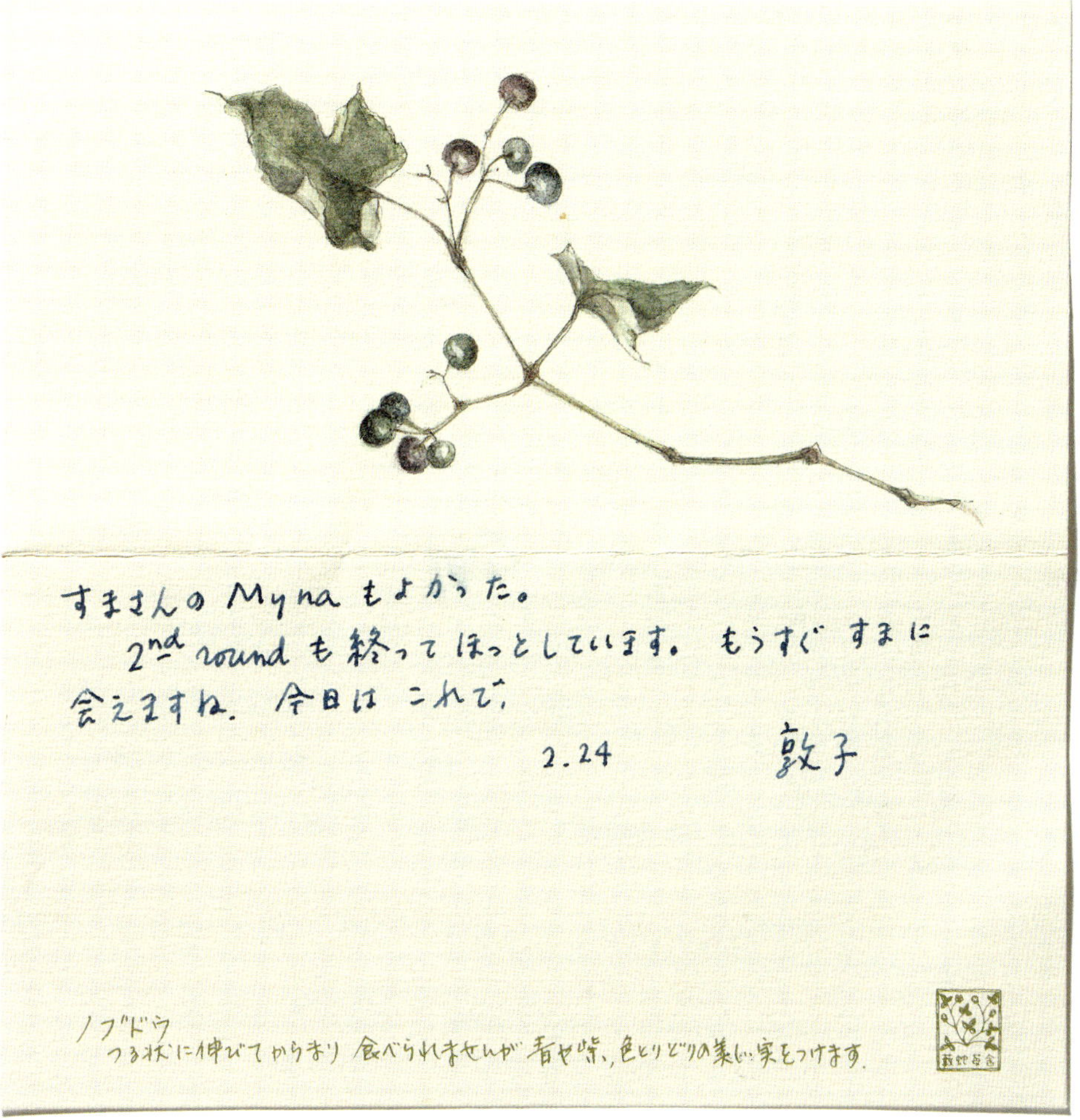

すまさんのMynaもよかった。

2nd roundも終ってほっとしています。もうすぐ すまに会えますね。今日は これで。

2.24　敦子

ノブドウ

つる状に伸びてからまり 食べられませんが 青や紫、色とりどりの美しい実をつけます。

50

1997.4

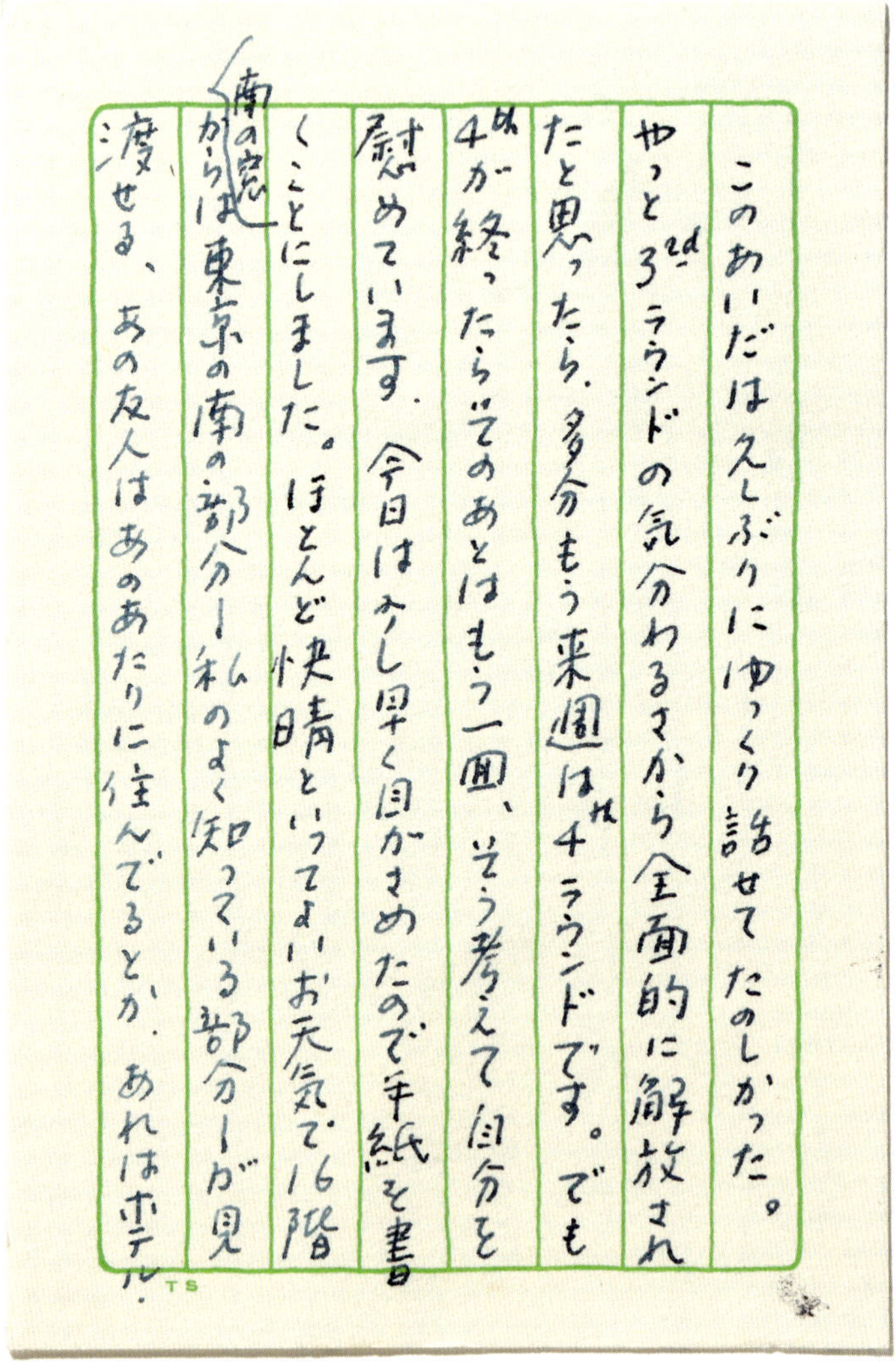

このあいだは久しぶりにゆっくり話せてたのしかった。やっと3rdラウンドの気分わるさから全面的に解放されたと思ったら、多分もう来週は4thラウンドです。でも4thが終ったらそのあとはもう一回、そう考えて自分を慰めています。今日は少し早く目がさめたので手紙を書くことにしました。ほとんど快晴といってよいお天気で16階南の窓からは東京の南の部分ー私のよく知っている部分ーが見渡せる、あの友人はあのあたりに住んでるとか、あれはホテル、

TS

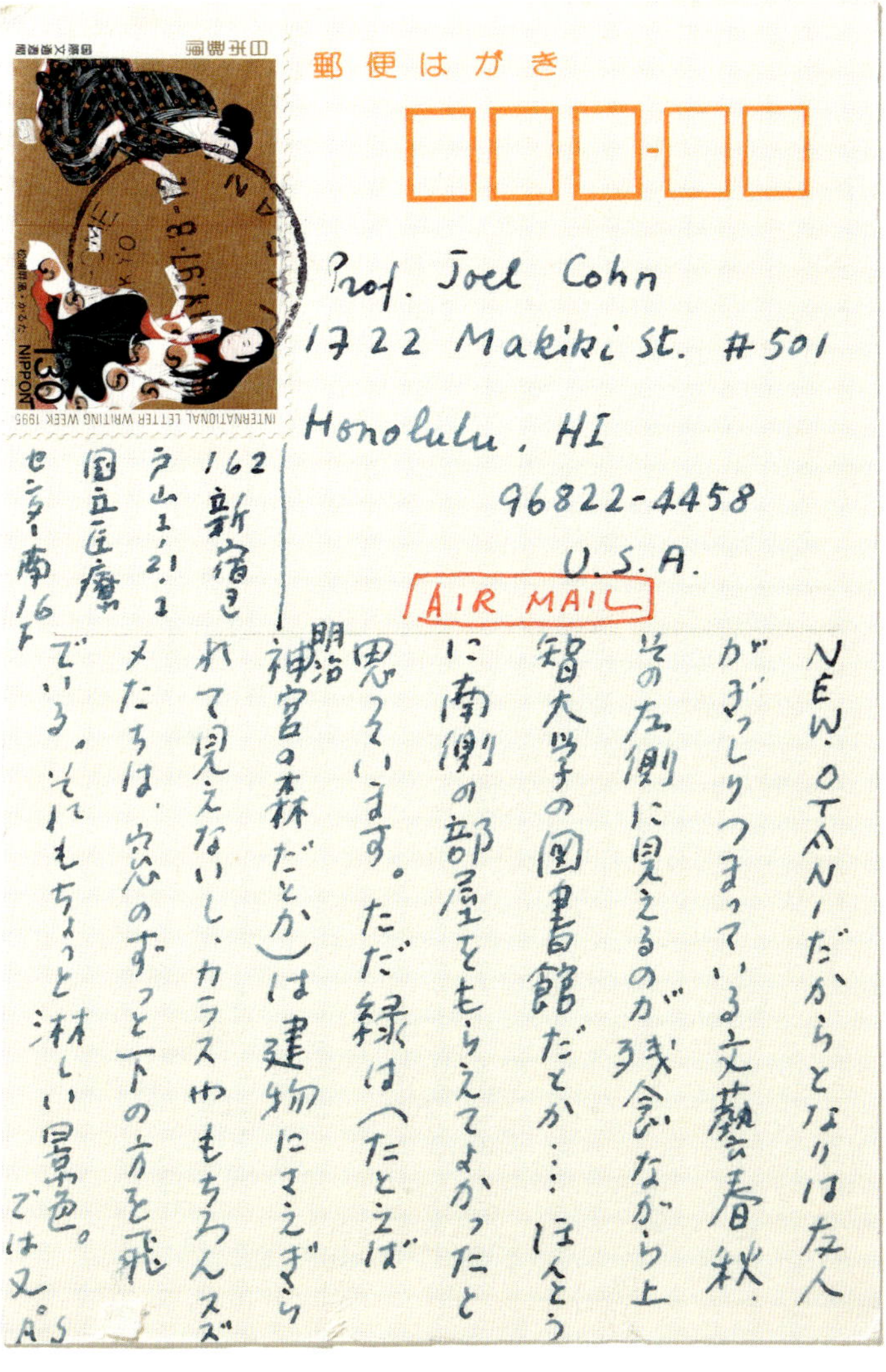
郵便はがき

INTERNATIONAL LETTER WRITING WEEK 1995

NIPPON 130

Prof. Joel Cohn
1722 Makiki St. #501
Honolulu, HI
96822-4458
U.S.A.

AIR MAIL

162
新宿区
戸山1,21,1
国立医療
センター南16F

NEW OTANIだからとなりは友人がぎっしりつまっている文藝春秋。その左側に見えるのが残念ながら上智大学の図書館だとか…… ほんとうに南側の部屋をもらえてよかったと思っています。ただ緑は（たとえば明治神宮の森だとか）は建物にさえぎられて見えないし、カラスやもちろんスズメたちは、窓のずっと下の方を飛でいる。それもちょっと淋しい景色。

では又。A.S

51

1997.4

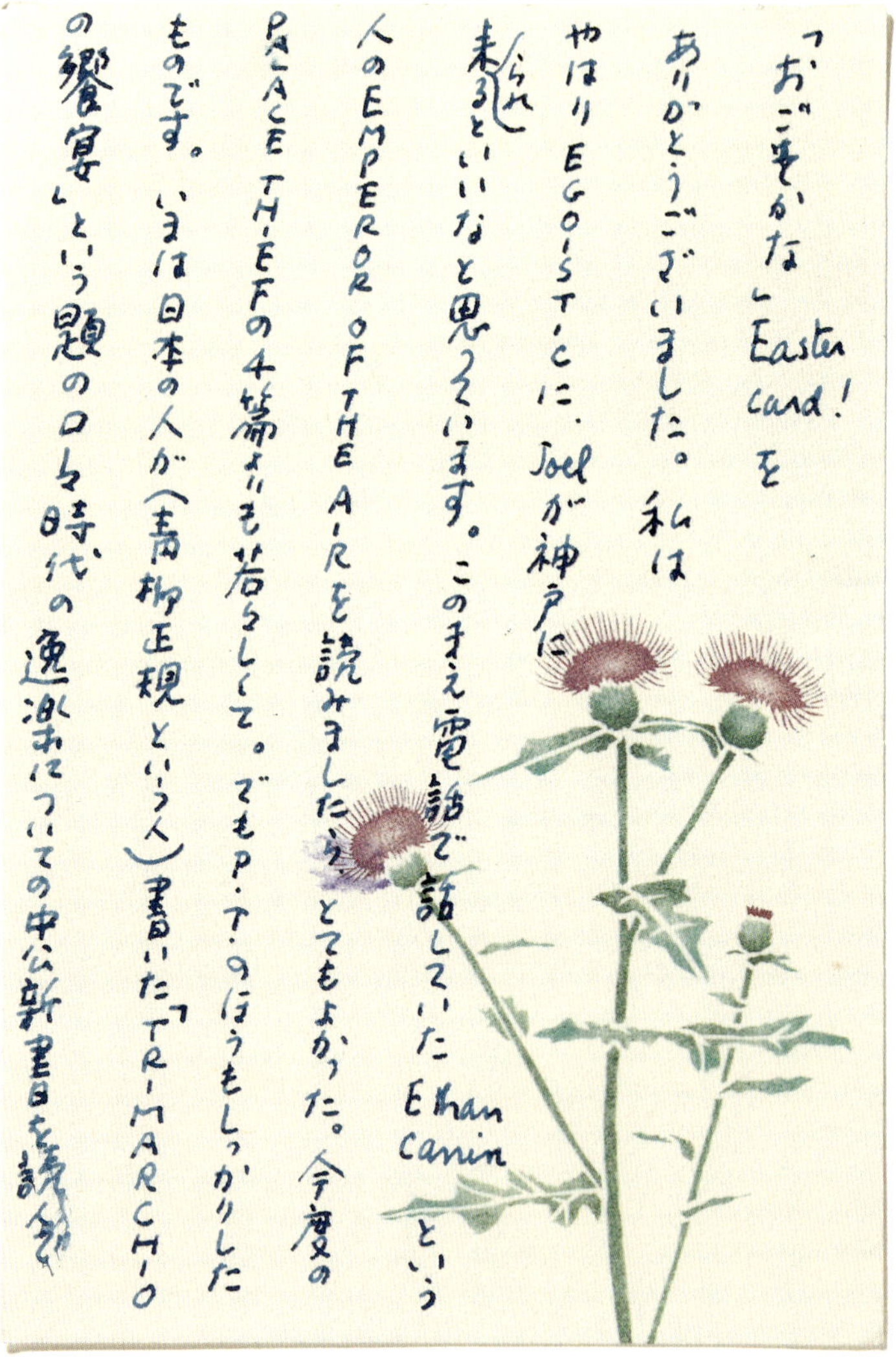

「おごそかな」Easter card! を
ありがとうございました。私は
やはりEGOISTICに、Joelが神戸に
来られるといいなと思っています。このまえ電話で話していたEthan Caninという
人のEMPEROR OF THE AIRを読みましたら、とてもよかった。今度の
PALACE THIEFの4篇よりも若々しくて。でもP.T.のほうもしっかりした
ものです。いまは日本の人が(青柳正規という人)書いた「TRIMARCHIO
の饗宴」という題のローマ時代の
逸楽についての中公新書を読んで

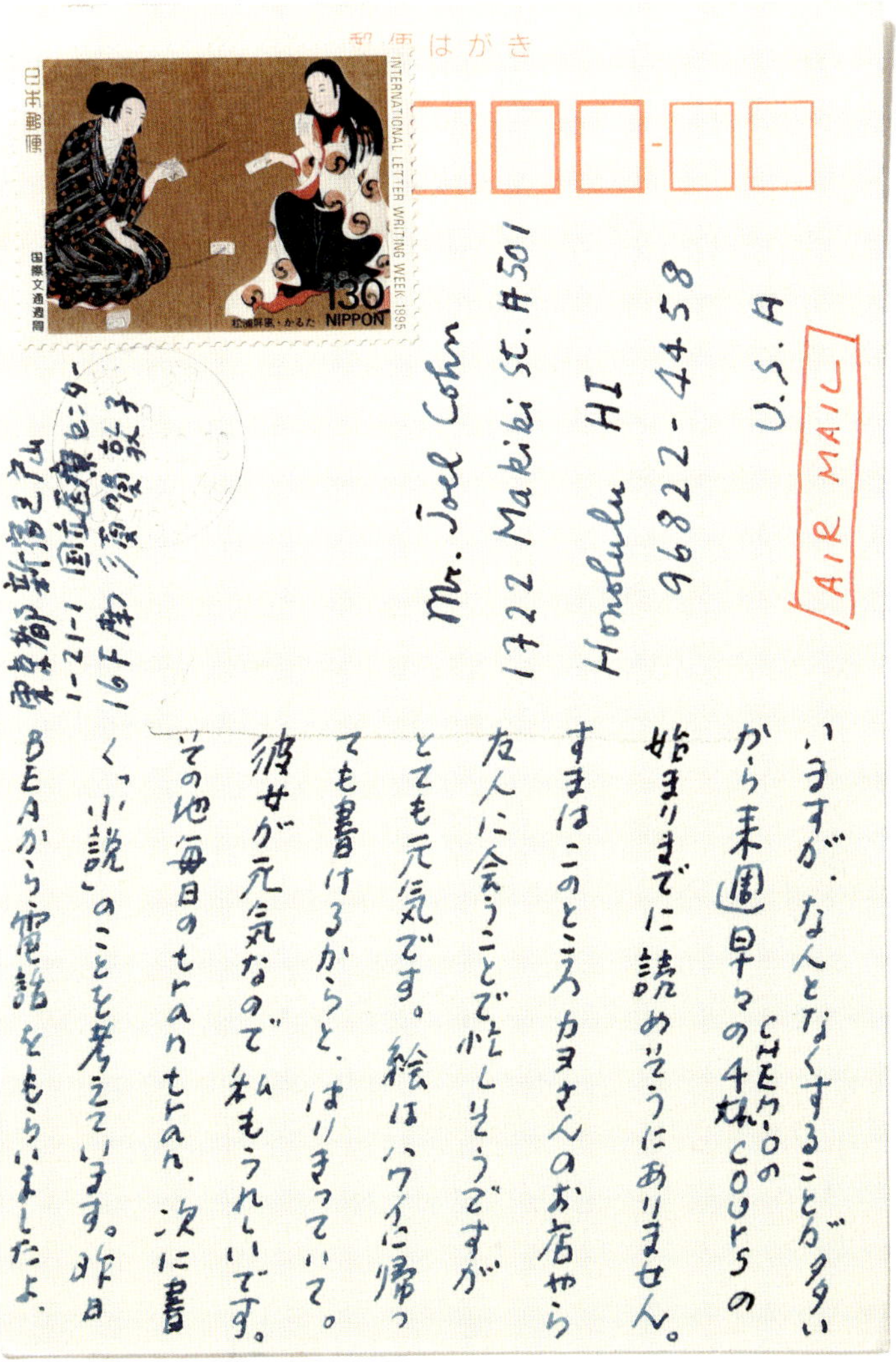
郵便はがき

日本郵便
INTERNATIONAL LETTER WRITING WEEK 1995
国際文通週間
松浦屏風・かるた
130
NIPPON

Mr. Joel Cohn
1722 Makiki St. #501
Honolulu HI
96822-4458
U.S.A
AIR MAIL

東京都新宿区戸山
1-21-1 国立医療センター
16F南 須賀敦子

いますが、なんとなくすることが多い
から来週早々のCHEM.Oの4th COURSの
始まりまでに読めそうにありません。
すまはこのところカヲさんのお店やら
友人に会うことで忙しそうですが
とても元気です。絵はハワイに帰っ
ても書けるからと、はりきっていて。
彼女が元気なので私もうれしいです。
その他毎日のtran tran. 次に書
く「小説」のことを考えています。昨日
BEAから電話をもらいましたよ。

52

1997.4

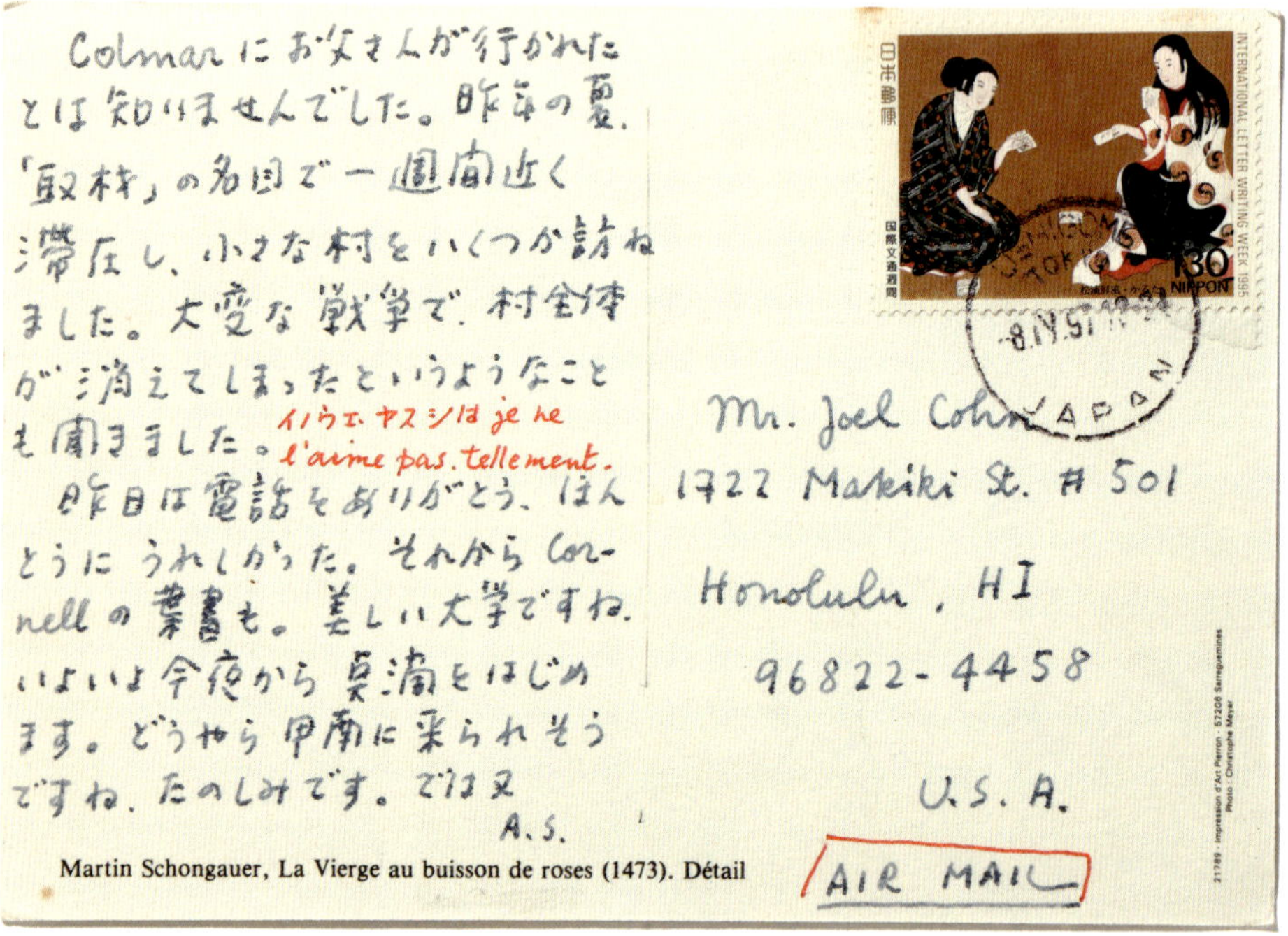

Colmarにお父さんが行かれた
とは知りませんでした。昨年の夏、
「取材」の名目で一週間近く
滞在し、小さな村をいくつか訪ね
ました。大変な戦争で、村全体
が消えてしまったというようなこと
も聞きました。イノウエ ヤスシは je ne l'aime pas tellement.
昨日は電話をありがとう、ほん
とうにうれしかった。それからCor-
nellの葉書も。美しい大学ですね。
いよいよ今夜から点滴をはじめ
ます。どうやら甲南に来られそう
ですね。たのしみです。では又
A.S.

Martin Schongauer, La Vierge au buisson de roses (1473). Détail

21789 - Impression d'Art Pierron - 57206 Sarreguemines
Photo : Christophe Meyer

日本郵便
INTERNATIONAL LETTER WRITING WEEK 1995
国際文通週間
130
NIPPON

TOKYO JAPAN
8.IV.97

Mr. Joel Cohn
1722 Makiki St. # 501
Honolulu, HI
96822-4458
U.S.A.

AIR MAIL

第二次世界大戦で、ジョエル・コーンの父は、須賀が
小説執筆のために取材旅行をしたアルザスのコルマー
ルで従軍していた。

53

1997.4

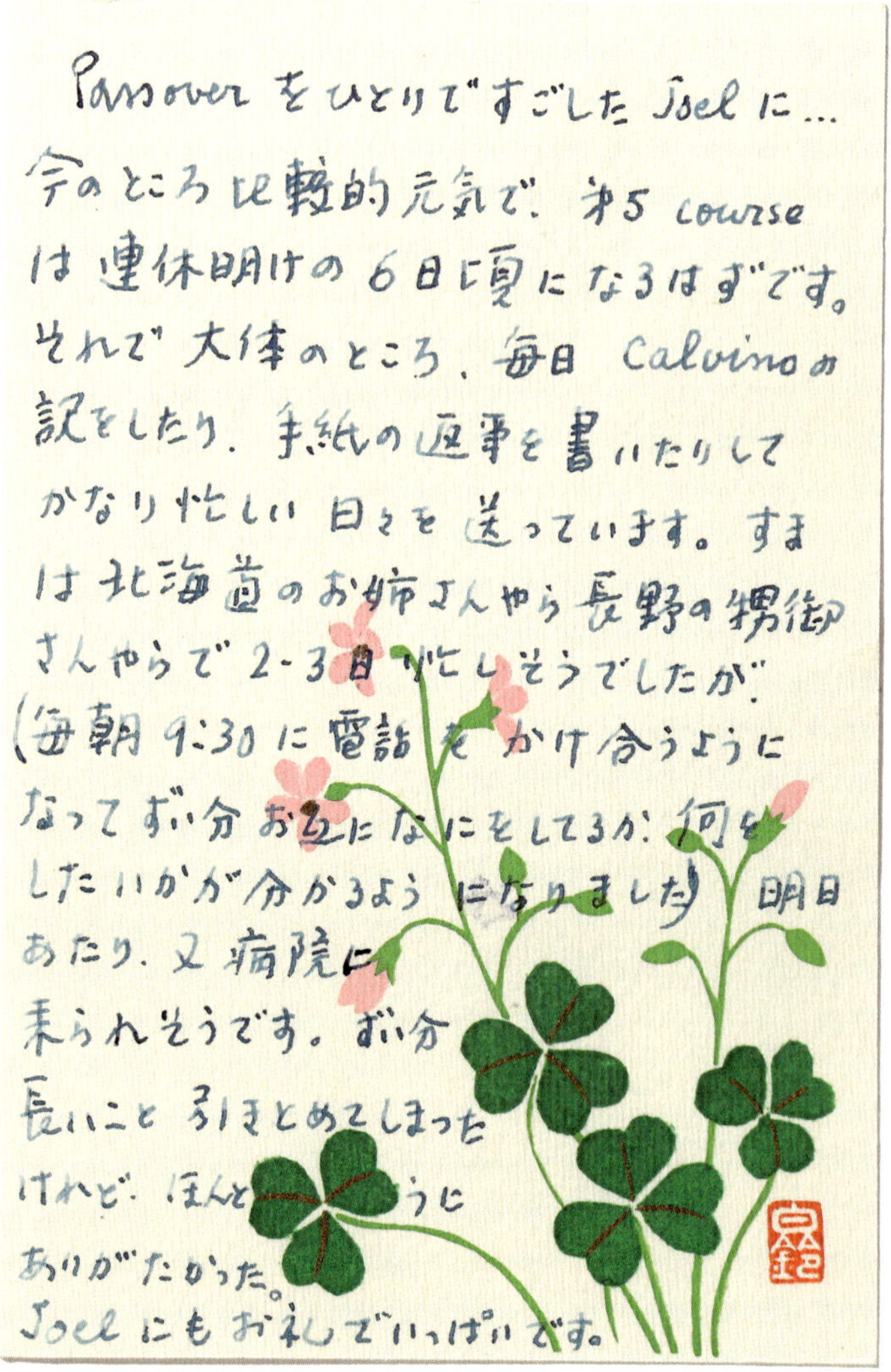

Passoverをひとりですごした Joelに…
今のところ比較的元気で、第5 course
は連休明けの6日頃になるはずです。
それで大体のところ、毎日 Calvinoの
訳をしたり、手紙の返事を書いたりして
かなり忙しい日々を送っています。すま
は北海道のお姉さんやら長野の甥御
さんやらで2-3日忙しそうでしたが
（毎朝9:30に電話をかけ合うように
なってずい分お互になにをしてるか、何を
したいかが分かるようになりました）明日
あたり、又病院に
来られそうです。ずい分
長いこと引きとめてしまった
けれど、ほんとうに
ありがたかった。
Joelにもお礼でいっぱいです。

② ここまで書いておいたところで
お電話をもらいました。昨日は
Calvino の one chapter を
出版社にわたして、少しほっと
しました。あと長い Raymond
Queneau についての文章と
短い Proust で終りです。
30p. ぐらいでしょうか。そのあと
校正がいやですが、仕方
ないですね。先日ちょっと街に
出たら、ツツジがきれいでした。
あっという間に新しい緑で
いっぱいです。私の窓からは
あまり見えませんけれど。
では又。
敦子

A. Suga
Tokyo 153
Shinjukuku
Toyama 1-21-1
国立医療センター-16F

日本郵便 NIPPON 130
富嶽三十六景・相州箱根湖水
INTERNATIONAL LETTER WRITING WEEK 国際文通週間 1996

ゆうびんはがき

Prof. Joel Cohn
1722 Makiki St.
#501
Honolulu HI
96822-4458

AIR MAIL

U.S.A

入院中も、翻訳、書評、小説執筆の仕事を続けていた。
ここで触れているのは、イタロ・カルヴィーノ『なぜ
古典を読むのか』。

54

1997.4

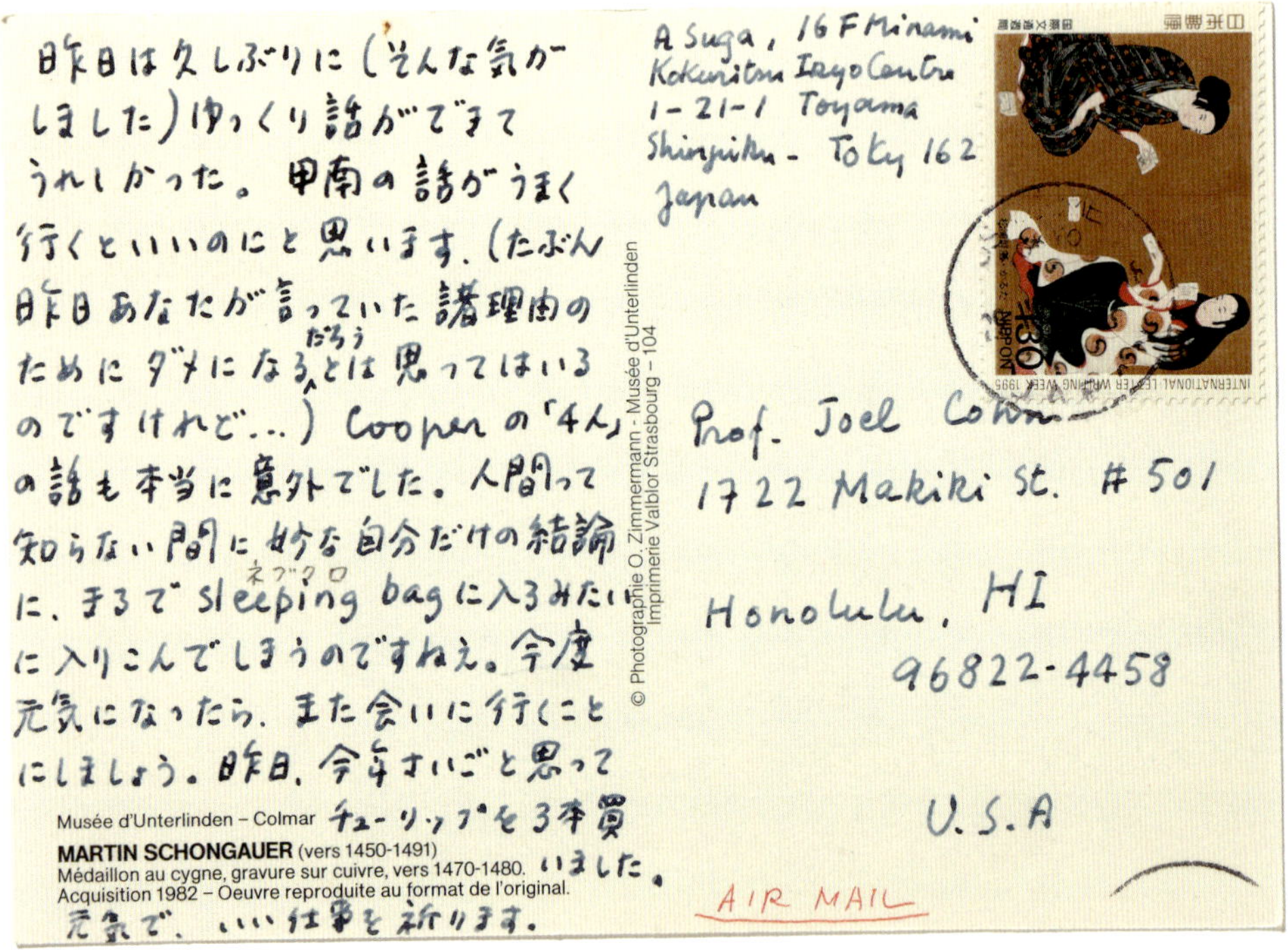

昨日は久しぶりに（そんな気がしました）ゆっくり話ができてうれしかった。甲南の話がうまく行くといいのにと思います。（たぶん昨日あなたが言っていた諸理由のためにダメになるだろうとは思ってはいるのですけれど…）Cooperの「4人」の話も本当に意外でした。人間って知らない間に妙な自分だけの結論に、まるでsleeping bag《ネブクロ》に入るみたいに入りこんでしまうのですねえ。今度元気になったら、また会いに行くことにしましょう。昨日、今年さいごと思ってチューリップを3本買いました。元気で、いい仕事を祈ります。

Musée d'Unterlinden – Colmar

MARTIN SCHONGAUER (vers 1450-1491)

Médaillon au cygne, gravure sur cuivre, vers 1470-1480.

Acquisition 1982 – Oeuvre reproduite au format de l'original.

© Photographie O. Zimmermann - Musée d'Unterlinden

Imprimerie Valblor Strasbourg – 104

A Suga, 16F Minami
Kokuritsu Iryo Centre
1-21-1 Toyama
Shinjuku - Toky 162
Japan

Prof. Joel Cohn
1722 Makiki St. #501
Honolulu, HI
96822-4458
U.S.A

AIR MAIL

55

1997.4.21

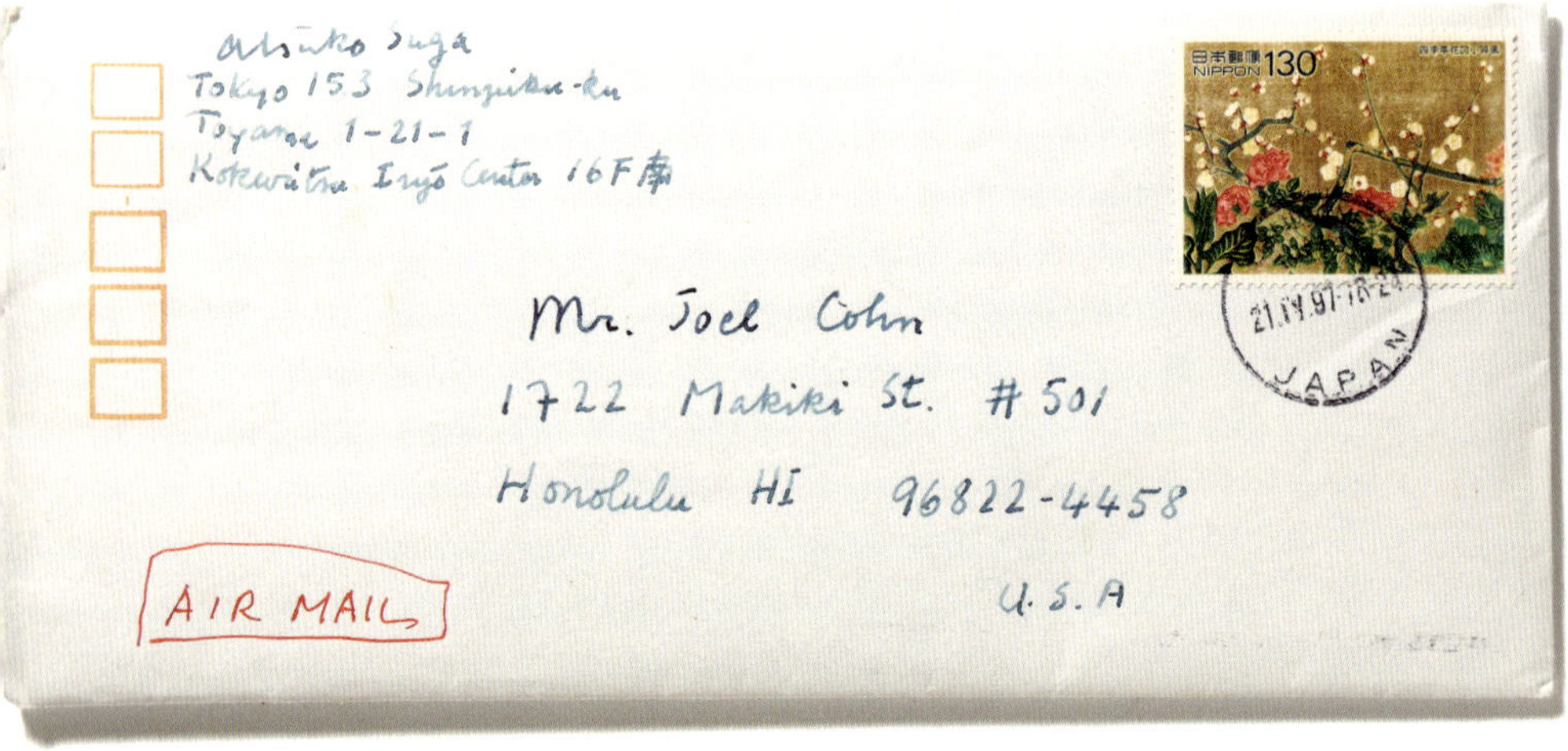
Atsuko Suga
Tokyo 153 Shinjuku-ku
Toyama 1-21-1
Kokusai Iryō Center 16F南
日本郵便 NIPPON 130
Mr. Joel Cohn
1722 Makiki St. #501
Honolulu HI 96822-4458
U.S.A
AIR MAIL
JAPAN

Joel,

何枚かの絵ハガキと何通かの封書（一通かな？）（の、そして何よりも今朝 すまと電話で話したこと（の、たぶん支理滅裂になるだろう返事をあなたに書くことにしました。今日はあまりパソコンを叩く気がしないのと、それに すまが五月まで多分いられそうなこと（の、あなた（の感謝の気持をこめるつもりです。（もっともこのことについては、あと一時間ぐらいで すまが病院に来てくれて、そのときじっくりゆっくり話し合う予定ですけれど）

例の「ガンバッテ下さい」についていうと、もう20年位以前に、聖心女子大の校庭を、ああ今日はダンテをどう教えようかと考えながら歩いていると、いきなり木陰から、ショート・パンツの女子学生たちが（たぶんピンク？）ガンバッ ガンバッと節をつけてどなりながら列になって走って出て来た。さいしょ私はイタリア語の gamba! gamba!（そんな言い方はしないけど）を脚を元気づけるために ドナッテるのかと思ったけれど同校の教授にたずねたら一笑に付されて、あれはガンバレから来てるのよと言わ

れました。これが私のガンバレとの、何ともいやな付き合いはじめということに
なります。今でもガンバッ！というのは大学生なんかが何かのtrainingを
しているときにどなっています。「下品」という感じがどうしてもつきまといます。
さて、それでは代りになにを言えばいいか。昨日だったか電話で言っていた、
じゃお元気でね とか、まあ、しっかりするのね、とか 大丈夫よきっと、とか、
——こう書いてくると「しっかり！」あるいは「しっかりね」が一番今のgambaに
近いように感じますが、それと同時に語感が古くなってる面もある——
ああ、混乱してしまいました。すっかり。

すまと話していて その最中に精神科の先生が入って来て長いtalkがあって
またすまと少し話していると文藝春秋の人たちが入って来て、いま、河出書房の
人が来るまでの一時間ほどでこの手紙は終えることにします。すまさんが来月まで

いてくれることになってほんとうにほっとしました。Sacrificeをさせてしまうあなたに
山ほどありがとう。

もっといろいろ書きたいけど、少し疲れたので今日はこれで止めます。
元気でいて下さい。（たぶんこの「元気」という言葉も、「つがなく」なんて
書いていた時代の人たちは身ぶるいしたに違いない。元気ということばも
全体として、あまりすばらしい語ではないようにも思いますね。
キリがないから、さようなら。

四月二十一日

敦子

97 年 6 月、国立国際医療センターを退院。9 月、再入院。見舞いに通うスマに、「ガンてどんなものか最後まで知りたい」と言った。11 月、来日したアントニオ・タブッキと対談。年末から容態が悪化する。98 年 3 月 5 日、聖イグナチオ教会のベニーノ神父により、終油の秘蹟を受ける。3 月 20 日、心不全により帰天。享年 69。

須賀敦子とのこと

スマ&ジョエル・コーン

スマ　北海道の網走川と美幌川のあいだにある町、美幌の生まれです。子どものころは、冬になると川が凍って、長靴でスケートをしていました。

酪農家の八人兄妹の、下から二番目です。長女はいま思えば須賀さんと同世代ですけれど、十三歳も年が離れていて、私が子どものころは闘病中の叔母の看護で長野に行ってましたし、次女も函館でしたから、姉たちとはあまり会う機会がなかった。姉が帰ってくると、顔を合わせるのが恥ずかしくて、倉庫に隠れたり、出てきてもすぐに泣きだしたりして、全然なつかないの（笑）。ひどい恥ずかしがり屋でした。

小学校は複式学級でした。一、二年生、三、四年生、五、六年生の三クラス。一クラスは多くても十七人くらいしかいませんでした。地元の中学校を卒業して、町の高校に通いはじめると、農場のある実家から町の家に移りました。町で洋裁店をやっていた叔母が東京に出て、留守宅のままだった家を私たち姉妹で使わせてもらったんですね。週末になると、農場のある親の家に帰っていました。

高校生になるころから絵を描くのがどんどん好きになっていったんです。紳士洋服店をやっていた坂本はつ枝さんと町内の絵のグループ展ではじめて会って、だんだんと親しくなっていった。はつ枝さんは夏になると、武蔵野美術大学の夏期講習に通っていましたから、東京の様子も耳に入ってきて、うらやましいなと思っていました。

父は酪農家です。牛、馬、鶏、羊を育てていました。同時に町会議員もやっていて、ほんとうに忙しそうでした。道東では当時ハッカの生産が盛んで、父の土地の裏手を借りて大急ぎでハッカ工場をつくって、たちまち成功して「ハッカ成金」になってしまう人もいました。

私は高校を卒業後、美幌の役場に就職しました。戸籍係、受付係、相談係、保険係、広報紙の編集、ひととおり何でもやりました。ある日、「今日、役場に行くぞ」なんてひとことも言ってなかったのに、長靴をはいたままの父がやってきたんです。私は二十歳そこそこの乙女でしたから（笑）、父のそんな姿が恥ずかしくて、「革靴くらいはいてくればいいのに」と夕食どきに文句を言ったら、「百姓が長靴をはいて何が悪い」。はっきり言う父をなんだか見直して、ちょっと尊敬するようになりました。

酪農家で町会議員といっても、八人の子どものうち七人が女の子だったでしょう。あの時代は結納に「鏡台、簞笥、下駄箱」の三点セットを持参する時代でしたから、七人も女の子がいたら、お嫁にやるたびにお金が出ていって、たいへんだったろうなと思います。

私は就職して、すぐにお嫁にゆくつもりはなかったし、高校生のころから絵が描きたかったので、役場で最初のボーナスをもらうと、北見まで行って油絵の道具を一式買ってきたんです。最初に描いたお茶道具の静物画を見て、美幌の画家の横森政明さんが思いがけずほめてくれて、「豚もほめれば木に登る」でその気になって（笑）、絵を描いているときがしあわせで、もっと描きたいって思うようになりました。

絵はそれほど好きじゃなかった岡本太郎さんの書いた本を読んで、こころをつかまれてしまって、感想を手紙で送ったら、平野敏子（のちに岡本敏子）さんから返事が来てびっくり。しばらくして北海道新聞に敏子さんと太郎さんの写真と記事が出ていて、ああこの人と思った。東京に出てから岡本太郎展に行ったとき、偶然おふたりが会場にいらしたんです。どきどきしながらそばに立って、喋っているのを聞くともなく聞いているのがやっとで、声なんてかけられませんでした。

あの時代は、いつまでも結婚しないでいると、まわりじゅうから「早くお嫁に行きなさい」と言われました。断ってもいいからって言われて、お見合いもしました。姉たちもみんな見合い結婚でした。でも私は恋がしたかった（笑）。

やはり東京に出て絵を描きたい、と母に言ったら、自分も若いときに姫路の叔母のところに行きたかったけれど長女だったから諦めた。でも、あなたは行きたければ行けばいいって賛成してくれたんです。父は「絵描きなんて食べられない、学校の先生になるのならまだしも」と大反対で、母にむかって「なに考えてるんだ。だいたい子どもに甘いんだ」と一喝。

でも、行くことになりました。一九六八年のことです。ラッキーだったのは、東京にいた叔母の親しくしていた知人の、世田谷で医師に貸していた診療所がちょうど空いたところで、しかもよその人には貸したくないタイミングだったようなんですね。

東京の短大を卒業した妹がそのまま東京で働いていて、いとこも大学に通っていて、それぞれ下宿していたんです。私が東京で絵を勉強したいと聞いた叔母さんが、空き家になっている診療所に三人共同で住んだらどう？　と申し出てくれた。生活費は役場で働いて貯めた預金を少しずつ切り崩しましたけど、自炊だし、経済的にはだいぶ救われました。

東京は人ごみがすごいでしょう。ときどき無性に地平線を見たくなって、近所の環状七号線の歩道橋にあがって、その上でしばらく地平線を眺めたりしてました。

阿佐ヶ谷美術専門学校では友だちもできました。他の学生より年上でしたから、「お姉さん、お姉さん」となつかれて、のちにパリに行った真知子とは、お茶の水あたりの学生デモを野次馬で見に行ったりしました。

なにしろ一九六八年、六九年あたりの東京はどこか騒然としてましたからね。七〇年には三島由紀夫の割腹事件があったでしょう。ショックでしたよ。なんであんなふうに死ななければならなかったのか。武士道っていうけれど、配偶者も子どももいたでしょうに。やっぱりちょっと自分にはわからないとしか言えないです。

美術学校を終えてからは、渋谷の画材店ウエマツで働いたり、北海道の友だちで看護婦さんだった人の紹介で川崎の診療所で受付をしたり、職安で紹介された写真工房で事務をしたり。絵では食べられないからいろいろ働きました。

世田谷区の羽根木公園にある梅丘図書館によく行きました。あそこからはきれいな夕陽が見えるんです。夕陽を見ながら故郷を想い、孤独にひたっていました。それにあまりもてなかったしね（笑）。

ジョエル　大学一年の夏にマンハッタンでアルバイトをしていて、たまたま入ったグレニッチビレッジの本屋で漱石の英語版『こころ』を手に入れたんです。それで日本文学にハマってしまった。二年半ぐらいコーネル大学で日本語を勉強したんですが、日本に行って本格的に勉強しないと、まともに本を読めるようにならないなと気づいて、留学を決めました。

慶応大学の国際センターに一九七一年の九月に入りました。しばらくしてアメリカ人の同級生から、「おもしろい人がいるから絶対会ったほうがいい」と言われた。一九七二年の春です。それが須賀さんでした。

須賀さんは七一年の夏にイタリアから帰国して、九月から嘱託で国際センターに来ていたらしい。だからぼくが日本に来たのと、須賀さんが帰ってきたのは、ほぼ同じころです。もちろん、あとになってわかったことですけれど。

須賀さんは非常勤で、毎日は来ていませんでしたが、三田演説館のなかにある自分の個室で、英語やフランス語の事務を誰よりも上手にこなして、外国人留学生の相談にものっていました。どこか別格の雰囲気がありました。

たしかにおもしろい人で、すぐに気が合いました。ぼくはニューヨーク育ちですから、イタリア系のひとたちとも接触があったし、本が好きな家で育ったので、文学の話もイタリアの話もいろいろしました。国際センターには文学系の学生が少なかったから、ちょうどいい退屈しのぎだったのかもしれません。

同じころ、国際センターの同級生が青山のジュエリーの工房で英語を教えるアルバイトをしていました。ところが彼女がドイツに帰ることになって、急遽ぼくがあとを引き受けた。英語を教えてはいたけれど、みんなとだんだん友だちみたいな関係になりました。

スマ　そのジュエリー工房にある夜、友人が私を連れて寄り道したら、そこにジョエルがいて、優しそうな目をした先生だなと思いましたけれど、私は英語ができないし。ほかにも人がいたから、最初は何も話さなかった。ところがしばらく経って、私の妹が開いた別のパーティに呼ばれて行ったら、またジョエルがいたの。これも友だちの友だちというつながりだったんですけどね。

そこで再会したのはちょっと驚きでした。いろいろ話してたら、ジョエルから「ウィークエンドはどこに行くの、何するの？」って聞かれて、「動物園に行って動物のスケッチをする」と答えたら、「ぼくも行きたい」。それがはじまりだったと思うけど、動物園には妹もいっしょだったから、なかなか先に進みませんでした（笑）。

七三年の暮れに、須賀さんが国際センターの留学生を呼んで中目黒の家、つまり須賀さんのお父さんが昔住んでいた家でパーティを開いたの。ボーイフレンド、ガールフレンドを連れてくればいいというお誘いで、ジョエルは私を連れて行くことになった。はじめて須賀さんに会ったのに、私としたことがすごく疲れていて、まわりはみんな英語族で会話もなんだかわからないし、部屋の隅の薄暗いところに行って眠っちゃったんです。

ジョエル　須賀さんはしばらくあとになってから「おすまさんのこと」というエッセイを書きました（34頁参照）。あのときはつきあっていたけれど、まだ婚約はしていなかった。須賀さんは上手にフィクションをいれて書くところがありますから、そう書いたんでしょう。

スマ　会話が魅力的な人だなというのが最初の須賀さんの印象でした。でも自分のことはあまり言わないし、人の噂もしない。最初のうちは、このひと孤児かしらと思ったの（笑）。親はもちろん、夫のことも兄妹のことも、最初のうちはまったく話しませんでしたから。でもかたくなな感じではなく、どこか少女みたいなところがあって、話しかたや声がチャーミングなんです。

ジョエル　そのうちに、だんだん話してくれるようになったけどね（笑）。

＊

ジョエル　須賀さんは一九八三年、八四年、八七年、と三回、ボストンに遊びに来ました。そのあとでハワイにも来てくれました。

須賀さんといえば、ヨーロッパ派という印象が強いです。体験の長さ、深さがちがう。でも、須賀さんを聖心女子で教えた先生には、アメリカの修道女がいましたし、アメリカへの留学を考えたこともあったらしい。お父さんの反対で、ヨーロッパに行くことになりましたけど。

「自分がかたくなにアメリカに背を向けて生きてきた」と手紙に書いているのは（125頁参照）、そのとおりなのでしょう。でも、最初の三週間の旅で、ボストンやニューヨークをすっかり気に入った様子でした。夜のエンパイアステートビルディングにのぼって、夜景を眺めていたときの表情が、忘れられません。

スマ　ずっとあとになってから、入院していた須賀さんとニューヨークの話になりました。たったいま、目の前に見えるみたいにマンハッタンの思い出を話してくれたんですね。この人の記憶力、描写力はほんとうに特別と思いました。

　ボストンから足を延ばしてニューヨークに行くことになったときに、歩くのだったら革靴じゃなくてこれがいいって、ウォーキングシューズとナップザックを貸してあげたんです。須賀さんは「こんな靴履くの、はじめて」と言っていたのに、ニューヨークから戻ってきたらすっかり気に入ってしまって。

ジョエル　中世美術のクロイスターズ美術館に行ったときは、「こんな立派なものがなんでここにあるの」と、ちょっと憤慨してました。一九二〇年代、三〇年代、貧乏になったヨーロッパの貴族が手放した美術品をアメリカの金持ちが買い漁った。それがクロイスターズに寄付された結果でしょうけれど、須賀さんはヨーロッパ人として、どこか釈然としないらしい。私は反論したんです。三世代前にさかのぼれば自分もヨーロッパ人。アメリカ人と言うけれど、ヨーロッパ中世の人たちの子孫という意味では同じでしょう、何が悪いの？　と言ったら、須賀さんは「なるほど、そういう考えかたもあるわね」とあっさり認めてくれた。

ニューヨークでは私の両親や祖父母にも会いましたし、ワシントンスクエアのそばに住む叔父と叔母の家に泊まることにもなりました。あとになって彼らのことを「ヨーロッパにはこんな人はいない」と手紙に書いてきたんです。どういう意味か、はっきりとはわかりませんでしたけれど、ヨーロッパとはちがう何か良いものを感じてくださった様子でした。

スマ　ヨーロッパのなかではイタリア、イタリアのなかではミラノ、という気持ちが強かったみたいですね。ペッピーノのお母さんが「ピッツァなんて南の食べものだから」って言ってたのに影響されたというか（笑）。ところが、ナポリの大学に教えにいって住んでいるうちに、ナポリを気に入っちゃったりもするんです。

ジョエル　そういうところがいかにも須賀さんらしい。かたくなじゃない。懐が深いというか。ヨーロッパ派の須賀さんが、ハワイに遊びに来るのを楽しみにしていて、植物や風景に感動している姿も、さすがという感じがしました。

スマ　なつくんですね。はじめてのところに行ったり、人に会ったときに、すっと受け入れれば、なつく人なんです。

ジョエル　八五年の夏に、フィレンツェに滞在していた須賀さんを訪ねたら、「もうミラノの時代は終わった。フィレンツェがいい」って言うんです。あの感じもどこか似てる。

スマ　須賀さんが勉強しているあいだ、私たちがフィレンツェを観光していると、帰るころまでに料理をつくって待っていてくれました。「イタリアにいると料理をしたくなる」って。手早くておいしい。ペペロンチーニのパスタとか。

ジョエル　ジャガイモとタラの料理もおいしかった。料理はとても上手でした。

＊

ジョエル　構想していた小説の取材で、須賀さんがアルザスのコルマールに行くことになったのが一九九六年の九月。コルマールは私の父も連合国軍の兵士として行った土地でした。須賀さんがフランスから帰国したタイミングで、十月からひと月ほど、私たちも日本に行ったんです。須賀さんは原宿の仕事場で寝起きしていたから、あいていた五本木の家に泊まらせてくれました。何度も会って、食事をしました。アメリカに帰って年が明けた一月、須賀さんから電話がかかってきた。がんだとわかって入院することになった、と。なにかできることがあったら遠慮なく頼んでくださいと伝えました。

スマ　それからまたすぐに電話がかかってきて、「来てちょうだい」って言われたんです。しばらく入院して抗がん剤を受ける、そのあいだお手伝いすることになりました。洗濯したものにはすべてアイロンをかける人だったから、そういうことをわかっている人間のほうが気楽だったのかな。お互いなんの遠慮もいらないし。

　日本に来て、五本木の家の鍵を預かって、そこで洗濯とアイロンがけをして病院に持って行ったり、大好きなリンゴの王林を決まった店で買って届けたり。夜は私の妹が恵比寿ではじめた居酒屋を手伝って、五本木の家に帰る。最初の二カ月くらいはそんな毎日でした。しばらくして、私の姉が北海道から妹の店を見にくることになったんです。それを知った須賀さんが、自分では食べられないからと言って、入院のお見舞いでもらった籠入りの果物をわざわざタクシーに乗って店まで届けに来てくれたこともありました。

　具合が悪いときは来ないでと言われていたのに、一度どうしても心配になって行ったら「来るなって言ったでしょう」と叱られたり。

ジョエル　リボンのことでもね（笑）。

スマ　そう！　私がいったん帰国することになって、退院までのひと月ほどを妹に頼んだんです。そのとき、預かっていた五本木の鍵をお返ししたら、ブスッとふくれて、「リボンくらいかけてくれたっていいじゃないの」――。なんてかわいいこと言うんだろうって。心配な日々が続いていたのに、あのときはなんだか可笑しくて、帰り道ではじめてクスクス笑ったのを覚えています。

ジョエル　九七年の最初の治療のあと、ちょうどその夏から大学の仕事で一年間、神戸に住むことになりました。八月には退院していて、元気そうでした。いっしょにフレンチレストランにも行ったりしました。でも九月には再入院になってしまった。

　最後に会ったのは、九八年の二月です。だいぶ具合の悪いときだったけれど、会えることになった。帰り際に、須賀さんが Thank you for being my friend.（友だちでいてくれてありがとう）って言ったように聞こえました。もう一度聞き直そうとしたんだけど、看護婦さんに目でうながされて、病室を出ました。

スマ　そのあとは面会がかないませんでした。三月二十日に妹さんの良子さんから電話があって、今朝の四時すぎに亡くなりましたと知らされました。神戸にいたからお葬式には行けたはずですが、つらかったし、良子さん以外は知らない人ばっかりだったし、どうしても行く気になれなかったんです。あとになってから、良子さんといっしょにお墓参りに行きました。いまも命日になるとお祈りをしています。

ジョエル　くやしい、という気持ちがまだぬぐえないんです。欲張りだとおもうけれど。

スマ　須賀さんみたいな人はいないからね。

コーン夫妻への手紙を読んで

松山巖

スマさんとジョエルさん、コーン夫妻に宛てた須賀さんの手紙を読み、良かったな、と感じたのは、彼女に喜びを分かち合い、恋を失ったことから教師生活の苦労まで、愚痴もいい合える友が二人も晩年にいた事実だった。彼女には友人は多かったが、仕事上や信仰上の友人たちとは違う素顔の彼女の声が、それほどまでに二人への手紙から直に聴こえてきたからだ。

その上で、なぜ、親しい人に宛てた手紙は、書いた本人と宛てた人、双方の人柄や趣味、人格や生き方まで明瞭に示すのだろうか、と改めて考え、須賀さんのことをいろいろ思い出した。

まずは須賀さんのおしゃべりだ。彼女は一旦話し出すと、連想することがいろいろ浮かぶのだろう、次から次へと話題が出て、私との会話でも話が尽きなかった覚えがある。

夫妻に宛てた手紙も同様で、はじめの話題では収まらず、たとえば絵葉書で書いていたのが、手近にある紙を選んでは続きを書き、結果として長文になることがしばしばだ。書いていると、書きたいというよりも、むしろ二人と話したいことがさらに浮かんできたに違いない。

それだけに実際に三人で会ったときには、どれほど会話は盛り上がっただろうか。手紙だけでも夫妻とは心の裡までさらけ出せる仲だったことが、実によくわかる。

これは内容以前のことだが、須賀さんは二人に手紙を出す際、絵葉書の図柄や書く紙に、実に気を遣っている。それがたとえ包装紙や雑誌の写真であろうとも、二人が面白がり、喜びそうな紙や写真、図柄を選び、挟み込んでいる。理由はスマさんが画家であり、人形などのオブジェを制作し、同時に二人が日本から遠く離れていたからに違いない。

夫妻からの須賀さんに出した手紙は見ることはできないが、二人からの手紙も須賀さんを楽しませ、喜ばせる工夫に満ちていたはずである。だからこそ須賀さんも、二人を楽しませる工夫を出来るだけ考え、凝らし、手紙を出したのだ。

スマさんへの手紙のなかには、ベオグラードに暮らす詩人山崎佳代子さんからの手紙に触れている一通がある（一九九七年二月十八日付、当時須賀さんは既に入院中）。彼女は山崎さんの手紙をコラージュ作品だと記している。その手紙は紙に両開きの小さな窓が幾つかあり、その窓を開けると、実は裏にはもう一枚の紙が貼ってあって、そこに描かれた薔薇や海の絵などが現れる仕掛けだったはずだ。山崎さんは須賀さんの入院した病院の住所を知らず、実は私に最初は手紙を送って来た。そこで私が病室に送った。山崎さんの手紙を見てはいないが、私に届く彼女の手紙も、いつも同様の楽しい工夫に満ちていた。

私自身も須賀さんが入院中は、三、四日毎に手紙を出し、書くことがないと、上手くもない絵を筆で描いて送った。それを喜び、ときに採点をしていたと、須賀さんの妹である北村良子さんから後に聞いた覚えがある。つまり須賀さんも、手紙は一つの美術のように考え、コーン夫妻に出すときは、絵葉書や紙により注意を払ったに違いない。

彼女のミラノ時代まで遡って考えると、仲の良かった日本人は『どんぐりのたわごと』の表紙を描いてもらった彫刻家の小野田はるのさんをはじめ、美術家が多かったし、コルシア書店の仲間で最後まで相談した相手は、本のレイアウトや表紙を担当したガッティであった。彼は議論より手を動かす気さくな男だった。そして彼女自身が美術が好きだった。

「おすまさんのこと」というエッセイを読んでも、手紙を読んでも、スマさんが画家で理屈以上に手を動かし、自己を表現する女性であり、だからこそ決まり切った大学生活のなかで「かけがえのない友人」と記すほどに大切に考えていたことが実によくわかる。

手の力で描く美術は、ときとして言葉以上に描き手の心情や拘り、喜びや悲しみを表わす。だからこそ須賀さんも、大切な友への手紙には格別の配慮を払ったのだ。

今一つ思い出したのは、入院中、須賀さんが、友人たちは音楽テープを送ってくれるので、ありがたいけれど、病室では静かにしていたい、と話していたことだ。彼女は幼い頃、ピアノを習うほど音楽好きで、讃美歌を歌うことも好きだった。それだけ耳は鋭敏で、かえって気になったのだろうと、当時も今も考えている。夫妻に宛てた手紙の多くは深夜、静かなときに書いたものが多い。だからこそ、二人との思い出に浸りながら、二人の口癖や仕草、笑顔や驚きを想像しながら書くのが、彼女にとって心の休まる大事な時間だったに違いない。

入院中に同じ病院で亡くなった藤沢周平の本を読んだこと、草花のことなど、彼女が好きなことが綴られているのも、二人も同様に読書と草花が好きなことを窺わせるが、ジョエルさんへの最後の手紙は、私には特に感慨深かった。

ガンバッ、と女学生が声を揃えて叫ぶ言葉から日本語についてあれこれ記し、またスマさんが入院した須賀さんの世話で来日し、それだけジョエルさんにも犠牲を強いたことに感謝しているが、実の所、彼女は自分の死を心の隅で予感し、二人に、ありがとう、と一言いいたかったはずだ。ところが、彼女は二人に出会えた喜びを思い出しているうちに、二人とは今後会えない予感がして、悲しみが湧き、だからこそ彼女は、「しっかりね」「元気」「つつがなく」といった言葉について書き、実は自分自身を「しっかりね」と励まし、最後の言葉「さようなら」を、「キリがないから」と微かな笑いを込めて記したのだ。

実際、彼女はこの手紙を書いた翌日、「三、四日、限りなくウツ状態になった」と私宛の手紙に記してきた。彼女は四回目の治療に「きつい薬を使ったせいもあって予後が長びき」、「たった三、四日だったけど不快な日々でした」と理由を記しているが、スマさんとの別れも重なって、本当に辛く、落ち込んだのだろう。

私は今、最後に病室でパジャマ姿の彼女に会った際、彼女が私の硬い表情を見て、疲れることとも厭わず、かえって逆に私を励まそうと、幾つもの冗談を笑顔で語ったことを思い出している。彼女の暖かく優しい心根を改めて繰り返し、噛みしめるばかりだ。

姉の手紙　北村良子

聞き手　松家仁之

小さいころ、姉（須賀敦子）もわたしも本ばかり読んでいましたけれど、机に向かってなにかを書いている姉の姿というのは、ほとんど記憶にないですね。夏休みの日記をつけるのも嫌だし、宿題はしかたなくするけれど、予習や復習なんてしない——そういう姉妹でしたから（笑）。

姉が手紙を書いてくるようになったのは、敗戦後に聖心女子の高等専門学校に入学して、関西の家を離れたころからだったとおもいます。学校がどんな様子かとか、シスターからこんな話を聞いたとか、近況報告を手紙で書いてくるようになりました。筆まめになったのは、そのころからですね。

全集（『須賀敦子全集』第8巻）に入っている姉のイタリア時代の手紙は、母が保管していたものです（一九五九年から七一年まで、日本にいる母、父に宛てて断続的に書かれた書簡と、一九六〇年にペッピーノに宛てて書かれた書簡とが収録されている)。

母が亡くなったあと、義理の妹が家を片づけているときに、姉の手紙がまとめて保管されているのを見つけて、届けてくれました。

姉の手紙の筆跡を見ていると、父の筆跡をおもいだします。約一年をかけたヨーロッパ視察旅行に父が出かけたとき、まだ小学校の低学年だったわたしたちに、ひらがなとカタカナの多いおおきな字の手紙が届いたんですね。「ナポリをみてから死ね、といいます」なんて書いてある。ナポリをみてから死ね、とはどういう意味なんだろうとおもいました。もう一通は「スコットランドにいます」という手紙。姉もそのことを本に書いていますけれど、スコットランドのエディンバラで、学校の制服を着た女の子たちがシスターに連れられているのを見て、「おまえたちのことをおもいだしました」という内容です。

父はあまり余計なことは書きません。電報みたいな、手短な手紙なんです。文字はおおきくて読みやすい。姉の手紙の筆跡を見ていると、父の筆跡の影響を受けているのじゃないかなと感じます。読みやすくて、清潔な感じのする、ちょっと丸っこい字。父の字のほうが、ずっとおおきかったですけどね。

姉の手紙に冗談めいた口調が混じることがあるのですけれど、あれは母の口調だろうとおもいます。母は祖母の前ではおとなしかったのに、わたしたち子どもの前ではおもしろいことばかり言ってました。そのときの母の口調が、姉の手紙のはしばしに出ている気がします。スマさんとジョエルさんに宛てた手紙のなかでも「お料理をつくるときに、エイとコショウを入れるみたいに」（124頁）と書いていますけれど、「エイと」なんてかけ声は、母のしゃべりかたそのままです。

反対に父は冗談がまったくわからない人でした。父ばかりでなく、父方の須賀家の人たちはみんなユーモアが下手で、真面目いっぽう。母方の森家は冗談ばっかり言っていて、真面目を馬鹿にするところがありました。森家の人間が「あれは真面目だからね」と言ったら、それは褒め言葉じゃないんです。母も真面目が大嫌いで、須賀家に来てからずいぶん窮屈なおもいをしていたようです。

姉の手紙にときどき「家来」ということばが出てきますでしょう（『須賀敦子全集』に収録された母宛の書簡）。母はよく「ああ、あれはもう、ケケケの家来なのよ」って言ってました。「家来」に「ケケケの」がつくと、「家来」のさらに下、という意味（笑）。だから姉の手紙にある「家来」は母からのものです。

父の母、祖母は賢い人でした。無駄口はいっさい言わない。祖父が若くして亡くなったから、自分の夫の会社（水道設備業の須賀商会）を盛り立てて、使用人の上下を問わずとても大切にして、心配りを忘れませんでした。

敗戦直後に、家のお風呂の具合が悪くなったことがあって、「うまく焚けません」と女中さんが言いにきたら、祖母は「わたしが見にいきます」と自分で率先して見にいったんです。風呂場から戻ってくると、「ドレインが悪かった」って言うんですね。給湯のパイプに不具合があることを探りあてたらしい。専門用語で説明したわけです。それを聞いた父が、ふだんは不機嫌なのに、めずらしく嬉しそうに笑って、「おばあちゃんも水道屋やなあ」って。

跡継ぎの父が会社でそれなりに落ち着いてくると、だんだん祖母の権力が失われて、会社のことはもちろん、家の庭掃除とか家事全般をやりたがっても、父がとめるんです。「ばあさんはばあさんらしく、おとなしくしていなさい」と言って怒る。いまおもえばせいぜい六十歳をすぎたくらいのころに、すでにそう言われてました。ほんとうはもっと立ち働きたかったんだとおもいます。

父はとにかく冗談が通じない。わたしたちがなにか冗談を言っても、くすりとも笑わないんです。「それはどういう意味だ」って真面目な顔で聞き返してくる。

父が怒るものですから、祖母は晩年、家のソファにきちんと正座して、どうでもいいようなテレビをうつろな感じで見ているだけで、会話もなくて、なんだかかわいそうな感じでした。姉はイタリアから手紙を出すときも、最後に「おばあちゃんによろしく」と書きそえていました。そういう気遣いが、いかにも姉らしいことでした。

入院した姉が、病院のベッドでわたしに突然、「この人に電話して」って言うんです。それがスマ・コーンさんでした。そのときはじめてスマさんの名前を聞いたんですね。「結婚するときに世話した人よ」と言うだけで、詳しい説明はしないんです。この人に来てもらって、身のまわりのことを手伝ってもらいたいって。よく聞けば、アメリカに住んでいらっしゃるというし、わざわざ呼びつけて来てもらうって、そんなお願いできるのかとおもいますよね。しかも大学の先生の奥さまらしいとわかって、そんなお願いしていいのって聞くと、かまわないのよ、いいの、としか言わないんです。

コーンさんご夫妻を訪ねてそれまでに四回もアメリカを旅していたことも、

わたしは聞いていませんでした。姉はわたしの前ではアメリカを馬鹿にするようなことを言うことがありましたから、アメリカにいる友だちを訪ねて旅をして、アメリカの素晴らしさにあらためて気づいた、なんてことを口にするのは、ちょっと具合が悪かったのかもしれません。

二十代でパリに留学することを決める前に、アメリカに留学する可能性もあったものの、父が許さなかったためにとりやめたというのも、今回のコーン夫妻への手紙を読んではじめて知ったことでした。ですから、姉のなかに、アメリカに対する複雑な気持ちがあったのはたしかですね。

聖心女子大の初代学長になったアメリカ人のエリザベス・ブリットさん、マザー・ブリットが、戦争が終わって日本に帰ってくることになって、それをなによりよろこんでいたのは姉でした。学校での勉強がはじまってから、帰省してくるたびにマザー・ブリットの話を夢中になって話していました。そのことを考えると、アメリカにはずっと縁があったんですね。そういうアメリカに対する思いにながらく蓋をしていたことも、コーン夫妻に宛てた手紙（一九八三年九月十五日付）で素直にそのまま書いています。あんなに率直に、自分の思いをそのまま伝えているのは、ほんとうにめずらしいことだとおもいます。

わたしは姉とちがって人見知りするたちでしたし、姉は具合が悪くなってからも、お見舞いの人が重ならないように周到に手を打っていましたから、病院でスマさんにお目にかかったのは二度くらいでした。それだけの接点でしたから、姉とどれくらい深い結びつきがあったのかは、そこでもまだよくわかっていませんでした。

姉が亡くなって、ジョエルさんが神戸の甲南大学で教えることになったときでしたか、わたしの家からさほど遠くないお墓に、ご夫妻でお参りにいらしてくださったんですね。でも余計なことはおっしゃらないので、お墓をご案内して、ご挨拶して、というくらいまでだったんです。そのときに、わたしのメールアドレスをお教えしたのだとおもうのですけれど、ときどきボストンから「今日、こんな芽がでました」とか「こんな花が咲いていました」というメールが届くようになったんですね。道端の石の脇から生えている草が小さな花をつけた、というような写真が添付されていたりして、ああ、こういうセンス、姉は好きだったろうなあ、とつよく感じました。姉は小さいころから虫とか花とか小さい生きものに夢中になっていましたからね。わたし自身もそういうものが好きでしたから、写真の感想をメールで送ったりするようになりました。

そうしたら、去年（二〇一四年）、姉からもらった手紙が何通も保管してあって、この手紙を将来どうしたらいいのか考えあぐねている、もしもよかったらコピーをお送りしますので、ご覧くださいますか、という連絡をご夫妻からいただいたんです。そして送られてきた手紙の束を読んで、ほんとうにびっくりしました。

　姉があんなにのびのびと書いている手紙は読んだことがありませんでした。構えないで書いていて、しかも姉らしさが全体にあふれていて。読み終えたときには、ただただ感無量でした。

　わたしにはなんでも話してくれた姉でしたけれど、それでもわたしに話せなかったことも当然あったんだな、かわいそうだったな、とおもいました。でもそれをコーンさんご夫妻がうけとめてくださっていたわけですから、姉にとってふたりがどれだけ大切な存在であったか、手紙を読んであらためておもいました。姉がスマさんをわざわざ病院にまで呼びつけて、身のまわりの世話をお願いした気持ちも、手紙を読んで、そうだったのか、とはじめて納得したんです。

　コーンさんご夫妻から送られてきた姉の手紙のコピーは全部読んでいたので

すけれど、今回こうしてひとつひとつ写真に撮っていただいて、便箋がはいっていた封筒や、絵葉書の裏の絵とか写真まで見ることになって、わたしはしーんとした気持ちになりました。

封筒に書かれた宛名書きの姉の字を見るだけで、ことばにならない気持ちでいっぱいになってしまって。

こんなに鮮明に、姉の気配が伝わってくる写真ですからね。姉はどんな気持ちで宛名を書いていたのかなって。想像するだけでもう胸がいっぱいでした。

だからこの写真がね、いけないんですよ。

（二〇一五年十一月十二日　兵庫県夙川にて）

略年譜

1929年　0歳
1月19日、大阪の赤十字病院で須賀豊治郎（22歳）、万寿（25歳）の長女として生まれる。実家は兵庫県武庫郡精道村（現・芦屋市翠ヶ丘）。

1930年　1歳
2月、妹・良子誕生。

1934年　5歳
10月、弟・新誕生。

1935年　6歳
西宮市殿山町（夙川）に転居。4月、小林聖心女子学院小学部入学。

1936年　7歳
7月、父が世界一周実業視察団体旅行に参加（翌年5月帰国）。

1937年　8歳
父の転勤に伴い、東京麻布本村町に転居。東京（白金）聖心女子学院小学部3年に編入。

1941年　12歳
3月、東京聖心女子学院小学部卒業。4月、同・高等女学校入学。12月8日、太平洋戦争勃発。

1943年　14歳
疎開のため夙川の実家にもどり、小林聖心女子学院に編入。

1945年　16歳
3月、戦時のため5年制の小林聖心女子学院を4年で卒業。8月、敗戦を夙川で知る。10月、東京にもどり、父とふたりで麻布に暮らす。聖心女子学院高等専門学校英文科入学。寄宿舎に入寮。

1947年　18歳
4月ころ、聖心女子学院で洗礼を受ける。洗礼名マリア・アンナ。

1948年　19歳
3月、聖心女子学院高等専門学校卒業。5月、新設された聖心女子大学外国語学部英語・英文科2年に編入。

1951年　22歳
3月、聖心女子大学卒業。学士論文はウィラ・キャザー『Death Comes for the Archbishop』（『大司教に死来たる』）の翻訳。学生寮から麻布の家にもどる。

1952年　23歳
4月、慶應義塾大学大学院社会学研究科入学。

1953年　24歳
政府保護留学制度に合格。パリ大学留学のため、大学院中退。7月、日本郵船平安丸にて、神戸から出発。

1955年　26歳
7月、帰国。目黒区中目黒で暮らし、

日本放送協会国際局欧米部フランス語班の嘱託となる。

1956年　27歳

光塩女子学院で英語を教える。

1957年　28歳

カリタス・インターナショナル留学制度合格。

1958年　29歳

8月末、羽田からフランクフルトへ出発。パリ滞在後、ローマのレジナムンディ大学で聴講をはじめる。

1960年　31歳

1月、ジュゼッペ（ペッピーノ）・リッカと出会う。7月、コルシア書店から「どんぐりのたわごと」第1号創刊（62年の第15号まで刊行）。ミラノでコルシア書店に参加。12月、コルシア書店からイタリア語版「こうちゃん」刊行。

1961年　32歳

11月15日、ペッピーノ（36歳）と結婚。

1962年　33歳

2月、ペッピーノと新婚旅行で日本へ（4月まで）。

1963年　34歳

4月、G・ヴァンヌッチ編『荒野の師父らのことば』訳、中央出版社。

9月、『Due amori crudeli』（谷崎潤一郎『春琴抄』『蘆刈』ペッピーノと共訳）ボンピアーニ社。以後、アツコ・リッカとしてひとりで、日本近現代文学をイタリア語訳。

1967年　38歳

6月3日、ペッピーノ死去、享年41。

8月、母の危篤を知り一時帰国（翌年4月まで）。母は危篤状態を脱するが、9月、祖母・信死去、享年82。夙川の実家から母校、小林聖心で英語を教える。

1970年　41歳

3月15日、父の危篤のため一時帰国（5月まで）。翌16日、父死去、享年64。

1971年　42歳

8月末、帰国。中目黒のアパートに再び暮らし、慶應義塾大学国際センターの事務嘱託となる（82年まで）。ＮＨＫ国際局イタリア語班にも嘱託として勤務。

9月、ジョエル・コーン、留学のため来日。

1972年　43歳

2月、エマウス運動の活動をはじめる。4月、慶應義塾大学外国語学校でイタリア語講師となる（84年まで）。5月6日、母死去、享年69。

7月、エマウスのワークキャンプのためフランスへ（8月まで）。

1973年　44歳

4月、上智大学国際部比較文化学

科非常勤講師、国際部大学院現代日本文学科兼任講師となる。8月、練馬区に「エマウスの家」設立、責任者となる。

1974年　45歳

7月、フランスでの国際エマウスキャンプに参加（8月まで）。

1975年　46歳

夏ころから、日本オリベッティ社企画による講演会の通訳、事務書類の翻訳などをおこなう。

［手紙1］10月8日

12月ころ、エマウスの家の責任者を退く。

1976年　47歳

4月、目黒区五本木に住まいを購入。

［手紙2］11月11日

［手紙3］12月9日

1977年　48歳

［手紙4］1月10日

［手紙5］2月6日

［手紙6］3月10日

［手紙7］5月17日

6月、「イタリアの詩人たち」（「SPAZIO」79年まで）。

［手紙8］7月11日

［手紙9］8月12日

［手紙10］10月29日

［手紙11］12月24日

1978年　49歳

［手紙12］2月1日

［手紙13］2月10日

春、イタリア共和国カヴァリエーレ功労勲章受章。

［手紙14］5月10日

［手紙15］6月27日

9月、京都大学イタリア文学科非常勤講師として集中講義。

1979年　50歳

［手紙16］1月31日

4月、上智大学常勤講師となる。

［手紙17］4月11日

12月、ナタリア・ギンズブルグ「ある家族の会話」訳（「SPAZIO」84年まで）。

1980年　51歳

7月、『歌劇トロヴァトーレ』訳、日本放送協会。

1981年　52歳

［手紙18］1月7日

10月、慶應義塾大学より「ウンガレッティの詩法の研究」で文学博士号取得。

［手紙19］10月30日

1982年　53歳

4月、上智大学外国語学部助教授、聖心女子大学英文科兼任講師就任（89年まで）。この年、ブルーノ・ムナーリ『木をかこう』訳、至光社。

1983年　54歳

4月、東京大学文学部イタリア文学科兼任講師となる（ブランクを挟み89年まで）。6月、ミラノへ行き、甥カルロとフランス旅行。

8月9日、はじめてのアメリカ、コーン夫妻のいるボストンへ旅行（30日まで）。

[手紙20] 9月5日

[手紙21] 9月15日

[手紙22] 10月5日

[手紙23] 11月4日

1984年 55歳

[手紙24] 1月5日

3月、ナポリ東洋大学日本文学科講師（7月まで）。

[手紙25] 4月20日

[手紙26] 5月27日

[手紙27] 7月5日

[手紙28] 8月13日

8月22日、ミラノからボストン旅行（9月2日まで）。

[手紙29] 11月1日

[手紙30] 12月

この年、ムナーリ『太陽をかこう』訳、至光社。

1985年 56歳

[手紙31] 6月22日

8月4日、フィレンツェでコーン夫妻と過ごす（9月1日まで）。

11月、「別の目のイタリア」（「SPAZIO」89年まで）。12月、ギンズブルグ『ある家族の会話』訳、白水社。

1986年 57歳

京都大学文学部イタリア文学科非常勤講師となる（88年まで）。

1987年 58歳

[手紙32] 8月30日

11月、弟死去、享年53。

12月24日、ボストンへ旅行（翌年1月3日まで）。

1988年 59歳

[手紙33] 1月19日

[手紙34] 2月2日

[手紙35] 3月3日

[手紙36] 4月14日

9月、学会のためイタリアへ。ギンズブルグ『マンゾーニ家の人々』訳、白水社。

[手紙37] 9月16日

[手紙38] 11月24日

1989年 60歳

2月、フランス、イタリア旅行。

3月18日、コーン夫妻のいるハワイへ旅行（24日まで）。

4月、上智大学比較文化学部教授就任。

[手紙39] 4月25日

6月、ギンズブルグ『マンゾーニ家の人々』の翻訳でピーコ・デッラ・

ミランドラ賞受賞。
［手紙40］9月29日

1990年　61歳
［手紙41］1月3日
［手紙42］2月
2月、翌年の滞在準備のためイタリアへ。
［手紙43］2月21日
12月、『ミラノ 霧の風景』白水社。「別の目のイタリアPARTⅡ」（「SPAZIO」95年まで）。

1991年　62歳
［手紙44］1月6日
1月、ギンズブルグ『モンテ・フェルモの丘の家』訳、筑摩書房。アントニオ・タブッキ『インド夜想曲』訳、白水社。
1月、ローマ大学で講義（3月まで）。
［手紙45］2月13日
4月、ナポリ大学で講義。
［手紙46］4月
9月、タブッキ『遠い水平線』訳、白水社。
［手紙47］9月26日
10月、『ミラノ 霧の風景』で女流文学賞、講談社エッセイ賞受賞。

1992年　63歳
4月、『コルシア書店の仲間たち』文藝春秋。9月「古い地図帳」（「文學界」93年まで）。

1993年　64歳
3月、「遠い朝の本たち」（「ちくま」94年まで）。8月、大腸ポリープを手術。10月、『ヴェネツィアの宿』文藝春秋。11月、「とんぼの本」の取材でイタリアへ。

1994年　65歳
4月、上智大学特別待遇教授就任。
5月、ヴェネツィア・カ・フォスカリ大学で集中講義（6月まで）。『ヴェネツィア案内』共著、新潮社。6月、地中海学会賞受賞。渋谷区神宮前1の14、原宿アパートメントに仕事場をもつ。11月「ユルスナールの靴」（「文藝」96年まで）。

1995年　66歳
1月、阪神・淡路大震災、3月、地下鉄サリン事件。6月、タブッキ『島とクジラと女をめぐる断片』訳、青土社。7月、「ユルスナールの靴」の取材でアメリカ、ギリシャへ（8月まで）。8月、タブッキ『逆さまゲーム』訳、白水社。9月、『トリエステの坂道』みすず書房。

1996年　67歳
7月、「別の目のイタリアPARTⅢ」（「SPAZIO」12月まで）。ローマ、ミラノへ（8月まで）。9月、フランス・アルザスのコルマールへ「アルザスのまがりくねった道」取材旅行。10月、『ユルスナールの靴』河出書房新社。11月、タブッキ『供述によるとペレイラは……』訳、白水社。

1997年　68歳

1月13日、国立国際医療センターに入院。17日、手術。化学療法を受ける。

［手紙48］2月18日

［手紙49］2月24日

3月4日、スマ・コーン、来日（5月まで滞在）。

［手紙50〜55］4月

6月9日、退院。7月、仮題「アルザスのまがりくねった道」の原稿およそ30枚分を編集者に渡す。

8月、コーン夫妻、1年間神戸滞在。

9月25日、再入院。11月、タブッキと対談。イタロ・カルヴィーノ『なぜ古典を読むのか』訳、みすず書房。

1998年　69歳

3月5日、聖イグナチオ教会のベニーノ神父により、終油の秘蹟を受ける。3月20日午前4時半、心不全により帰天、享年69。26日、四谷の聖イグナチオ教会にて葬儀。甲山カトリック墓地に埋葬。

『遠い朝の本たち』筑摩書房。『時のかけらたち』青土社。『ウンベルト・サバ詩集』みすず書房。『本に読まれて』中央公論社。『イタリアの詩人たち』青土社。

1999年

『地図のない道』新潮社。

2000年

『須賀敦子全集』（全8巻）河出書房新社。

2001年

『須賀敦子全集』（別巻）河出書房新社。

2003年

『霧のむこうに住みたい』『塩一トンの読書』河出書房新社。

2004年

『こうちゃん』（絵・酒井駒子）河出書房新社。

『須賀敦子全集』（河出書房新社）第8巻所収、松山巖氏作成の年譜などをもとに作成しました。

スマ・コーン（大橋須磨子）Suma Cohn

１９４２年北海道・美幌生まれ。油絵、紙による立体作品、布の人形制作などに取り組む造形作家。夫との自転車旅行が趣味。

ジョエル・コーン Joel Cohn

１９４９年アメリカ・ニューヨーク生まれ。日本文学研究者。翻訳家。夫妻はボストンとハワイにある家を行き来する日々。

松山巖（まつやまいわお）

１９４５年東京生まれ。作家、批評家。『須賀敦子全集』編集委員をつとめた。須賀をめぐる著作に、『須賀敦子の方へ』、『須賀敦子が歩いた道』（共著）がある。

北村良子（旧姓・須賀良子）

１９３０年、須賀豊治郎、万寿の次女として兵庫県芦屋に生まれる。建築家・北村隆夫と結婚。一歳年上の姉が、須賀敦子。

須賀敦子の手紙　1975−1997年 友人への55通

2016年5月28日　初版第1刷発行
2020年9月 4 日　初版第4刷発行

著者…須賀敦子

発行者…佐藤真
発行所…株式会社つるとはな
〒101-0054 東京都千代田区神田錦町1-13
大手町宝栄ビル604
電話 03-5577-3197
http://www.tsuru-hana.co.jp/

写真…久家靖秀
アートディレクション…有山達也
デザイン…山本祐衣　中本ちはる（アリヤマデザインストア）
編集…松家仁之　北本侑理
編集協力…スマ・コーン　ジョエル・コーン　北村良子
英語部分翻訳…檜垣嗣子
校正…山根隆子
印刷・製本…株式会社シナノ

Printed in Japan
ISBN978-4-908155-03-1 C0095